沙漠的巴丹吉林

杨献平◎著

天津出版传媒集团
百花文艺出版社

图书在版编目（CIP）数据

沙漠的巴丹吉林 / 杨献平著. -- 天津 : 百花文艺出版社, 2022.9
ISBN 978-7-5306-8363-7

Ⅰ. ①沙… Ⅱ. ①杨… Ⅲ. ①散文集-中国-当代 Ⅳ. ①I267

中国版本图书馆 CIP 数据核字(2022)第 146119 号

沙漠的巴丹吉林
SHAMO DE BADANJILIN
杨献平 著

出 版 人：薛印胜
选题策划：薛印胜　王　燕　**责任编辑：**王　燕
装帧设计：郭亚红
出版发行：百花文艺出版社
地址：天津市和平区西康路 35 号　**邮编：**300051
电话传真：+86-22-23332651（发行部）
+86-22-23332656（总编室）
+86-22-23332478（邮购部）
网址：http://www.baihuawenyi.com
印刷：天津新华印务有限公司
开本：880 毫米×1230 毫米　1/32
字数：150 千字
印张：8.75
版次：2022 年 9 月第 1 版
印次：2022 年 9 月第 1 次印刷
定价：58.00元

如有印装质量问题，请与天津新华印务有限公司联系调换
地址：天津东丽开发区五经路 23 号
电话：(022)58160306　邮编：300300

序

◎ 汪惠仁

这本书，我是从后往前看的。文学作品在某些评论流派的眼里几乎是不可说的，因为在他们看来，一切都是解不开的谜团。写作的动因意图是解不开的谜团，书写所指向的世界真相是解不开的谜团，那么，回到文本吧，而现代文本的多义性则直接构成了谜团——甚至，很多人追求的就是谜团式写作。我很怀疑这是西方批评家对禅宗奥义消化不良的结果。我相信的事实是，尽可能多地了解作者和他的生活，一定有益于我们理解他的写作。书的越靠后的文字越贴近本来的杨献平，贴近这个从南太行走出的、后来逐步见识世界的杨献平。

尽管是有心理准备，但我还是吃惊于杨献平的坦诚。对故乡、父母，对自己的生活的叙述，与虚荣心、与消费性诗意都没有半点关系。添油加醋说一点光彩的、让我们羡慕嫉妒的事啊，我没有找到。这就是杨献平。直心、诚意，偏向痛处着力。

接着往前看，巴丹吉林就出现了，与杨献平产生了交集。巴丹吉林当然不全是沙漠，但杨献平着意叫它沙漠的巴丹吉林。从青春期到中年，十八年，在沙漠里度过——对于一个人的写作意味着什么呢？意味着，沙漠会构成他的心，沙漠会构成他的脑，沙漠会构成他的眼。沙漠造成、或者说强化了杨献平文字的某些质地。“人只有在可以随意自我放置的时候，他才会获得人性深处那种幽谧的快感。唯有这份快感，才是属于他自己的，也永不会被他者分享或取代。”我相信这是杨献平的心里话。但这话并不指向简明的自由，尤其不指向所谓的隐士传统。也许我的比喻不太恰当，用本土文人类型来考察，杨献平还是儒者，他的人生苦痛有儒者的影子，他的开悟亦是儒者之悟。沙漠的巴丹吉林，对于杨献平而言，是他个人的龙场。他的坚韧、严峻与柔情都与巴丹吉林有关——在此地，于诸事磨砺十八年。

从杨献平个人生活史的巴丹吉林走出来，我们要面对的是另一个巴丹吉林，一个在历史碎片里沉浮隐显的、被杨献平式想象力激活的巴丹吉林。以今人所见，巴丹吉林所提供不过是一个又一个废墟，环绕着废墟和奇异地貌的语言逻辑不过是“旅游攻略”，而杨献平在时间之谜的巴丹吉林面前，展露了他不凡的语言自治能力。儒者知人论世重来历，重故实，以为无扎实故实之依托，任何义理之生发无异于妄断。杨献平很好地保留了这一书写姿态，使得这一部分的巴丹吉林充满了知识密度。废墟在故实的钩沉中渐渐明晰起来，如伟大祖国夜空中闪烁的星子——但星子系统要获得进一步的阐释，还需要无边的暗物质的参与。此时，杨献平的想象力，他的语言自治能力起到了关键性作用，十八年沙漠中的“事上磨”开出了花朵 。黄沙、故道、驼铃、流云、骏马，不再是某个时刻僵死的对应物，它们在人的叙事中、在不居的时光之流中来回穿梭。“在这座废墟面前，我无法找出它最初的建造者与统治者。”有时，即便在考古学那里有了现成的解密方案，而杨献平更愿意将谜团留住，留住谜团，就是留住了运思之势能,就是留住了想象力的动能。“很难想象,在我们不能准确想见的远古时期,是谁,又是什么力量,促使一些和我们一样脆弱的人,用自己的智慧,用精巧的双手将一堆堆散乱无章的黄土与草芥掺合在一起,并且树立起一座辉煌的宫殿呢?长道通衢,窄巷广陌,喧闹的市声与走驼的铃铛依稀可辨,而旧的王国在一场场巨大的风暴面前逐个泯灭——迁徙的人群四散奔逃,在饥饿和疾病的困扰下大声哭号。”只要是基于人的性命的深入体察,飞翔的推演叙述在逻辑自洽上胜过丢三落四捉襟见肘的掉书袋。

从后往前读,我看见的是:谁是杨献平?杨献平与巴丹吉林。时间里的巴丹吉林。

我想,从前往后读,一定另有滋味。

目录

乌鞘岭以西 / 001
巴丹吉林往事 / 019

巴丹吉林的个人生活(三章) / 039
梦辽阔(三章) / 049

巴丹吉林的个人地理(六章) / 060
戈壁绿洲之间(四章) / 076
沙漠边缘的风景(二章) / 094
荒滩纪事 / 100
1995年的青春往事 / 119

废墟上的花朵 / 131
沙漠过客 / 137
绿洲环绕的村庄 / 142
对面的牲畜 / 147
沙漠的动物们 / 152

巴丹吉林的写实主义(四章） / 156

低语的风暴 / 166
凛冬的沙漠 / 182
有关鼎新镇的青春往事 / 200
黄沙深处额济纳 / 214
母亲的沙漠生活 / 226
春天的疼痛 / 231
迁徙的内心或中年的乡愁 / 245

念想巴丹吉林(代后记） / 265

乌鞘岭以西

翻过乌鞘岭，便是真正的河西境界了。其中的“境界”一词，显然是有所提升的。这古老的雍凉之地和陇右道，源自中国先贤对于地理、气候和人文的精确判断，以至于他们为大地每一处的命名既恰切无比又诗意四溢。就像乌鞘岭，也是一个很有诗意的名字。之所以取名乌鞘岭，大概与它的外形有关。从这面山头望去，乌鞘岭主峰真的如同一把乌黑油亮的剑鞘，随意地摆放在苍茫西部天空下，仿佛一场惊心动魄的决斗，尘埃落定，恩怨平息，江湖再次复归平静。

虽然6月初了，乌鞘岭的顶峰仍覆着一层积雪，使整座山峰似乎一位两鬓斑白的老人模样。再一细看，就像是剑鞘上长出的白色锈蚀。大概搁置太久了，致使这一柄利器，尽管无法掩盖内心的冲天霸气，但又无法摆脱剑鞘的控制，也只能以一种沉默的方式抗争，以白色的锈蚀来为自己的悲惨命运鸣不平。这使我突然感到自己与这一庞大的自然存在有了一种同病相怜的感觉。作为一种兵器，它的本能和存在的价值就是战斗，就是不断地刈割生命，断喉饮血；卷刃或是折了，被遗弃也很正常，此乃作为一种兵器其毕生的使命和最终归宿，而一把仍然锋利、无往不胜的剑器，被迫沉默甚至被遗弃，这是每一个铁血素质者绝对不能接受的残酷事实。

班车爬上山冈，沉闷的轰鸣声才宣告结束，司机师傅换了挡位，便开始向下俯冲，车窗外风声骤紧，呼呼如雷，像在风暴中穿行。偶尔有一队骆驼在路边不紧不慢地走过，它们毫不惊慌，甚至对汽车这种比自己强大百倍的现代机器很是轻蔑，你看它们昂首阔步，姿态高傲。山坡上的羊群像是白色的星星，一簇一簇地，在黑色的山脊上闪烁。一些建筑在山坡上的村庄，新鲜的绿叶把白色的房屋衬托得格外醒目，穿着红色衣服的妇女在自家院子里缓慢行走。一些家畜在附近的山坡上悠闲地吃草，身体一晃一晃，像是要滚下来的样子。

冲下乌鞘岭，越过古浪县界，古凉州武威就赫然出现在面前。古老辽远的祁连山和广袤的武威平原，像一块淡黄色的宝石，在千古的典籍里和风尘弥漫的河西走廊上闪着悠远而古朴的光。而在距今20亿到6亿年前的古生代，这里是波涛汹涌的大海，可能还有一些岛礁和山地，直到这一地质时代的末期，才出现了大块大块的陆地；嗣后动荡不定，海陆交替不休。特别是经过地质中生代，距今7000万年前的喜马拉雅山造山运动和频繁的火山运动，古坶地层几经皱褶断裂，才使祁连古海升起了无数的耸天奇峰，形成了于西北天空下绵延起伏、宛若苍龙一般的祁连山脉。山上白雪皑皑，雪水潺潺，汇流成河，沁凉的雪水滋润着万物，正在成熟的小麦、稻谷、玉米、胡麻等农作物青葱油绿，生机盎然。其中的草原层叠而起；其中的森林有雪豹、棕熊、狼和羚羊，当然还有鹿等野生动物。

武威的魅力不仅在于自然的造化，人为的风景和故事更使这座古老的城市在漫漫时光中一次又一次披上了灿烂而又斑驳迷离的光芒。东晋时期，史称前凉、后凉的等几个小王朝曾建都于此。吕光、姚兴、段业、沮渠蒙逊、李暠、沮渠男成、沮渠牧犍等人的历史，虽然只是历史长河中的一朵朵浪花，但对于武威来说，他们留下的痕迹却是鲜明和隆重的。而这一片土地，最早的居民是羌和乌孙，再后来，大月氏袭击并占据了他们的牧场。汉初为匈奴浑邪王和休屠王驻牧地，群峰起伏的焉支山和祁连山为匈奴人的迅速崛起与发展壮大，乃至成为西汉王朝最主要的军事威胁力量，提供了强大的生存基地和物质基础。

匈奴一度败给秦王朝和北魏帝国。至西汉初，性情顽劣且又善计谋的冒顿射杀自己的父亲头曼，自立为单于，依仗其剽悍的马匹和善战的军卒，马踏东胡、驱逐月氏，在白登山围困刘邦二十万大军，又以其强大的威胁力量，调戏吕雉，迫使西汉帝国在很长一段时间内，只能对之卑躬屈膝，采用和亲与给予“岁贡”的方式，阻止匈奴“寇略”疆界。直到公元前 121 年，霍去病率军出陇西，越祁连，深入胡地千余里，大败匈奴，俘虏其名王以下数千人，取得牛羊百万头。汉武帝为彪炳其“武功军威”，而将凉州更名为武威。

任何王朝都会由盛到衰，但它们在人类文明史上激起的每一朵浪花都是生动壮美的乐章。虽然匈奴最终退出了中国的历史舞台，在流离和失望中被迫西迁，但匈奴在中国的被同化和被驱逐，乃至最终在这片土地上彻底消失，则是一个巨大的遗憾。人们只知道去赞美和仰慕卫青、霍去病的赫赫战功，去赞美汉武帝的雄才伟略，而对匈奴的消失没有一点怀念和惋惜之情。

匈奴消失了，西汉王朝设武威郡。自此以后，曾经有声有色的凉州，除了唐代的几位诗人留下了几首豪气干云的诗歌之外，便在祁连山美玉、夜光杯和葡萄酒摇晃的光晕中，浑浑噩噩地度着无聊的时光。虽然有许多名士僧侣偶尔经过，但对于凉州来说，这只能是它璀璨生命中的一个个小的插曲。关于武威曾经的繁盛，北朝诗人温子升有诗说："远游武威郡，遥望姑臧城。车马相交错，歌吹日纵横。"元稹也说："吾闻昔日西凉州，人烟扑地桑柘稠。葡萄酒熟恣行乐，红艳青旗朱粉楼。楼下当垆称卓女，楼头伴客名莫愁。"可见，南北朝乃至隋唐之际，武威就是一座具有国际样态的大城市了。吕光时期，伟大的鸠摩罗什也与武威有着深刻的关系，这个天赋异禀的男人，笃定的佛者，用他瑰丽而又传奇的一生，使得佛教得以深度传播。他的舌舍利至今被供奉在鸠摩罗什寺中。吕光、姚兴等人看起来对他施加了另类的方式迫使他破戒，但那些做法，只能使得这个男人更富有人格魅力，更成就了他独一无二的传奇人生。

鸠摩罗什之后，世界照样纷纭。其中的武威，就像一个忧郁而孤独的行者，携带着丝绸和尘土的光亮，在我们不可能真正亲历的年代，睁着寂寞的眼睛，眺望着、寻找着、昏睡着、渴望着。然而，在时光的通道中，在 20 世纪 30 年代，武威却突然遭遇到了大量的鲜血，那殷红的鲜血，像一条条愤怒而激荡的河流，在古老的土地上奔腾怒吼。继霍去病大军大肆残杀匈奴军民之后，这是又一起惨绝人寰的人类历史上残酷的暴行。两万多名西路军将士在马步芳兵卒锋利的刀刃下发出沉痛的叫喊，一枚铁钉穿过红军将士的四肢，直达杨树的枝干深处，淋漓的鲜血流了下来，流进干燥的黄沙，流进古凉州的骨骼和血脉。一颗颗红星杨诞生了，鲜艳的五星，是一种呐喊、一种控诉和一种警醒。

两军对垒，俘虏在所难免，对俘虏的杀戮更是一种为天道、人道所不容的罪恶行径。我不知道，是什么造就了人类的残忍和丑恶。这些岁月深处的光亮，照在我怀念和疼痛的心灵之上，像一把锋利的匕首，切割着我的灵魂。武威市中心广场上高耸的"马超龙雀"，那种奔跑的美、力量的美，流畅轻盈的造型，令人叹为观止。我甚至不敢相信，这样精美的艺术品竟然出现在武威这样一个金戈铁马、满腹幽怨的古老城市。这的确有点不太和谐的感觉。但不管怎么说，它毕竟是我们的一种创造，创造是人类赖以生存发展的根本，是必须高扬的旗帜。

我也不太相信，马超龙雀是马踏匈奴的意思，宁愿认为是一个空前的艺术创造。除此之外，在凉州，还有一个重要的历史事件和一个民族留在这片土地的黄沙、砖石和记忆时空中的传说和声音，与匈奴帝国一样，兴盛得迅速，消失得突然，仿佛浩渺太空中的一颗倏然消逝的流星，在燃烧的过程中，倏然沉没在了岁月的沧桑深渊。在 11 世纪到 13 世纪，西夏是一个很响亮的国家的名字，它是由以党项羌为首的西部各民族共同创建的国家，其"东尽黄河，西界玉门，南接萧关，北控大漠"，占有今甘肃大部、宁夏全部、陕西北部和青海、内蒙古部分地区，方圆 1 万余公里。西夏长期与宋、辽、金鼎足而立，虽曾臣服于宋王朝，但实际上却一直保持独立，武力强大，为宋、辽、金等国所畏惧和重视。

矗立在武威市中心的西夏碑，距今已有九百多年的历史。据说是西夏国第四代皇帝崇宗李乾顺于天祐民安五年所立，两面撰文。碑文的大意是：西周时，印度阿育王于普天下造塔84000座安置佛的舍利。武威郡塔即是其中之一。自周至晋一千余年，中有兴废。前凉张轨修宫殿，正在此塔遗址之上。传到张天赐时，宫中“灵瑞”四起，有人告诉天赐，此乃舍利塔遗址。张天赐遂重修其塔。西夏占领凉州后，此塔曾发生倾斜，每次修缮之后，当夜必有风雨，还夹杂着刀斧劈凿之声，第二天，宝塔依然矗立如初。西夏徽宗时期，西羌军队夜袭凉州，忽雷雨大作，神灯乍亮。羌人惊恐，撤兵而归。后塔又发生倾斜现象，复又自动扶正云云。碑文中虽迷信色彩浓厚，但也不可排除地壳运动之类的自然现象。

再强大的武装集团最终也逃不过削弱和灭亡的宿命，与其说是自然规律，不如说是他们自己将自己推上覆灭的深渊。1227年，武力强大的蒙古大军携带着滚滚狼烟，以摧枯拉朽之势，将西夏王朝夷为平地，其军民大半惨死在蒙古兵勇的刀枪之下。侥幸逃出的，在悲惨的逃跑路上，或暴尸荒野，或隐名埋姓，可能只有极少数人得以幸存。但幸存者最终也没能逃过被同化的命运。自此，唐古特、党项、羌等民族就无声无息地消失了，像鱼儿吐在水面上的气泡，在历史的长河中，眨眼之间就消失了踪影。而一座碑的存在，也只能是一种实证，供人想象和心疼而已，并不能挽回或改变什么。

位于腾格里沙漠前缘，今武威市向东20公里的薛百乡民勤沙漠公园，则给人一种世外桃源的情景和悠闲的感觉。走进这座著名的沙漠植物园的时候，正是中午时分，太阳的光芒淋漓异常，照得人不敢抬头望它一眼。在门口买了参观券，便跟在一些旅游者后面，开始游览这座中国目前唯一的沙漠植物园。小径是用水泥板铺的，走起来很是轻松，不像在沙漠之中行走那么艰难。近处远处都是一些沙生植物——梭梭、桦木、红柳、沙米、蓬棵等，已然满身绿装，在风中笨拙地摇晃着身躯。枝干扭曲的沙枣树正在努力孕育芳香的花蕾。微微摇摆的枝叶，如同绵延无际的屏障，涌动着令人赏心悦目的绿色，仿佛每一枚叶片都蕴含了丰富的意义和意象，使我的心情豁然开朗。

斑驳的绿色之间，裸露着的沙丘此起彼伏，金黄的沙粒泛着黄灿灿的光芒，远望像是一颗颗巨大的柑橘，只是身上的脚印杂乱无章，像是被什么东西胡乱啃了几口似的，有一种被糟蹋的感觉。沿着曲折的小径继续行走，便可以看到一个占地约 4000 平方米的游泳池，湛蓝的水与湛蓝色的天空交相辉映，水面上波光粼粼，像无数枚硬币在闪着诱人的光辉。偶尔有几只野鸭什么的，从沙滩外的红柳丛中跃出，趁中午无人游泳，享受着片刻的宁静。若不是公园管理者明令禁止捕杀野鸭，这些不知人世凶险的家伙，怕是早已成为某些人的桌上菜肴了。由此我想到，豺狼虎豹之类的大型食肉动物掠杀其他动物是不得不为之的本能和天性，那么，人类的食肉习惯就有些阴险和残酷的意味了。

登上“大漠亭”，就可以隐约看到腾格里沙漠了。巨大的沉默之物，内在的喧嚣此刻寂然无声，堆积千年的黄沙，金色的梦幻，凝固的海涛，一波一波。现在，它们多像美丽的处子，在高远的天空下面，做着谁也无从知晓的梦。相对于浩瀚的腾格里大沙漠，这座沙漠公园是微不足道的。一波一波的黄色波涛，时刻在窥视着这一片诱人的绿色阵地，时刻都想将之纳入自己的统治范围。诚如前文所言，这是我国唯一的一座沙漠公园，而在东北、华北和西北的大片疆域里，沙漠的面积何止这座沙漠公园的亿万倍？

乘车不过一小时，便是永昌县城了。县城不大，新式的建筑和古旧的黄土民房相间，腐烂的垃圾的味道在街道上飘荡，街边的小摊上聚集着埋头吃饭的人们，他们吸食臊子面的响声，老远就可以听到。从北街向南，312 国道旁，耸立着一座高高的花岗石雕塑，二男一女的三尊古罗马人的雕像神态安详，目光凝重地望着远方。居中者高鼻梁、卷发，着长袍。三人身材壮实，眼窝深陷。一眼就能认出是来自西域的百姓。雕像背后刻有碑文。碑文曰："公元前 53 年，罗马帝国执政官克拉苏集 7 个军团之兵力，入侵安息（今伊朗一带），在卡尔来遭围歼。克拉苏长子普布利乌斯率第一军突围，越安息东界，流徙西域，多年辗转各地，于公元前 36 年前后，相继从大月氏归降西汉王朝，被安置在今永昌县者来寨。赐罗马降军耕牧为生。化干戈为玉帛。罗马人英勇善战，东晋时曾战败前凉大将和昊，威震陇右。后渐与汉民族其他民族融合。"关于这支罗马军队，《汉书·陈汤传》记载，公元前 36 年，汉西域都护甘延寿、副校尉陈汤，讨伐匈奴郅支单于，战于郅支城（今哈萨克斯坦江布尔城），陈汤等人在这里发现了一支奇特的军队：他们以步兵百余人，采用夹门鱼鳞阵、盾牌方阵，城外有重木城的战法。这一战法当时只有罗马军队采用。历史学家认为，这就是卡尔来战役中失踪 17 年的罗马军队的残部。由此，历代史书上就有了汉王朝在今甘肃省永昌县之南的祁连山北麓置

"骊靬县"，专门为这些罗马人修筑古城堡的记载。从这一点上讲，当时的西汉王朝还有些让人感慨或是敬仰的地方。在一个民族的成长历史上，宽容或者说容纳，最能反映出这一民族的精神素质和生存姿态。至今，这支罗马军队的二十多户后人，还在永昌县城西10公里的一个村庄生活着。这些遥远的战争的失踪者的后代，我想他们的内心，一定会时时涌起祖先们经历的战争创疼和离家别乡的惆怅，以及弥漫于他们灵魂之中的种种复杂感情。

吟咏着诗人李昂的"汉家未得燕支山，征戎年年沙漠间。塞下长驱汗血马，云中恒闭玉门关"一诗，就走进了著名的焉支山。焉支山横卧在张掖与武威之间，绵延七十余公里。"晓日出盈、丹碧相间如删字，一名删丹山。"传说山上有凤仙草和焉支草，匈奴妇女用它们可染红指甲，故又称胭脂山。焉支山盛产大黄和松树，当地人又称青松山。山顶上的百花池绿树环绕，碧水涟漪，雪峰倒影，如临仙境；山腰草木葱茏，松柏常青。夏天，山间遍布山丹花、野玫瑰、金露梅等野花，姿态艳丽，芬芳摇曳。翠鸟间或鸣唱，婉转悦耳，使焉支山更趋幽静。

秦汉之际，匈奴休屠王在此驻牧。霍去病击败匈奴后，汉政府始设军师苑。隋炀帝杨广西巡，薛仁贵征西，均在此驻足或进行过鏖战。尤其是霍去病与匈奴的战争更为惨烈，匈奴兵卒的死伤人数何止汉军千倍。连年的战争并没有使焉支山荒芜枯萎，汹涌的鲜血和骨肉却茂盛了焉支山的土地和花草。我相信，焉支山每一株树木和青草都浸润了死难者的生命灵气。在千年的时光中，噬骨含血的焉支山至今仍保持了旺盛的生命力，给我们乃至后人留下了一片历史和现实的可贵的自然绿荫。

唐代著名边塞诗人高适西征途中，途经焉支山，作诗一首："朝登百丈峰，遥望燕支道。汉垒青冥间，胡天白如扫。忆昔霍将军，连年此征讨。匈奴终不灭，寒山徒草草。唯见胡雁飞，令人伤怀抱。"诗中洋溢着一种简单的爱国主义感伤。金戈铁马，对于看惯了烽烟、鲜血和呐喊的焉支山来说，任何一种感叹都是轻浅的，甚至是微不足道的。在时光隧道中，镌刻于焉支山内心的战争伤痕和离散的血泪，却不是几句诗歌可以掩盖的。而古典战争——冷兵器年代，猎杀敌人头颅的数量是与将军的爵位成正比的，这是一件多么残酷的事情。霍去病、薛仁贵、忽必烈等人简单地以武功传世或建功于当朝的忠君思想，虽可以被受益阶级镂刻于青史，以彪炳千古，但对于战争死难者来说，自己的头颅被自己的同类拿去邀功请赏，以自己的鲜血染红他人的朱门，虽然他们自己也会这么做，但这毕竟是一种极其残忍的行为。

焉支山静默着，依旧百花灿烂，青草依依，空气中布满了马、牛、羊等牲畜混合的腥臊味道，山风或急或缓。如果静下心来，仍然可以听到匈奴儿童骑羊嬉戏的欢笑声，以及匈奴在败退出焉支山时集体号唱的那首悲壮歌谣：

> 失我祁连山，使我六畜不繁息；
> 失我焉支山，使我嫁妇无颜色。

游荡感叹之间，不觉天近黄昏，索性转道焉支山南麓，来到著名的山丹军马场。金色的夕阳覆在起伏的山岭上，像是一层厚厚的油漆，青草温顺地在山风中摇曳，刚刚绽开的花蕾如同一张张儿童纯洁的脸庞，睁着好奇的眼睛，昂首向天空眺望。

正是军马归圈的时候，成千上万的军马从大马营滩草场的各个方向奔涌而来，庞大的马群，啼音杂乱，敲打着古老悲怆的焉支山脉。它们咴咴嘶鸣，鬃发飘飘，犹如一面面猎猎的旗帜。这些驰骋于古老大地的灵性生命，神采飞扬，雄姿天纵。暮色夕阳之中，涌动的马群像是一幅古典悲壮的油画，浓重的油彩给人一种视觉与灵魂的震撼。伫立在低矮的，群草与野花烂漫的山冈上，恍惚之中，我仿佛听见了众多的马蹄轰踏大地的声音，在深邃悠远的时光隧道中，踏冰卧雪，铿锵有致，越过苍茫原野、荒凉古道和血肉模糊的古战场；在王侯将相、文人骚客与贬官逐臣的股胯之下，走州过县，飞渡关隘，以鲜血和生命谱写出一曲曲大风之歌。

推开小旅店的窗户，马、羊和牦牛的叫声飘忽而来。东边山坡上踩白了的牲畜道尘烟滚滚，奔跑或缓步的牧人大声吆喝着，皮鞭响声清脆。而邻近的村庄上空炊烟袅袅，如一条条绳索，将天空和大地连接起来。饭菜诱人的香气之间，传来婆姨呼喊丈夫的声音；儿童驱赶着羊和牦牛，嬉笑着，脸上一片灿烂。这样的情境，是最美好的人间，也是人间应有的生动细节。

秦汉以降，历代王朝都在此豢养马匹，可以说，在中华版图上发生的每一次战争，甚至遥远的南方，都留下了山丹马的足迹乃至尸骨。战马，为了一些人的一己私利或是借口冠冕堂皇的战争，奔跑着，嘶鸣着，沉重的笼鞍和骑者的盔甲刀剑，使它们沉重和无奈。在很大程度上，马本身的活着仅仅是一种自然形式，供人骑乘、浴血沙场才是它们活着的全部意义所在。不管是武功盖世的将军、腐朽专制骄奢淫逸的帝王将相，还是富甲一方的乡绅、劫富济贫的侠客和落魄的书生，它都一视同仁，沿着他们所指的方向奔跑，直至耗尽最后一滴热血，肉体仆倒，才算抵达了自己生命的真正尽头。而马是有灵性的，它们的心灵和情感与人类息息相通，便有了伯乐相马、烈马报恩、天马蹈云等等故事和传说，感人的话语让我们时时热泪盈眶。

第二天一大早，起床后，请旅店的管理人员代为租借了一匹红色马匹，独自一人，沿大马营草滩信马由缰。青草的气息随风飘扬，祁连山的鹰隼啊啊叫着，时而俯冲下来，抓起一只野兔或是刚出生不久的羊羔，旋即又如箭矢一般，射向湛蓝色的天空。高傲的精灵，英雄的梦想，霎时间便隐没在了白雪皑皑的祁连雪山。

我忘记了时间，好像漫长一生中的精彩片段。在山丹大马营草滩，我漫游着，从早晨到傍晚，度过了生命中从未有过的清静而美妙的一瞬间。

由山丹向西，沿312国道，进入高台县城。租了一辆电动三轮车，我来到县城北郊的烈士陵园。陵园很小，但隐隐的悲壮之气令人神情肃然。拱门匾题“烈士陵园”为朱德元帅手书，背面镌刻郭沫若题写的“浩气长存”四字。大门内南北两侧各有一座双层五角纪念亭，亭四周的板壁上刻绘有烈士诗抄、长征组画等屏幅。通向陈列室道路两旁的松柏，虽然稀疏，但针叶郁郁苍苍，散发着沉静忧郁的光芒。

1936年10月,中国工农红军三大主力一、二、四方面军于甘肃会宁胜利会师后,红五军、红三十军21000名将士组成“西路军”,从甘肃靖远虎豹口渡黄河,经景泰、永昌、山丹,于12月下旬到达张掖一带。1937年元旦拂晓,红五军军长董振堂率3000将士攻克高台城,建立了县苏维埃政府。仅12天后,马步芳军队尾随而至,以6倍于我军的兵力,在飞机、大炮的配合下围攻高台城。董振堂将军率众浴血奋战8天7夜,寡不敌众。20日城破,红军将士又血战10多个小时,除个别人突围外,董振堂、杨克明及3800名身经百战、经受了25000里长征考验的英雄将士,全部壮烈牺牲。

惨烈的战斗,血肉横飞。我的心在隐隐作痛,如同有万千钢针,不停地刺着我怀念的思想和灵魂。作为一名士兵,一个红军的后来者,对先辈的英雄壮举虽不曾目睹,不曾亲身经历,但从内心迸发出来的仰慕和痛惜之情,像一团团奔突的火焰,在我生命深处燃烧着,燃烧着我的良心与渴望英雄的恒久信念。

缓步走过寂寥的小道,脚步声格外清晰。每年除清明之外,鲜有人来拜谒死难的英雄。人们都在忙碌着,过去的英雄故事从来不能“隆重”地打动现世的每一个人的心灵。纪念堂位于陵园正中央,堂前白杨如箭,杨柳依依。墙面上有几幅表现红五军将士在高台城与马步芳军激战的悲壮场面。攀上城头的敌人被红军将士用大刀砍落;有的红军士兵抱着敌人一同跳下城墙;手举石头、木棒与敌人肉搏……淋漓的鲜血,悲壮的情景,让人心底生寒,而英雄——生命的原始的愤怒和战斗姿态,淋漓尽致,气贯长虹。

出高台向西，车窗外匍匐着巨大的戈壁，稀疏的骆驼草、缓步的骆驼，一朵一朵的羊群、深埋黄土风尘的村落，破旧的风景，凡俗的生活，让人感到自在，当然也沉重。坚硬如铁的现实绝不会额外给予某一个人一点一滴怜悯，出生在哪里，哪里就是你生命的温暖的胞衣，抑或一生都无法逃脱的梦魇。

接近清水堡的时候，透过车窗，左边的戈壁滩深处，一色苍黄的荒山之下，隐约浮现着一座古老的废墟，这就是著名的骆驼城了。因了电影《双旗镇刀客》，骆驼城才真正地走入人们的视野。此前，考古学者曾在此发掘出大量的汉简、陶器和竹编等旧朝遗物。

沿戈壁间车辙轧出的土石路行约 1 公里，便可看见一座黄土堆积的废墟了，残垣断壁散落着，伫立在旷大的戈壁滩上，被大漠风打磨得光洁圆滑，远远看去，仿佛是一群僧人相对而立，默咏梵语。

废墟的西北方，有一座高约 8 米的巨大的烽火台，残缺的土坯堆落在倾斜的墙体上，登上去，可一览浩茫的戈壁风光，只是风沙太大，黄尘弥漫，阻挡了远望的目光。穿过古老的门洞，迎面是一座围墙，黄土版筑，厚不足 1 米。转身向西，便可看到仍基本完好的民居，整整齐齐地排列在铺满流沙的街道两旁，门窗尚完好，只是久无人居，尘土的气息很是浓重。因了风雨的侵袭，墙体内部的草芥和木板暴露出来，面目狰狞，让人惊惧。街道很短，宽约 3 米。走在其中，四面是静寂的古老民居，我想到，这座废旧的城市，一定发生过许多惨烈的战争，当时的统治者肯定在某个角落处决过许多的反叛者和罪犯。我想到民居里看一看，壮着胆子，将头颅伸进门洞，空空荡荡的房间，灶台、土炕等设施基本完好，只是由于久无人居和特别寂静的原因，有一种阴森的感觉，让人心里发毛。这应当是传说中的黑水国留下的城垣，建于秦汉或更早时候，先后被匈奴、月氏、蒙古、西夏等少数民族部落占据，考古学家虽在此挖掘出许多汉代和西夏文物，但对于消失已久的黑水国，还没有确切的研究和了解。当地人习惯称之为骆驼城，大概是牧者常将骆驼圈于此的缘故。

到达清水堡，正是中午。在一条旧而脏的路口下了车，忽然有一阵风刮过，浓重的烟雾裹住了我。我一阵咳嗽，背起旅行包，快步冲上倾斜的街道。一些蔬菜商贩坐在各自的小摊点旁边嗑瓜子，或是唠家常，神情悠然自得。走到清水镇的主街道，就看见了庞大素洁的祁连雪山，仿佛就在眼前一般，甚至连板结的雪粒都姿态圆满，清晰可见。山脚下的镇子升腾着缕缕青烟，映在祁连雪山上，像是一条条巨大的伤痕，或是蠕动的巨蟒，蜿蜒直上青天。清水堡（镇）现属酒泉市，古为交通驿站，北通居延，西至酒泉，南往拉卜楞寺，东向张掖，历来兵家必争，汉初曾为乌孙、匈奴、月氏、西夏等少数民族占据。汉武帝攻占河西后，在此设哨马营。元时为漠北蒙古人所据，明时大将冯胜逐蒙古贵族亦途经此地。多部史书和故事传说中都隐现着清水堡的身影，在一些影视作品中也有所表现……古镇茫苍、白雪黑水、黄尘漫漫、走驼酒旗、青灯迷离……古典味儿十足，风情独具。

酒泉当然也是一个极具诗意的名字，一提起它，我就会很快想起李白和杜甫，倒是把卫青和霍去病、班超、张骞、苏武等人丢在了一边。这也许是我过分敬仰李白和杜甫的缘故吧。在我看来，卫青和霍去病虽然战功赫赫，彪炳千古，使古肃州声誉大振，但他们的成功却是以数百万将卒的生命为代价的。所谓"一将功成万骨枯"，不仅仅是对暴力的谴责，还是对战争、人性和"万古流芳"的一种质疑和拷问。至于守节不移的苏武，从人格和耐力上讲，我很是敬佩，但又觉得苏武很可怜。中国多的是苏武式的"愚忠"，而缺乏具有独立意识和自由精神的真的猛士。

位于市中心的鼓楼虽颜色依旧，但威风毕竟不比昔日，在川流不息的街市上，曾经的高傲气势荡然无存。如今，它只能望着那些新式建筑而独感失落，无奈地回忆自己以往的英雄业绩。鼓楼有东西南北四个门洞，门洞上方写有"东接华夷""西达伊吾""南望祁连""北通沙漠"的字样，大方而鲜艳，仿佛在时刻提醒着每一个从它身边走过的人不要忘记这座古老建筑昔日的辉煌。有些时候，漫长的历史真的恍若瞬间，许多新鲜事物，在我们转身的时候，就改变了原来的模样。以往，酒泉一直是丝绸之路腹地、扼居延咽喉的军事重镇。西汉始设酒泉郡以来，已遥迢了两千八百多年，虽然战争的铁蹄屡屡踏起烽火狼烟，但在丝绸的光亮中，酒泉也曾繁华一时。而人世变换，世事无常，谁能预料自己的明天和以后的时光呢？

离开鼓楼向南，沿着一条飘满黄尘的街道，便可以看到一段残缺的城墙，虽历经千年风沙与战争，仍然很坚固，垛口完好无损。孤立在嘈杂的市声中，默然无声，它仿佛已经看透了这纷纷攘攘的一切，再不屑于那些无聊的争执和拒绝。举头向南，就可以看到满是积雪的祁连山，若是在夏天，山上的雪更为耀眼，连绵起伏的山岭姿态各异，或势若奔马，或静若处子，或像怒目金刚，或如笑面菩萨……鬼斧神工，妙趣横生。是什么造就了自然的奇异姿态？在冥冥之中，总有一种强大的力量，在塑造和改变着我们，包括世间的一切。

夜幕临近，烤羊肉和麻辣粉的味道大面积地飘了开来，仿佛是从这座城市的骨髓中冒出来似的，让人鼻子发痒。你若是初来乍到，肯定会感觉有点不舒服，时间久了，则一天不闻就又觉得缺少了什么。特别是一些妇女，一到傍晚，三五成群，到街上的目的，大多是为了吃一碗又辣又麻的麻辣烫。麻辣烫原产于四川，在西北的兴起，大概是这种小吃的味道仿佛西北人的脾气，意气相投，便很容易被接纳。而一到晚上 10 点钟以后，街道上就冷清起来，偶尔有几个青年男女交臂而过，几辆车呼啸来去，之后，一切就都复归于安静。整座城市，就在充满风沙和历史动感的河西走廊，进入了短暂而漫长的睡眠时间。

沿着祁连山再向西，古老的河西走廊一边山峦高耸巍峨，一边土地低矮荒芜。不过二十分钟的车程，嘉峪关便突兀地出现在眼前。长城，这一绵延于广袤大地的建筑，沿着北纬 40 度斗折蛇行，大部分在高山峻岭之上。这一维度，横穿北京、敦煌、马德里、伊斯坦布尔、安卡拉、盐湖城、华盛顿、纽约、费城等地，是一条神奇的地理的和文化的分界线，当然也是中国古人以为的“龙脉”所在。

尤其是冬季，嘉峪关就显得格外苍凉和孤独。登上嘉峪关城楼，仿佛就看见了整个西北的萧条。西风吹袭的垛口如同一只只破了的瓷罐，仿佛一大群灵魂在悲怆呜咽，米粒大的黄沙随风呼啸，如同一枚枚箭矢，打击着嘉峪关生冷的容颜。而嘉峪关的萧条应当是一种人为的伤害，夏日的繁华如同一场让人不敢相信的梦境，转眼就消失无踪，只留下一片片白色的纸片，在空中风筝一样飘摇。让矮小的我们看起来还比较雄伟的边墙，竟然如此的孤单，像被不孝子女遗弃的老者，独牧西风，饮尽人世苍凉。

阴沉的天空抖落大片的雪花，纷纷扬扬，天地顿时白茫茫一片。浩大的雪，仿佛将所有关于嘉峪关的颂歌和豪迈诗篇都掩埋了，苍茫之处，只见一根棱角分明的白骨，横亘在辽阔的戈壁滩上。灰暗天幕中苍鹰的翅膀在吃力地划动着空气，它们的鸣声像砖头一样暗淡。此时此刻，只有一位牧羊的老人，驱着他的散乱的羊群，寻找大雪覆盖下的枯草。羊们饥饿地叫着，牧人和他的皮鞭一直在沉默着，他似乎不想对羊们说些什么，在相同的生命中，却没有相同的生活和相同的命运。

从嘉峪关城墙返回市区，融入点点灯火之中的时候，我感觉自己仿佛经历了两个截然不同的世界，一边是千年的孤独，一边却是现时的存在，而我知道，孤独是永恒的，现时却一闪而逝。

巴丹吉林往事

公元前99年秋天，天高气爽，夜间的风霜已经开始肃杀大地上的一切了。此时的弱水河，虽然还没有结冰，可局部已经出现了霜冻。作为酒泉、张掖教射骑都尉的李陵和副手韩延年率五千"荆楚勇士，奇才剑客"从二十多年前因为霍去病接应投降的匈奴浑邪王而归入西汉版图的酒泉出发，穿越今巴丹吉林沙漠境内的额济纳旗，一直深入到阿尔泰山中段，寻击匈奴主力。这是他一生当中唯一的一次远征，也是最后一次。

在古人的思维中，气候和时辰总是有一些意味的，但李陵肯定不这样认为。对于他本身乃至他们整个李氏家族来说，作为李当户的遗腹子，李广家族最后一位将军，他太需要一次令人惊艳的出征了，更需要一次威名赫赫的战功，来洗刷自祖父李广自刎于军营之中，刚被封为关内侯的叔父李敢，在甘泉宫被霍去病故意射杀的家族耻辱了。

可世间的事情，总是诡秘莫测，看起来手到擒来的，往往会突然逆转。李陵挥师出击路线应当是从今天的酒泉市向北，沿着讨赖河北行到金塔县，再沿着已经开始结冰的弱水河进入巴丹吉林沙漠。弱水河是一条季节河和倒淌河，发源于祁连山南麓的鹰落峡。《尚书·禹贡》说："鸿毛不浮，水弱不能载舟。故名弱水。"

《史记·夏本纪》中说:“弱水至于合黎,余波入于流沙。”

关于巴丹吉林沙漠,其早期称为的“流沙”,《尚书·禹贡》说:“导弱水,余波入于流沙。”《穆天子传》中有“吉日甲子,天子宾于西王母,乃执白圭玄璧”的记载。从这本书中看,周穆王不止一次西征、南巡,仅在斋桑泊(位于哈萨克斯坦境内东北部,阿尔泰山西麓,额尔齐斯河流经此湖。)先后见西王母就有三次之多。其中一次,其乘车辇由贺兰山而入巴丹吉林沙漠,过巴里坤湖,最终到达瑶池(即斋桑泊)以后,“觞西王母于瑶池之上”。席间,西王母为天子作歌谣曰:“‘白云在天,山陵自出。道里悠远,山川间之。将子无死,尚能复来?’天子答之曰:‘予归东土,和治诸夏。万民平均,吾顾见汝。比及三年,将复而野。’”

两人的对话,犹如空谷之音,余响醉人。其中有家国情怀和个人志向,也颇见真情与普世哲理。而与此相对的是,自从公元前121年之后,“流沙”地区及其包含的居延海乃至整个阿拉善高原,就已经明确地纳入了西汉版图。其有功者,当是卫青,还有路博德并霍去病等人。其中的居延海,至今享有盛名,《汉书·地理志》说:“居延泽在东北,古文以为流沙,都尉治。莽曰居城。”

然而,在西汉时期,居延海乃至阿拉善高原,是匈奴进出大漠的主要通道,并且长期作为汉匈军事对垒的前沿。匈奴,作为蒙古高原和漠北瀚海中最早期的一支生猛军事力量,一个犹如苍狼啸聚、鲸吞四邻的奴隶制游牧汗国,其在历史黎明时期的表演,无疑是亚欧大陆上最为精彩绝伦的一幕。其周边近邻东胡、月氏虽然也曾经强盛过,但他们从没有像匈奴那样对中央帝国产生巨大的军事、经济和政治影响。也没有哪一个民族,如此长时间、大规模、高频率地与中央帝国发生摩擦乃至生死大决战，并对早期的中央帝国和欧亚大陆文明的嬗变持续产生巨大的影响。

大致是2006年夏天，我陪同外地的多位朋友，从甘肃金塔县的鼎新镇出发，越过巴丹吉林沙漠西部巨大的戈壁，进入额济纳。沿途的戈壁大漠一望无际，天空苍茫，风沙不停吹动且到处流徙，少得可怜的骆驼草、梭梭木在其中显得尤其仓皇与孤单。额济纳旗政府所在地名叫达来呼布镇，从地形上看，额济纳四面黄沙和秃山，达来呼布镇就像是一块巨大的石头，深陷于巨大的沙漠戈壁。如果没有弱水河及大片的胡杨林、红柳树丛，额济纳很快就会成为传说中的楼兰，被无际的风沙所掩埋。

从达来呼布镇再向北行，地势越来越高，先是零星的村庄，也像甘肃金塔这边，一色的黄土夯筑的民居，大都为四合院造型。村子外围长着一些沙枣树和新疆白杨。这是沙漠边缘最常见的树种，也是唯一可以长久生存的少数草木之一。紧接着，便是胡杨林的边缘，一些小树的叶子还青青的，看起来和大柳树没什么区别。

地势的升高是大地的一种抬举，对人，对物，也作用于整个大地和人间。不远处，便是风吹流沙如群蛇飞奔的大小沙丘，有些地方还长有骆驼草、蓬棵等砂生植物。居延海已经只是一面小小的海子了。《汉书》《新唐书》等记载，那时候的居延海（也曾经有西海郡、合罗川等名称，其面积涵盖今天整个额济纳地区）水泽众多，野草茂盛，是帝国西北部有名的粮仓和牧场。而在风不断吹送流沙的山丘之中，今之居延海，只能以一面镜子的方式反射依旧深邃幽蓝的阿拉善天空。

在策克口岸，站在界碑前，眺望蒙古国，只见流云成堆，天空悠远。李陵当年就是从这里深入漠北，一路寻击匈奴，以减轻李广利所属部队的军事压力。这一期间，李陵与敌作战的心情肯定是迫切的。凡是出征，速战速决是最好的军事手段之一。可是，他们一路上并没有遭遇匈奴军队，只能继续向前，奔腾到阿尔泰山中段，人困马乏，李陵和他的将士们还没来得及休整，就遭遇到了八万骑兵的匈奴主力部队。

日本学者白鸟库吉说，匈奴是蒙古人的先祖，其作战常以速度轻捷的骑兵进行大规模的运动战和突如其来的闪电战，以最快的速度拖垮或者打败敌人。司马迁《史记·匈奴列传》说："（匈奴军队）来如闪电，去如飞鸟。"在冷兵器年代，相对于以步兵为主要战力的西汉军队，匈奴骑兵部队有着无以复加的作战优势和加速度的冲击力量。再加上匈奴善于在地形开阔地带组织大规模的运动战，常采取迂回包抄、诱敌深入、闪击即走而后四面出击的战术和战斗方式，辎重较多、战马不足以及习惯于步战和车战的西汉军队当然总是落于下风。

李陵及其副将韩延年的五千人与匈奴军队八万人，"苦战八昼夜，杀伤过当"。（钱穆《秦汉史》）这该是怎样的一场血战、一场英雄之战？几天后，将士损失大半，副将韩延年等战死。本来，李广利令路博德率军策应李陵，但时为伏波将军的路博德却不屑于为李陵所率之军做后援，以"方秋匈奴马肥，未可与战，臣愿留陵至春，俱将酒泉、张掖骑各五千人并击东西浚稽，可必擒也"为由拒绝。

身陷绝境，李陵边战边退。将士死伤大半，但人人斗志不减。第七天，退到距离居延百余里地方，路博德所率援兵还没到，退路又被封锁。夜幕降临，匈奴收兵。李陵将残余部队安扎在一座山头上，稍事休息。作战到此，肯定没有任何胜利的可能了，连突围都是不可能的了。在此情境下，面对浩渺星空，李陵发出一声长叹。这时候的他，内心无比的悲凉和绝望。他最终决定，让剩余的几百名将士趁着夜色突围，不要和他一起葬身这茫茫沙漠。战士们却都不愿走，发誓与他同生共死。李陵说："保存实力最重要。我把你们带出来，起初想带大家一起建功立业，却没有想到，害得大家和我一起陷入了此等绝境。我李陵已经没有脸再去见皇帝了。我一个人死了不要紧，你们家里还有妻儿老小。没必要陪着我一起去死。"就此，司马迁《史记·李将军列传》叙述说："而单于以兵八万围击陵军。陵军五千人，兵矢既尽，士死者过半，而所杀伤匈奴亦万余人。且引且战，连斗八日，还，未到居延百余里，匈奴遮狭绝道，陵食乏而救兵不到，虏急击，招降陵。"

被俘后的李陵，虽在匈奴，但从未为单于出谋划策，也没有统兵进犯过故国。但是暴怒之下的汉武帝，却下令诛杀了李陵全家。消息传到匈奴，李陵心中的悲痛肯定是无以复加的。一个人本着报国之心，胸怀重振家族的志向，在极其艰难的情况下，满怀豪情与理想率军出征，不料陷入绝境。作战虽然英勇，对将士也有仁爱之心，但皇帝是完全不看这些的，他要的，要么是得胜而归，要么是战死沙场；他要结果，不要过程。

悲伤至极的李陵，只有仰天长啸，再伏地痛哭。他的《别歌》一诗，当是在此时随口而出的。"径万里兮度沙漠，为君将兮奋匈奴。路穷绝兮矢刃摧，士众灭兮名已隤。老母已死，虽欲报恩将安归？”借这首诗，李陵表明了自己的心志：家里亲人都没有了，再好的故园也回不去了，也绝对不会再回去了。

公元前100年，苏武与副使张胜出使匈奴。副使张胜与匈奴缑王、丁零王卫律属下将军虞常密谋劫持匈奴单于的母亲阏氏（原为汉公主）归汉，并欲刺杀当时在匈奴位高权重的丁零王卫律立功。虞常也是由汉归降匈奴的，与张胜曾是好朋友。此时想返国，欲拿匈奴单于的母亲和丁零王卫律的人头作为条件，期望汉武帝赦免其罪。不料，还没动手，事情败露。匈奴缑王在乱军中战死。虞常再次被俘。且鞮侯单于十分恼怒，扣留苏武等一干汉使。张胜这个人一身软骨头，当即变节投降；苏武宁死不降，被囚地牢。

李陵和苏武是西汉的两个极端，他们的命运都与匈奴有关。苏武的忠贞，李陵的无奈投敌，两人对汉家王朝的态度截然相反：一个坚贞忠诚，“十九年间不辱君，论功何独后诸臣”；另一个则哀莫大于心死。但苏武这个人物，却相对是单调的。关于李陵及其家族的人格魅力与奇诡命运，钱穆在《秦汉史》中说：“卫霍李广利之属，名位虽盛，豪杰从军者贱之如粪土。李广父子愈摈抑，而豪杰愈宗之……而李陵将勇敢五千人屯边，陵称其皆荆楚勇士，奇才剑客。徒步出居延北千余里，独挡单于八万骑。转战八日，杀伤过当。及陵降，而陇西之士居门下者皆用为耻。其时陵副韩延年战死，军人脱归者四百余人。李陵之才气，及其全军之勇决，令千载下读史者想慕不已。”

其实，害李陵者，一是他自己；二是李广利、路博德；三是汉武帝；四才是匈奴。如果李陵唯上级马首是瞻，安于本命，不去自讨苦吃，为帝国奋战，而是老老实实地负责后勤补给；如果路博德有一点合作之心，统一作战思想，即使他和李家有过节，战争之中，相同阵营的军队本该相互衔接，配合作战；如果汉武帝听从司马迁等人之言，容留一段时间给李陵，说不定，李陵也会如路博德当年寻机逃回，为西汉再立功业。再者，匈奴若不倾兵而出，抽调一部分军队与李广利所部作战，李陵说不定也能全身而退。

然而，这些都是假设。

失败而降匈奴的李陵可谓千古第一伤心男人。一个渴望以功业恢复家族荣誉，为自己争取彪炳千古之名的将军，在匈奴和汉军的双重促压之下，本想于匈奴暂保肉身，他日择机返回，不料被汉武帝的“不察”和“专横”封绝了他报效故国的最后念想。满朝之中，唯有太史公司马迁为之仗义执言，却遭到了男人最为耻辱的宫刑。由此来看，匈奴和汉武帝不约而同地成就了两出千古悲剧，也造就了两个伟大的男人。一个以失败的被俘为筹码，一个以失去男根为代价。一个空怀壮志与韬略武功，被迫死于大漠；一个以绝世之毅力、古今之见识、神鬼之笔锋和天地之仁心，写就了一部千秋大书。

李陵的失败和投降，使得当时以李广为荣的陇西成纪人，也都以李陵为耻。这对于在漠北单于朝廷进退不得，生死都不甘心的李陵来说，他的心一下子就死掉了。尽管被封为右校王，又有单于的妹妹为妻。但面对故国天子之不察、之灭绝、之残忍，李陵的悲伤，是任何人都难以体察的。后来，李陵奉单于之命，硬着头皮到贝加尔湖劝降苏武。苏武一开始对他轻蔑有加。但随着李陵口吐心声，再加上两个故人在敌域谋面的某种特殊氛围，很快拉近了谈话的距离。至于两人谈了什么，今人无法得知。从两人酬答的诗歌当中，可以察觉到两人的深厚情谊与一些人生看法。

“良时不再至，离别在须臾。屏营衢路侧，执手野踟蹰。仰视浮云驰，奄忽交相逾。风波一失路，各在天一隅。长当从此别，且复去斯须。欲因晨风发，送子以贱躯。”

“骨肉缘枝叶，结交亦相因。四海皆兄弟，谁为行路人。况我连枝树，与子同一身。昔为鸳与鸯，今为参与辰。昔在常相近，邈若胡与秦。惟念当离别，思情日已新。鹿鸣思野草，可以喻嘉宾。我有一樽酒，欲以赠远人。愿子留斟酌，慰我平生亲。”

虽说这两首诗有后人托名伪作的嫌疑，但两诗之优秀、情意之深沉、情景之吻合，确实令人动心动容。由此诗歌，可以想到这样一幅情景：辽阔天地之间，莽原极目无际。天光暗下来的时候，忽然又下起了大雪。李陵和苏武站在茅庐之外，相互酬答。然后含泪躬身拜别。不同的是，李陵拜别苏武，其实也在拜别整个汉室；苏武看着李陵远去，心情也陷入了一如既往的空茫之中。

公元前81年，苏武返回西汉，受到汉昭帝的高度赞扬，被任命为典属国（即负责帝国属国的官员）。李陵仍在大漠。公元前76年，李陵死，葬于今山西省怀仁县吴家窑镇两狼山。至今，当地还有李陵碑留存。苏武后来参与了谋立汉宣帝刘询的政治斗争，虽没有被杀，但政治前途毁于一旦。随后，他的儿子苏元随燕王刘旦谋反，事败被杀。汉宣帝即位后，念及苏武的忠诚，对他尤为尊崇，并打听到苏武在匈奴时与一匈奴女子生有一子，名叫苏通国,便派人用重金赎回,并封为郎官。

苏武本人年寿八十有余而善终。

与此同时,伏波将军路博德奉命在居延一带修筑的烽火台、侯官府等军事设施也齐备完整起来。因是面对匈奴的漠北前线,西汉在此驻军也非常之多,至今还可以在弱水河西北岸大小不一的荒山上看到十里一座的烽火台。烽火台高 25 米左右,直径 9 米多。烽火台内,可供五六个人生活起居,后面又有类似储物间或马棚一样的相应配套设施。记得我参军到巴丹吉林沙漠的第二年,单位组织春游,一行人骑着自行车,从西岔村方向涉过弱水河,到金塔县天苍乡,沿着一条土石小路连续奔波,到天苍乡政府所在地,爬过几道山坡,登上了烽火台。

站在台上,漠风如涛、猎猎如割。台上垛口基本完好,张目可望四边,只见戈壁铁青如幕,沙漠在远处耸起无数金色乳房。近处荒野上,有骆驼岿然不动,犹如磐石,更远处一片苍茫,目力不可穿。山下的村庄被杨树包围,一色的黄泥夯筑,背部刷白漆,在绿野中,给人一种古朴的感觉。与当地人聊天得知,这些人大抵是各朝代当中戍边者、流放者及逃难者的后裔。关于这一点,可以从当地人的口音得到验证。这也说明,从秦汉开始的移民屯边的工程从没间断过。当年,西汉控制了居延地区及河西走廊之后,便也效仿秦之蒙恬,攻取一地,便移民居住,一面固边,一面推行当朝之政策风化,逐步汉化异地,使之永久成为中央帝国之"王道乐土"。路博德曾率军攻伐海南岛,移民屯田,因战功而被封符(邳)离侯,后在汉武帝组织的对匈奴反击战中,也有诸多战功;巫蛊案爆发,路博德“坐法失侯”,被贬官再至居延屯边,最终也死在了这里。

如果李陵得知,不知作何感想。

据此约十公里的一处荒滩上，还有一座甲渠侯官府及一座几乎湮灭了的关隘——肩水金关。一色的黄土夯筑,矗立在已经改道的弱水河左岸。据当地文化部门考证,此侯官府为汉居延地区主要屯兵之地和军事长官驻地。2007 年夏天,我和几位朋友冒着西风大雪去过一次。在废弃的城中徘徊,荒草成堆,四野空旷,偶尔有几只鹰隼自祁连山飞来,在空中盘旋。再进入建筑面积颇大,墙壁高逾 5 米的侯官府。其中设施一应俱全,有瞭望口、箭口、马厩及住宿地、点将台等。只不过,许多设施已经坍塌,整个甲渠侯官府内,充斥着浓郁的土腥气。登上瞭望口,可看到方圆五里以内的荒漠戈壁。

荒漠中有一条道路,沿着弱水河,可以直达额济纳和巴彦浩特。沿途的河流沉浸在巨大的沙漠之中,水时断时续。在酒泉卫星发射中心附近,河边有许多胡杨树。据说,这一坚韧的柳科树种,在史前时期,一直从地中海覆盖到今天的额济纳。但如今,由于气候变化,除新疆伊犁河流域及额济纳还有数千棵之外,基本上灭迹了。从 1999 年开始,每年有大量的游人在初秋时节来额济纳游览,其主要看点就是在秋天灿如黄金的胡杨树叶、深陷大漠的居延海以及居延汉简主要出土地哈喇和林(黑城)。

因为距离近,还有工作关系,数年来,我得以多次进出额济纳。但额济纳——居延这个名字不知始于何时,大致是先秦或更早,西汉时称为居延。西汉灭亡、东汉建立的近一百年内,因刘秀

"韬光养晦",恢复战争创伤,尽管匈奴势力仍旧在国境活动,时不时倾兵入寇,但刘秀政权采取的是谁也不支持、谁也不得罪的"糨糊"策略;后期又以拉拢分化为主,令匈奴内斗,自己不费一兵一卒。匈奴内讧,九王争立,一番自相残杀,只剩下南匈奴呼韩邪、北匈奴郅支骨都侯呼图吾斯两支比较大的军事势力。先前,两者都依附西汉,并质子入朝。后汉朝赏赐不公,两个质子在长安待遇也不同。呼韩邪儿子锦衣玉食, 呼图吾斯的儿子门空灶冷。呼图吾斯不忿,一怒之下斩杀了西汉使者,公开与汉朝决裂。进而袭击呼韩邪单于,但被呼韩邪及汉军联手挫败。失败了的呼图吾斯,只能率军向西进发,寻找立身之地。

王莽主政,其降低匈奴封王级别、迫使匈奴纳贡等愚蠢要求激怒了匈奴各部,战争又起。但这时候的匈奴,已经是强弩之末。由此,匈奴内耗、衰落便成了必然。不久,班超家族的英雄横空出世,还有耿恭和郑吉等人,东汉重拾统治西域的雄心,又以武力加强了对西域(包括居延地区)的统治力和影响力。但维持的时间也不长。三国初期,曹操分匈奴为五部,将内附的呼韩邪单于后裔彻底瓜分殆尽。南匈奴自此逐渐融入了泱泱中华民族。随后有刘渊、石勒、沮渠蒙逊等新兴势力崛起,但也与其先祖命运一样,没有逃过大多数游牧民族之"其兴也勃焉,其亡也忽焉"的谶语和魔咒。

有趣的是,黠戛斯人(即坚昆人,居住在今叶尼塞河上游,为我国柯尔克孜族和吉尔吉斯人之先民; 先弱小, 从属于薛延陀部,又以突厥、回纥为宗主国)中有黑眼睛的,自称是李陵后代:

“黑瞳者，必曰陵苗裔也。”（《新唐书》）且不论真假，但在唐时，黠戛斯一直和中央帝国的关系甚好。这对李陵来说，也算是一个没想到的安慰吧。

诗人王维也来到过居延，那是在公元737年，王维受命至河西节度使驻地武威慰问前线将士。其间，他带着犒赏的物资来到居延，见天地浩茫，大漠落日，受居延地区雄浑、神奇的自然景观的触发，王维在此写下《使至塞上》一诗：“单车欲问边，属国过居延。征蓬出汉塞，归雁入胡天。大漠孤烟直，长河落日圆。萧关逢候骑，都护在燕然。”与此同时，唐代一名不太著名的，创作以咏史诗为主的诗人胡曾，也有《居延》一诗：“漠漠平沙际碧天，问人云此是居延。停骖一顾犹魂断，苏武争禁十九年。”

王维的前半生，大致过着一种比较优裕的生活（后被安禄山叛军抓获，委以官职。战乱后受摈抑，斋佛终老），既做官，又辟庄园，诗画双绝。与唐代其他诗人比较，王维诗歌中的贵族及雅士气息很浓，且能够很好地把握山水、纪行和边塞等多种题材的诗歌创作，比之李白、杜甫，当是唐代诗人中才华中上者之一。他这首名传千古的《使至塞上》，其他句子都一般，唯有状写西北大漠自然与人文风景的句子撼动人心，可谓千古第一人。胡曾的诗歌略显平淡，落笔的典故是苏武被囚，守节忠贞；怀古的意味浓，但缺乏独创性，了无新意。由此可见，诗人之才，绝对是天赋，也与其身份境遇有关。可以肯定的是，物质也可以促人提升境界，开阔胸襟，使得人超越“物”的限制，专注于精神创造。

公元755年，安史之乱爆发，唐帝国不得不放弃对西域的经略，高仙芝、封常清等名将回长安全力应对安禄山大军。李隆基听信宦官边令诚等人的谗言，在潼关阵前，先后斩杀了高仙芝和封常清，又连下诏令，催促哥舒翰带兵出关。

哥舒翰也是名将，“北斗七星高，哥舒夜带刀”写的就是这位曾为河西节度使的名将。但此时的哥舒翰，已经半身瘫痪，需要人抬着进行作战指挥。面对安禄山大军的凶猛攻势，哥舒翰知道出关必定失败，但他又不敢违抗诏令，以至于三军出关之时，“嚎声雷动”，在今天的河南陕县，唐军中了安禄山军队的埋伏，十万将士多数战死。哥舒翰主动屈膝投降安禄山，对其称臣，极尽谄媚，令天下英雄皆以为耻。唐帝国邀请回鹘和吐蕃军队介入平定安史之乱的战争。这些虎狼之军却反制唐帝国，所到之处，杀戮搜刮的疯狂与残暴比安禄山、史思明、安庆绪的部队更甚。与此同时，吐蕃攻占了河西走廊全境，曾经威慑西域诸国的唐帝国专设军政机构“安西四镇”，与中央政府的联系通道只好改在回鹘境内，即丝绸之路回鹘道。斯时，居延更名为合罗川，为进出回鹘道，衔接呼和浩特、长安、洛阳等咽喉要地。

此时的回鹘完全掌控了唐帝国的丝绸对外贸易权。此外，唐帝国内部藩镇割据，各路势力征战不休。战马在当时成为稀缺物品，为增强战力，唐帝国不得不高价向回鹘购买马匹。回鹘趁火打劫，常以病马、老马换取丝绸。尽管如此，唐帝国欠款越积越多，几位皇帝都没有彻底还清。而在欧洲，丝绸仍旧与黄金等价。在当时的欧洲贵族之间，与瓷器等一起流通极其广泛。

白居易《阴山道》一诗应是对当时唐帝国与回鹘之间进行绢马贸易真实情况的记录。“纥逻敦肥水泉好。每至戎人送马时，道旁千里无纤草。草尽泉枯马病羸，飞龙但印骨与皮。五十匹缣易一匹，缣去马来无了日。养无所用去非宜，每岁死伤十六七。缣丝不足女工苦，疏织短截充匹数。藕丝蛛网三丈余，回鹘诉称无用处。咸安公主号可敦，远为可汗频奏论。元和二年下新敕，内出金帛酬马直。仍诏江淮马价缣，从此不令疏短织。合罗将军呼万岁，捧授金银与缣彩。谁知黠虏启贪心，明年马多来一倍。缣渐好，马渐多。阴山虏，奈尔何。”

安禄山是杨国忠逼反的。安禄山原计划待李隆基死后再起兵夺取江山，但杨国忠与其争宠。杨国忠多次劝李隆基干掉安禄山，李隆基不信、不干。逼得没法了，杨国忠私自把安禄山的儿子从洛阳抓到长安，不由分说就砍了脑袋。安禄山得知后，干号两声，不得不提前起兵，尽管仓促，但也一路势如破竹，半个月就从范阳（今北京）杀到了洛阳，沿途守军除少数抵抗外，其他一律投降。安禄山之乱，主要原因是李隆基。早在安禄山发迹时，河西节度使王忠嗣，丞相郭元振、张九龄，包括杨国忠等人，皆多次劝谏李隆基说安禄山此人将来必然反叛朝廷，宜早防范。李隆基一意孤行，摇耳不听，且在长安倾尽所有，为安禄山造了一座豪奢府邸。并说怎么花钱都行，千万不能让安禄山笑话他这个皇帝小气。

李隆基这个皇帝，一半明亮，一半昏暗。盛唐是他，败唐也是他。

回鹘也没有逃过“其兴也勃焉，其亡也忽焉”的历史周期定律。其兴盛时候，在额济纳修建了数座公主城。修建这些城堡的主要推动力，是当时以经商闻名的粟特人，即中亚一带的昭武九姓国人。这些人不仅商业头脑发达，而且也是宗教、文明的携带者,同时也参与亚欧大陆各国内部斗争,操纵其政治走向。多年之后,回鹘衰落,分成几个部分,其中一个部落留在了合罗川(即今天的额济纳),后世称之为"居延回鹘"。此外还有"高昌回鹘""甘州回鹘"等。绝大部分回鹘余部在新疆建立了强大一时的黑汗王朝(喀喇汗王朝)。

五代时期,虽然西域内部贸易兴盛,丝绸之路未曾断绝,但影响力很小。以偏安和文人政治达到鼎盛的宋朝,其军力根本无力延伸至额济纳,随之崛起的西夏王朝取代了中原王朝在西北的影响,填充了河西及宁夏、青海、新疆东部等地的权力真空。直到成吉思汗大军将之全族夷灭。西夏如水渗土,在历史长河中倏然消失,但它创造的文明文化尽管被时间淹没了,但仍有文物遗存。1884 年到 1886 年间,俄国民俗学家波塔宁夫妇到甘肃及青海等地考察土族渊源,数年后就考察经历写了一部名叫《中国的唐古特:西藏边区和中央蒙古》的书。1892 年或者更早时候,俄国探险家和考古学家科兹洛夫读到波塔宁此书。从 1893 年开始,他先后三次带队到青海、西藏、新疆、内蒙古和甘肃等地考察。在当地一位蒙古族王爷的帮助下,科兹洛夫从哈喇和林挖掘出了大量译自汉文典籍的西夏文《论语》《孟子》《孝经》《孙子兵法》《类林》等典籍和用西夏文编写的《文海》《音同》《杂字》《圣立义海》等字典、辞书。他后来在其《蒙古、阿木道和哈拉和卓城址》一书中如是说:"考察队在哈拉浩特遗址度过几天后,便获得了种种丰富的物品,诸如书册、信函、文件、金属钱币、妇女装饰品、佛教崇拜画像等等。至于谈到数量,那么我们搜集的考古资料一共装满了十大箱,准备以后运往俄国地理学会和科学院。"

1915年，英国探险家奥莱罗·斯坦因率中亚探险队到哈喇和林掘得两百三十余册汉文古籍和数百页西夏文书。1927年，瑞典人斯文·赫定率中德西北科考团进入哈喇和林，发掘出包括《大藏经》在内的许多珍贵文物。斯文·赫定在得到敦煌藏经洞的诸多文物后，在欧洲考古界名声大噪。1928年到1930年，他再次随中瑞联合考察团到居延，沿着弱水河，再次在一些亭隧障塞中挖掘出居延汉简一万余枚。1927年到1934年，瑞士人贝格曼一直在中国西北部考古；1930年，他和几位中国学者在弱水河流域的数座汉代遗址中掘得居延汉简一万余枚。由此，形成了“简牍学”，与殷墟甲骨文、敦煌遗书、故宫大库档案并称为20世纪中国文化史上的四大发现。据称，居延汉简的书写时间跨度为二百七十多年，是研究汉代政治、军事、经济、科技、文化、法律、民族、宗教以及社会生活状况的重要依据，正史及其他典籍不可替代。在居延汉简研究方面，出现了一批成果卓著的大专家学者，如陈梦家、陈直、于豪亮、裘锡圭、谢桂华、李均明、何双全、薛英群、于振波、李振宏、罗见今、劳干、马先省、吴昌廉、刑义田、严耕望、张寿仁、陈文豪，还有日本的森鹿三、大庭修、永正英田以及韩国的韩延锡等。

由此可见，西夏人也有很长时间在居延地区活动。元初改居延海为亦集乃路，达来呼布镇叫“以稷那城（疑似“额济纳”异音）”。马可·波罗行游至张掖，又转道居延。他在他的《马可·波罗游记》中说：“（以稷那城）位于荒原沙漠的入口处，属于唐古特省。居民是偶像崇拜者，他们有骆驼和各种家畜。”他也将黑城称为“哈喇和林”，并说：“哈喇和林是鞑靼最早定居之所鞑靼王朝的源起之地。哈喇和林城周长3英里……”

“在以稷那北境，有东西二泊，东曰朔博泊(即苏泊淖尔)，西曰朔克泊(即苏克淖尔)。”“此二泊原有一渠相连，今已淤塞，古代原是一湖，名曰居延海。”如今的居延海确如马可·波罗所言，已经分成了两个很小的湖泊。昔日水泽连天、牛羊遍地的盛景，早已被庞大的沙漠吞噬了，取而代之的是沙漠的扩张、绿洲的萎缩。但也可以据此推断，元代初期，哈喇和林城(俗称黑城)就已经废弃了。但在额济纳至今流传着这样一个故事。明初，大将冯胜领兵至甘肃，剿灭元朝剩余势力，在哈喇和林遭到守将伯颜帖木儿的坚决抵抗。久攻不下，冯胜便改道弱水河。数日后，伯颜帖木儿及城中人干渴致死多半。伯颜帖木儿见生还无望，亲手杀死自己的妻儿，连同大批珠宝一起投入一口枯井。夜半率军突围不果，于乱军之中被斩杀。

这肯定是一个民间传说。《明史》记载，冯胜大军至此，守将伯颜帖木儿及其属下自知不敌明军，主动开城投降。但明朝并没有像元朝那般，守军和衙门并没有设置在哈剌和林，而是搬迁到了今额济纳旗政府所在地达来呼布镇。

曾经繁华的一座沙漠之城，自此废弃，直到科兹洛夫、斯坦因、贝格曼和部分中国专家在弱水河流域先后数次发现并开掘出大量文物。这些文物，大都被当时的外国科学家和学者分别运到了俄国、英国、瑞士、瑞典等国，至今没有返还。不过，中国的学者也在这一带挖掘和发现了诸多的文物。有记载说，从1930年到1972年，中国学者共在居延地区发掘出汉简及各类文物三万多枚(件)。

这些文物的主要出土地为弱水河沿岸的亭关障塞和哈喇和林遗址。有幸的是,因为工作关系,凡是发现和发掘过居延汉简及其他文物的地方,我大都去过。其中,哈喇和林去得最多。它就在酒泉卫星发射中心通往额济纳的道路一侧的巨大荒漠中。和它紧密相连的,是当地人称之为怪树林的地方。所谓怪树林,传说是明初的征西将军冯胜改道弱水河,原先茂盛的胡杨树因为长期缺水而成批干枯;胡杨树木质坚硬,生命力顽强,具有死而不倒,倒而不腐的特性,只是在漫漫黄沙中被风沙持续不断地磨损、枯烂,成为沙漠的一部分,天长日久,便形成了一种以死去的胡杨树姿势为主题的惨烈的"自然风景"。

于落日西坠时候进入怪树林,已经干枯的胡杨树或倒或站立,形状若将军自刎、长剑指天,若战马对月啸鸣,若仰天长叹的诗人,不一而足。夜里,风吹如猛兽狂吼,沙子如群发的箭矢,倘若一个人在其中野营,即使不被冻死,也会被诡异的景象吓破胆。自然的存留和塑造,总是可以超乎人的想象。这一片枯树林,被当地人命名为怪树林,如今也成为当地旅游的一个有名景点。

斯坦因和科兹洛夫等人挖掘出诸多文物的哈喇和林(黑城)就在怪树林一侧,至今仍是一座还比较完好的土城;城墙皆为夯土版筑,厚实而又高大。哈喇和林四面都是沙漠,即使晴朗的天气,也是风沙漫漫,灰尘飘飞。正门前有一座坟墓,其中埋葬的是几位曾经在此苦修的僧人。城南角的空地里,有一座清真寺,也还完好。城门早已坍塌,冲着风和万物,豁然洞开。西北角有一座清真寺,基座和塔身也还完好。整个内城方圆大约 3 公里。东南角空旷，满地碎石裂瓦。城中靠北的地方，依稀可见房屋、街市留下的痕迹。走在其中，恍惚觉得，寂静之中，忽然就人声嘈杂起来了，各种方言都有，还有马蹄声和马的嘶鸣，以及打铁的火星、满载货物的骆驼，甚至还有散漫的鸡鸭和羊。只要是人居住过的地方，无论湮灭还是消失，后来者如果静心聆听的话，一定会听到昔日人群的某种声响，包括他们身上那种说不清的味道。

城墙根部，确实有挖过的痕迹。我想到上述的那些人，考古专家和学者。发现文物就是发现消失的人类。人类是一个绵长传递的过程，从他到我，从她到你。看起来是另一个，其实还是同一个。这似乎就是人类的永恒属性之一。从国籍和人种的角度，我也觉得那些将居延文物带走的外国人是可耻的，但从人类文明来看，也觉得没有什么。考古本来就是发现，发现也是一种专利权。只要是用于研究，并且从文物之中找到和验证先民的诸多生存和文明属性，那么，任何取得都是合法和有益的。

有一年单位组织拍摄一部纪录片，我担任撰稿人和摄像师，特意设置了哈喇和林及额济纳的诸多场景。当我再一次和同事扛着摄像机去到哈喇和林，发现它还是老样子。也有很多人来参观，转一圈就走了。还有的人，可能也知道此地发现过许多珍贵文物，也佯装考古，在看起来有意思的地方挖一会儿，但最终都无功而返。我和同事早上拍了一次，从各个角度；晚上又拍了一遍，力求把哈喇和林拍到极致，拍到它的骨头和灵魂里。

就在我们准备收工的时候，忽然看到两只类似天鹅的大鸟，在古城上方一百多米的空中，一前一后飞翔，很慢，很轻盈；很近，很亲近。我急忙打开摄像机，并让同事用相机抓拍。

这是动人的一幕。古城飞鸟，废墟生灵，沉重飘逸，死与生……简单的对立，让人心神惶惑，不知笑好还是哭好，也不知道该怎样离开哈喇和林。回头再看的时候，夕阳就要落尽，整个哈喇和林漆黑如墨，只以一种沉默而苍凉的轮廓，在无垠的荒漠与苍天之下握紧大地，把自己和身外的一切，都自觉地纳入到时间的刀口或者凉意森森的怀抱里。

晚上住在达来呼布镇，半夜沙尘暴如万千野马受惊，天庭放逐雷霆。在摇晃不止的房间里，尘土无孔不入，我感觉到了一种掩埋和飘浮。想起居延如此之多的传奇和遭际，蓦然觉得心里宛若凭空滋生出一根巨大而绵长的铁索，一头朝着过去，一头伸向未来。

巴丹吉林的个人生活(三章)

沙漠的花朵和果实

巴丹吉林沙漠的春天,是一年当中最美的视觉盛宴。为数不多的杏花、桃花、梨花、枣花、苹果花持续开放,在满携尘土的风中,像是一群突然在荒原上出现的少女,不仅赏心悦目,而且是一种无与伦比的幸福。而与之相邻的杨树、沙枣树稍微迟钝些,四月初才开始泛出零星的绿意。这时,少有的杏花已开得热火朝天,不可一世。在温暖的阳光下,它们妖艳的光泽,让看花的人自感颜面失色、内心惶惑。每一次路过,我都会停下来,盯着满树的杏花看,嗅着浓郁的花香,内心激越,似乎重温旧年的爱情。

紧接着,是梨树,一身的花朵,大地的脂粉,在夜晚也素洁异常。成群的蜜蜂围拢而来,嗡嗡嘤嘤,使得每一片梨花都蓬勃着强劲的蜜香。很多次,我近距离观察:花片和花蕊竟是惨白的,微卷的;似乎一张张满是皱褶的面孔,外在的白掩住了内在的苍老和衰败。

往往,杏花还没有尽入尘埃,梨花就败了,一夜风吹,脂粉尽褪;一阵风后,杳无踪影。然后是果实,从花朵的废墟探出。很早我就知道,巴丹吉林沙漠乃至河西走廊都将这种杏子称作"李广杏”——以备受推崇的“飞将军”李广命名。这一命名使得这种并无独特之处的简单果实,具备了浓郁的诗意和铁血味道。

当地人说,“李广杏”味甜、汁多、核壳坚硬、杏仁很香,还有治疗咽喉肿疼、提神和开胃的功效。

而这里的“苹果梨树”则是变种,我第一次吃它结的果实,心里有种异样的感觉:这种“混血”的果实,满含的汁液似乎白色的血,质脆而肉甜——当地人说,这苹果梨树是青海苹果与当地梨树嫁接而成——两个不同地域的树木, 就因为一根枝条而结出另一种果实,实在神奇且叫人心生异趣。

苹果梨树冠盖庞大,叶子呈圆锥形,树干黝黑泛红,上面有一些类似雀斑的斑点,密密麻麻,从树根到树梢,均匀密布。

杏子和苹果梨未熟时都相当酸涩。不同之处在于,杏子小、酸、软,不费多大力气就可咬开,粘在唇舌上的那种酸,犹如北方的酸枣,叫人猝不及防又无法形容。但怀男孩的妇女很喜欢吃,往往,杏子刚刚小指肚大,就嚷着要摘几个吃,且吃得津津有味,吧嗒有声。苹果梨则很坚硬,表皮发青,再坚硬的牙齿,再大的力气咬下去,也只是一道浅浅的印迹。

苹果花并不声张,冷不丁抬头,它们就含蓄地站在了枝头。整个花朵呈白色,外面包着一层粉红表膜,类似西北高地女人脸上的“高原红”。我没想到的是,这里的苹果树也是“迁徙者”,早年从陕西一带引进。

苹果是最大众的水果, 全世界都通行。在古代的丝绸之路上,苹果是最常见最易携带的“行旅食粮”。但可惜的是,巴丹吉林沙漠西部边缘土质粗糙,含碱量大,再好的苹果树种种下后也长不高，结出的果实类似小孩子拳头，表面粗糙，坑洼不平，成熟前大都会裂着黑色的小口子，看起来令人不大舒服。到十月初，白霜普降，苹果树叶迅速卷曲，由青而红，再呈焦黑色。但苹果仍旧高悬枝头，脸庞红艳，犹如春花。

巴丹吉林的枣树有两种——大枣和沙枣。它们根本的区别是：大枣由人种于果园，果实私有，沙枣为野生，果实公有。大枣原产地大致是中亚或者山东一带（巴丹吉林沙漠以西的大多数居民，大都不是世袭的土著，从残存的方言和习俗看，大都是从山东、河北、陕西、内蒙古等地移民屯边、从军和流放而来的前朝遗民后代）。

大枣花为米黄色，颗粒细小，密布枝丫间，掩住伸出的黑色长刺。据养蜂人说，最好的蜂蜜出自枣花，但巴丹吉林沙漠没有太多的蜜蜂，都是一些不知名的大黄蜂和小黄蜂，也不知从哪里来，它们从不成群结队，常是单飞，最多四五只，采蜜的方式也很悠闲，慢条斯理地从一朵花到另一朵花，钻进花蕊，不一会儿就飞走了。但时隔不久，它们会再次光临同一朵花。

沙枣花在巴丹吉林沙漠诸多花朵中为至美，通常到5月中旬才开放，香气格外浓郁，30米开外就可闻到。沙枣树跟随沙漠河流而生，幼时成丛，逐渐有强壮者突显出来，历数十年方可成大树，但躯干扭曲，树皮皲裂，年龄再大也难以长高。记得我来巴丹吉林沙漠的第一年春天，礼堂旁边有几棵沙枣树，每当开花，蜜香随风飘扬，如饮甘醇，令人心神迷醉。

秋天，沙枣树绿叶变得枯黄，一夜风吹，尽落地面，一串串类似枸杞的果实，悬挂于干枯的枝头。它们中有的很顽强，整整一冬，任凭漠风排山倒海，亦自岿然不动。到第二年春天，花朵盛开，绿叶萌生，也还有不少沙枣在原来的位置沉默悬挂。

在这些果实当中，“李广杏”可以做成杏脯，摊开，晾干，冬天吃，虽然干硬，水分尽失，但越嚼越有味道。苹果梨可用筐子或纸箱存放于地窖（但需悬挂），可以吃到开春。晒干后的大枣，皮肉虽然干枯，但用粮食酒浸泡一段时间后，就会自然膨胀，色泽鲜艳，肉质辣甜，据说有补肾壮阳的功效。

农村里有妇女专门打了沙枣，晾干，磨成细面，包在油饼里，再炸，吃起来香甜又带点酸涩，适合就着米粥和咸菜吃。至于苹果，成熟后仍旧是酸的，怀孕的妇女视为佳品；放得时间长了，就会慢慢变甜，到来年开春再吃，竟会甜如面酱。

在巴丹吉林沙漠，不论是杏树还是梨树、沙枣还是大枣，都是荒凉中突出地面的美丽之物。很多年了，我一次次看它们开花、长叶、结果、成熟、衰落。不论花朵、叶片还是果实，每一次看到，都有一种特别亲切的感觉。粗略算算，这些年来，这些沙漠的果实，有不少进入了我的身体。可以说，我的身体有它们一部分。

此外，十多年来，我一直在无意中保持着另外一种清醒，看到杏子和杏树就会联想到飞将军李广；看到苹果梨、大枣和苹果，内心就感觉到沙漠的辽阔和博大；看到沙枣，就会想到横在巴丹吉林沙漠中间的弱水河。除此之外，我常常想，树木也和人一样，代代传承，不断生长，也会不断消亡。但相对于它们，那些在沙漠与我同在的花朵和果实、树木和河流，其实是一种更长久的生命存在和生命景观，而我个人，或许只是其中一棵树、一滴水，甚至一棵树上的一朵花、一颗毫不起眼的果实。

夏天的田野

每年夏天，是巴丹吉林最美、最繁华的时段。因为暴烈的阳光，我很少在白昼深入其间。有几次站在近处树荫下，或者围墙的根部，在持续的风中看不远处的田野——安静的村庄在浓密的杨树下隐藏，偶尔露出的房屋多是白色，有的陈旧，有的崭新。正午的炊烟沿着树木缠绕而上，又很快在树叶间消失。偶尔走动的人步履缓慢，手提农具、青草或者吃食。

阔大田地之外是草滩，通常还会有一泊长满水草的海子，水发绿，阳光在上面，与探出腰肢和头颅的蒿草一起不规则摇晃。草滩上有骡子、马、驴子或牛，它们不怕阳光暴晒，长有毛发的身子油光锃亮。

炎热的正午，到处安静，几乎没有蝉鸣，牲畜的叫声比汽笛声更嘹亮。再远处，是微微泛绿的戈壁滩，熊熊的气浪像是一片无声的汪洋，稀疏的骆驼刺和沙蓬，孤独得叫人心疼。看得久了，潜意识里会有喧哗的水声，在内心荡漾。

5月中旬，田野里的棉花开出淡黄色的花朵，黄蜂在其中奔忙。阔大的圆锥形叶子密密的，有风也不动摇，只有刚吐出的花苞，穿过阳光的缝隙，在绿叶间相互摩挲。另一些田地里麦子尚还青青，一丛一丛，被风吹着，似集体舞蹈。还有一些青色的苜蓿，一棵棵匍匐在地，背面发灰的叶子像是羞涩的女子的脸颊，从数量极少的缝隙中，看着她们之外的人和天空。

清晨风如水洗，农人们起得很早，我们跑步经过时，田里到处都是他们的身影。露珠很大，密集成群，等他们走出来，裤腿湿漉漉的，鞋面上还沾了不少粗砂子。常会有人朝我们看看，但相互无法辨清表情。有些头包花布毛巾的女孩子，看人的脸和眼睛都是斜着的，慌乱不定。倒是那些上了年纪，或者婚后的男子女子，看人眼神很大方，表情也很本真自然。

村庄的外围，也有一些海子，在逐渐稀疏的草地上，风吹涟漪，似乎是巴丹吉林沙漠无数的眼睛。有些人在海子里养殖鲫鱼和河虾，清闲的人们坐在岸边，望天垂钓。海子周围，野生的甘草很多——根很长，有的几米，有的数十丈。每年春天，附近学校总要放假几天，要学生们挖甘草，一个人至少要挖 20 公斤，名曰勤工俭学。有一年，我见过一根甘草，两个人轮着挖了两天，挖了 50 公斤，还没有全挖出来。

很多个傍晚，我一个人，趁着夕阳，骑自行车，在戈壁上曲折前行。一个人在戈壁上行走，感觉极其孤独，在傍晚，这孤独感就更为深重。有一次，刚翻过一座不高的沙丘，突然看到一大片坟墓，有的没有墓碑，一个黄泥做的墓碑上面，名字早已模糊不清。微微隆起的土坟，亡者所在、灵魂巢穴，在渐渐入暮的傍晚，散发着一种腐朽的、令人沮丧和恐惧的味道。

巴丹吉林夏天最美的另一处风景，是随处可见的芦苇丛。青青的叶子像匈奴的弯刀，高挑的头颅挺立，轻盈得像诗歌，也沉重得让人联想起战争。我多次为芦苇写过诗，也时常一个人坐在风吹不止的芦苇丛中，抚摸它们的叶子，发出莫名的叹息，想自己的过去和未来，想周围和那些远去的事物。有一次，我突然想到：美的，必然是悲的。并且一直重复这句话，像一个孩子，在风中的芦苇丛，一直到日暮黄昏，虫声四起，才起身离开。

农历九月初，棉桃接连爆开，深夜的野地，到处都是它们的叫喊声。某些安静的正午，除了马路上奔驰的车辆，就是棉桃裂开的声响，清脆而又嘹亮，让人不由自主地想起某种方式的自杀和释放。一旦棉花大面积盛开，即使最美的女孩子也没有棉花洁白，再朴素的诗句也没有棉花朴素。但不可避免的是：棉花叶子完成了自己一生的使命，把盛开的棉桃晾在枝头，自己委顿下来，直至颜色变黑，身体打卷，最终蜷缩成一只只黑色虫子的模样。

西瓜、甜瓜什么的早成熟了，卖掉了，但还有一些留在地里。不管再毒热的阳光，长在藤蔓上的西瓜，瓤子仍旧是沁凉的。那些在戈壁深处种植白兰瓜和哈密瓜的人，四处寻找着买主。周边的村庄也开始忙碌起来，偌大的田野，到处都是屈身采棉花的人。孩子们坐在架子车上，或在附近的苜蓿地里追逐打闹。这是农人们一年中最辛苦的时间，早上五六点钟就到了地里，一般中午不回家吃饭，就着苹果、梨子或者西瓜吃馒头，直到月亮升起或黑得看不见才回家。

从 1992 年到现在，在巴丹吉林沙漠西边的绿洲，我看到的夏天的沙漠田野大致如此。从面积上，它们明显小于沙漠戈壁；但从繁华程度和生命本质上，却远比沙漠戈壁丰富驳杂。稀少的花朵和果实不仅悬挂高处，也生长在地上。每当夜晚，白昼翠绿妖娆的绿洲就会变得漆黑，风中的树叶发出清脆的击打声。宽阔的渠水带着上游的泥浆、草屑和肥皂泡沫，无声流逝。晚归农人的脚步，敲打着无边的寂静和空旷。

一个夏天过去，田野也随之消失。我总是在秋风中感叹大地辽远、人生苍茫、时间迅猛、生命仓促；也总是在很多睡梦中，梦见瞬间隐没的田野及依附其上的某些事物。有时候也会梦见自己突然老了，一个人坐在一堆金黄的麦草或者棉花堆上，胡子雪白、皱纹丛生，在黄蒙蒙的阳光下，长时间地昏睡不醒。

关于一片戈壁的素描

2004年12月4日，星期六。上午，我去一个地方。在它（几座房屋和三十多个人）外面的戈壁滩上执勤。从早上我就知道，这一天的时光一定是安静的，不会有风，风在远处的巴丹吉林沙漠核心沉沦。

一个人从饭堂出来，经过两边都有篮球架的操场，穿过冬天的杨树和榆树，迎面的大门敞开着（向人，也向风和对面的戈壁），脚下的水泥地面在皮鞋下面咯咯作响。我一边走一边打着电话，听安安说话。戈壁扑面而来，我早就看到过的巨大戈壁，在冬天，颜色灰白，表面的白沙像是一层凝固的脂粉，在只有3米宽的马路边上站立。抬头看，天空有很多白色的云彩，丝绸一样悬挂不动。太阳的轮廓清晰，但光芒虚弱。

还是没有风。我站在镏金大字的标语墙下面，仰头看那些字，大胆地想和笑；看马路远处，一侧连续的电线杆，一根一根，头部相连；从我们来的地方来到这里，在近前的变压器上戛然而止。向北的戈壁胡杨林一片苍灰，胡杨个子矮小，扭曲着，混淆在一起。近处是三座房屋，一座门窗紧闭，两座门窗空洞。再远处是一片废墟，微微隆起于戈壁表面。

走下马路，堆满车辙的戈壁白沙松软（那种软的感觉从脚底传来），看见一截模样怪异的铁棍，前面呈半月形弯曲，头部如钩，尖而锋利，只是身体已经腐烂，第一眼看上去，像是一截形状特别的枯枝。我捡起它，拿在手里，在一块石头上敲，铁锈簌簌而落，很快与沙砾混淆。我再敲，它们就干净了，露出还没来得及腐烂的坚硬部分，我端详，应当是那个房梁上的固定铁钩，可又不像；觉得是古代时候兵器的战斗部，可又想不出它该叫什么名字。

我再一次看它，生铁的身子叫我有一种神秘感。我想它应当属于戈壁，属于拒绝腐烂的时间。一只手高高扬起，使劲把它扔出去，看着它在空中飞行的姿势，听它落地的声音。

坚硬的戈壁，黑色的戈壁，铺在一起的小卵石像是熟睡的孩子，身体挨着身体，我踏过，它们齐声叫喊；我走过，它们复又安静。

土中有个纯白的东西，只是露出头部。它是什么，会这样白呢？我试着挖出来，是坏了的陶瓷，电线杆上用的，我不知道它叫什么名字，顺手扔掉。快步走进房屋，这显然是被遗弃或临时居住的，门窗紧闭，由于天长日久，玻璃看起来很黑。我先是趴在右边的窗户上，看见里面窗台上的酒、酱油和醋瓶子，接着是一张桌子，桌面空空。地面上有几棵干枯的柴火。左边窗户下靠墙放着一张床，还有褥子和被子，但看不清它们的真实颜色。两床之间是一张木桌，木桌上放着一只空八宝粥盒子、一台收录机，收录机上摆着一面镶着红边的镜子。屋里地上一张木凳子斜向窗外，正对着我。

房屋左侧放着两根粗粗的树桩(倒毙的胡杨),身上都有斧砍的痕迹,不深。附近的两座房屋门窗洞开,堆放着干草和砖头,地面上有不少羊粪,颗粒状,看起来很美。还有一只羊的上半身,肋骨和皮毛贴在一起,内脏没了,头也不在了。我想,这只羊一定死在冬天,而且已经干透了,再炎热的夏天也不会腐烂。房屋前方,有一个砖头和土坯围起来的地方,是厕所。

紧接着的废墟外围,有一只红色塑料拖鞋,让我想到当年穿它的脚趾和扔掉它的手指。废墟是崭新的,断砖和破瓦都是红色的,破裂的刃口崭新,枯死的小杨树皮开肉绽,在废墟的中央,斜斜的,像是战后的破裂旗帜。路过一个完好的建筑,好像是蓄水池,泥土沉淀的痕迹还在。

走近的草围子其实只有一半,另一半由铁丝围起来,中间均匀地栽着木桩。我仔细观察了其中一棵,好像不是人工栽下的。草围子的原料是芨芨草,坚韧的那种,没有了根的维系,干枯了,颜色发黄。它们围起的是一片田地,有两根小木棍插在两端,上面穿着人衣,好像是为了恐吓和阻止其他动物来侵犯庄稼。一排尚还幼小的杨树长在田地中间,枝干发青,我相信它们是活着的。

回程路上,看到一个绿色尼龙绳构成的网子,包裹了大批的流沙,散开的茸毛像是返青的草,我惊奇,再看四周,还有不少断裂的,长出地面不过寸余,但也网罗了不少流沙(我想,治沙用这个方法也不错)。看到几截断了的草绳,我突然想到了脱落的马缰(古骑士的或者将军的),忽然感觉到一种诗意的悲怆。

梦辽阔(三章)

梦辽阔

“每一个前往丝绸之路的人，返回时都将始终与众不同。”(F.于格)一个人沿着伟大瑰丽的丝绸之路走了一圈儿,穿越黄沙、积雪和河流,前往陌生的国度和部落;很多年后返回,稍事休整,又重新走了一遍丝绸之路——不同的是,第二次回来,他老了,再也没有能力走完丝绸之路了。几年后,他无可奈何地逝去了。他的灵魂是被越来越脆弱的身体所限制的,他的雄心需要肉体的支撑……很多年后,我从靠近黄河的太行山南麓出发,越长安、穿秦岭、过陇西、走金城,沿着他当年的道路,行走在丝绸之路上,到河西走廊中部,北向的流沙地带。他当年行走的丝绸之路已不是旧时模样,沿途不见了驼铃叮当、鞭梢响亮的商旅,骑马扬尘的军队和满面疲惫的过客，就连那些满面愁苦的逐臣和纵笔赋诗的文人墨客,也消失在了漫漫黄沙之中。

巍峨的祁连雪山是西北大地唯一历经各个王朝，打败时间的庞大土著。除此之外,什么都是不确定的。窄长的河西走廊就像一根黄色的瘦弱的笔管,一边奔流黄河,一边身披大漠——在酒泉(肃州)、武威(凉州)、张掖(甘州),我见到了明朝修建的鼓楼——几乎一模一样，四个门洞所指的方向整齐一致。张掖的大佛寺有早期的《西游记》壁画，武威的文庙和擂台，马踏飞燕的奇巧和壮美，刻满陌生文字的西夏石碑——酒泉公园里，有长须横卧的李白，霍去病倾酒与将士共饮的酒泉——阻断春风和飞雁的嘉峪关城垛上，风吹千里，出关和入关，脚步错落之间，承载了太多的文化和文明。

我所在的巴丹吉林古称“流沙”（涵盖阿拉善高原和甘肃酒泉、张掖以北的大片区域）——古老的流沙地带，是传说中黄帝（“见大电绕北斗枢星，二十四日，诞黄帝之祁野”）的另一个诞生地，周穆公朝见西王母的经由地，还有“没入流沙”的老子，日御百女的彭祖——古老的弱水河从《山海经》中流泻而出——内里的蒙恬修筑的烽燧至今屹立、汉代的肩水金关、西夏的黑城（哈喇和林）、苏泊淖尔（居延海）……写诗的王维、杜甫、胡曾、岑参、高适、王昌龄，朝圣的晋高僧、唐玄奘和苦修的喇嘛，以及后来的左宗棠、林则徐、张大千、高尔泰、彭加木——所有与丝路有关联的人和物，甚至无名者，路过和行走在丝绸之路上的人们，即使一粒沙子，都是有福的。

汹涌的流沙在暗中运作，狂暴的沙尘只是它的一种外在形式。在巴丹吉林沙漠，我时常觉得了一种地域的大、时间的深和历史的丰厚底蕴——在已经淹没的黑城——被成吉思汗军队连根拔掉的民族城堡，无数的遗物被来自欧洲的人发掘和掠走——斯坦因、科兹洛夫……还有到过这里并写下游记的马可·波罗——现在只有 16000 人的额济纳（最后的沿用匈奴语命名的地方）是阿拉善盟最大的一个旗，人口的少和地域的大，植被的稀薄和风沙的狂浪肆虐……身处巴丹吉林的一个人，流沙吹走的都是青春,时间杀戮的都是生命。

很多的夜晚,站在空阔的戈壁上,大野如磐,苍茫宁静,天使眼睛一般的星辰放射出幽静的光。有月亮的午夜,沙漠真的是人间最好的洞房,金黄的光辉和金黄色的沙子,天地浑然一体。有很多相爱的人,能够在这里度过一生,那可真是天堂的生活——可以随意扑打翻滚,任何地方都可以放置肉体和灵魂。有一年夏天,我一个人走出沙漠的营地,背着简单的旅行包,在额济纳旗首府达来呼布镇的外围,穿过一大片年已千百岁的胡杨林,翠绿的叶子在不断的风中响着人间的音乐；不动声色的羊和骆驼神仙一样,越过堆积的黄沙,总可以找到可食的青草;还有一些倒毙了的胡杨树——黑色的枝干让我看到了骨殖与时光相对抗的顽强姿态。

这些年,我读了有关丝绸之路的书籍,它们是《史记·匈奴列传》《海市蜃楼中的帝国》《丝绸之路》《中国的唐古特：西藏边区和中央蒙古》《马可·波罗游记》《戈壁沙漠之谜》《蒙古秘史》《美丽的额济纳》;订阅了《丝绸之路》《中国人文地理》杂志;观看了中央电视台两次拍摄的《丝绸之路》《新丝绸之路》和凤凰卫视拍摄的《穿越风沙线》《西夏》等纪录片,几乎走遍了河西走廊乃至巴丹吉林沙漠的每一处遗迹……每一处都是残破、坍塌的,时间的遗物、人为的痕迹在日复一日的风中沦丧。

我常常想：记录者，尤其是那些不曾在丝绸之路旅行过的人，如何将博大绵长、神奇凶险的丝绸之路凝结成流传的文字呢?典籍和影像,大致是可以不朽的,尤其是晋高僧乐僔、王道士乃至张大千、常书鸿、高尔泰的敦煌；乃至马踏飞燕的凉州、消失而后复现的楼兰和高昌古城——大悲哀和大宁静……从他们身上，我觉得了时间（消失）的不可靠。人的独立创造完全可以替代肉体存在，久而久之……传说、绘声绘色的故事，甚至神话。在《山海经》的弱水河沿岸。关于沙漠红狐、白狐的故事深入人心——它们时常幻化成精，与人恋爱婚配，产下的孩子和人一般无二……就连泥沙中的野草——他们说，弱水河畔有一种状似狗尾巴的草，和人身体上的某个部分混合后可以使猝死者起死回生。

诗人们是伟大的——想象构成了他们流传的精神影像，王维在巴丹吉林的居延海写下了“大漠孤烟直，长河落日圆”“居延城外猎天骄，白草连天野火烧”；杜牧说：“昭君墓前多青草，弱水河畔尽飞舟”……还有很多古代的诗人，以及现代的诗人海子、阳飏、孙江和我，都为巴丹吉林沙漠深处的微缩绿洲——额济纳写下过诗歌——还有一位名叫梁东元的作家，写了厚厚的一本《额济纳笔记》。我一直觉得，在浩瀚的巴丹吉林，面对流沙、胡杨、日渐稀少的牲畜乃至沙漠的蜥蜴、四脚蛇、狐狸和沙鸡，个人身处其中，命运、生活、思想、灵魂……所有这些，文字和图片应当是最好的记录。

这些年来，我一直有个不好的习惯，看到河西走廊的每一座城市、遗迹和自然存在之后，晚上都会做一些稀奇古怪的梦——梦见自己骑着一匹红色的马驹，在四处无着的空旷之地行走，马儿咴咴嘶鸣——残缺的城墙上站满了荷枪持盾、盔甲明亮的将军和士兵……尘土飞扬的街道上挂满了宰杀的大块的马匹、骆驼、犍牛头骨和红肉——腰挎长刀的人脸上不见一丝笑容，就连红灯暧昧的青楼，也充满血腥的味道。

总是梦见自己站在接近天堂的雪峰，拉着一根云层中伸出的绵软修长的手指……还有一次，我竟然梦见自己一会儿是“执白圭玄璧，以见西王母”的周穆公，一会儿又是丝绸之路的先驱者亚历山大大帝，一会儿又变成率领二十万民众悲壮东归的土尔扈特蒙古族汗王渥巴锡……最离奇的是，好多次梦见自己披满丝绸，一个人幽灵一样穿越漫长的道路，遇到孤独的过客、快马奔驰的朝廷使者、异国的番王、迷路的罗马军队、成吉思汗遗留在黑海岸边的部落子民……大地博大无疆，一个人的行程，总是充满着心灵和肉体的离奇、新鲜的遭际，还有辽阔、丰沛、激情的幻想。

从沙漠开始的道路

多年来，就这么走，一个人，或者两个人、三个人，沿着可以走的道路，缓慢或者急速地走。四周都是风景，都是人，我看到的、没有看到的，看到我的、没有看到我的，那些路，路上的事物久长或者短暂，我相信它们并不取决于路过的某个人。某一天，我突然感到沮丧：这么多年，走了那么多的路，但与一直生活在乡村的母亲相比，我的这些路仍旧是短暂的。

据我所知，母亲走过的大致有这么一些：去过 3 次 100 多公里外的邢台市和沙河市，还有山西左权的拐儿镇；再就是来过 2 次西北（也就是我现在所在的巴丹吉林沙漠西部边缘），剩下的，她的路限定在村庄向北30公里的路罗镇、向东的乡政府所在地和派出所大院，向南是20公里的南山，向西到武安的阳鄄乡。范围再小：最远就是五里外的石盆村、三里外的自留地和后山的果树下了。

母亲就这样反复走着，脚下的路短暂而又漫长。她走着的时候身上还扛着或提着锄头、镰刀、粮食、清水等一类的东西。记得她来我这里时，第一次带了1000元钱、10斤小米、一双自己做的布鞋；第二次是冬天，带了小米20斤、柿饼10斤，还有给她孙子做的两双布鞋和一身衣服。

我也一直走着，跟在她身后；她走过的那些地方，在我长大成人或者还在襁褓中，也断断续续地走过了。到西北，在巴丹吉林沙漠，我最初是安静的，最远就是往返老家。后来，去更多的远处，携带皮箱、礼品、眼镜、书籍、手表和手机，还有各式各样的心情。有一个区别是：母亲走远路带的钱总是不超过1000元，我呢，每次至少也要多她两倍以上。母亲只有一次一个人走远路（含返回），我至少有二十余次（并不包括以后）。

我所在的巴丹吉林沙漠西部边缘，到处都是戈壁，附近的村庄始终在炊烟、绿树、枯树和土尘之中。我时常站在营门前（偶尔坐在班车上），看见异地的村庄。它们的隐藏和浮现并不能给我带来任何心理的效应，唯能记得的有三件事情：一是在单位的菜市场，夏日正午，几个人蹲在流水的渠边吃西瓜，一边吃一边扔瓜皮。一位老太太，穿着一身油垢的衣服，捡拾我们丢弃的西瓜皮，放在一边的芨芨草编织的篮子里。二是在集市上，看见一个疯了的男人，夏天穿着一件露着棉絮的军大衣，不停呵呵笑着，在人群中走来走去,一直穿梭到集市散尽,也没有看到他有一丝不快乐。三是一起来的张小生在30里外的鼎新镇找了对象,有次要我陪着他去。在一家理发店理发,第一次近距离地感觉到异性的身体,以及她身上的气味。

1994年5月4日,我跟随单位的人,骑自行车,出营门,看到弱水河。沙漠的河流,清澈的水,冰冷刺骨。背一位女同事过河(她在我背上的感觉至今没有消散),我看见秦朝大将蒙恬建立的烽火台,5里一座,矗在黑色戈壁隆起的山包上。在天仓村后,进入彭祖居住过的窑洞,面对被村民用铁锨铲坏的壁画(彭祖和女孩子云雨交欢的画面),痛惜出声。沿路的坚硬山包中部,还有不少窑洞,据说是"备战备荒为人民"年代的遗物。那里还有一座形状像卧牛的山,浑身褐红,头角峥嵘。在一座铁矿选矿厂的一边,发现了一座古代的城池,虽然已成废墟,但城墙和城中建筑的轮廓还在,遍地丛生的茅草当中,我只认得芨芨草、骆驼刺、红柳和蓬棵。

再远处是清水(应是西北最大的兵站),有一年去了三次:一次回家;一次去接头儿的两个亲戚;还有一次是独自去玩,在一座铁桥下面,看到秋天的芦苇和水中游弋的野鸭。之后的酒泉和嘉峪关似乎是四年后才去的,偏僻的边地城市,丝绸之路上的现代城池,伊初的陌生让我感觉到一个客居者与它的格格不入。武威和兰州,那些年我去了好几次,一个人,或者几个人。有一次,在回程车上竟然遇到一个同事,惊喜之余,在餐车喝酒,喝得晕了,一直睡到玉门镇才醒来,只好再返身回到酒泉。

1999年以前,回老家喜欢走陇海线,河西走廊之后,兰州、陇西、定西、天水、秦岭、宝鸡、西安、三门峡、洛阳、郑州、新乡、安阳,这些城市在窗外,钢铁的奔走让我真实地触摸到了时光的迅疾感。路上的风景是雷同的:绿色的植被、咆哮的河流和巍峨的高山,黄土的高原在黑夜或者白昼不断起伏和消失。在邯郸下一站,我下车,再换乘汽车,往太行山里走。2000 年以后,我习惯走包兰线和京张线,路过青海(那时候喜欢写诗,自然想起诗人昌耀),大都是晚上,黑山白雪,城市的灯火有点儿冷漠;宁夏(想起红艳艳的枸杞子);内蒙古(想起歌曲《蓝蓝的天上白云飘》《草原之夜》);山西大同(想知道五台山的具体方位,还想起小时候听村里雇请的山西放羊人唱得有点儿荤的民歌《七十二开花》);张家口(想起它流转的皮货)。到北京西山,燕山深处,草木茂盛,巍峨但有残缺的长城高高在上。北京——更多是茫然,还有到达的轻松和忙乱。

再后来(这话像是讲故事),我很少乘坐火车,每次回家和出差乘飞机(母亲至今没有乘坐过),从沙漠起飞,俯首大地(沙漠、戈壁、村庄和河流),一切都在身下(还有钢铁、坐垫和地毯等等东西)。连我一直仰视的祁连山也变成了一平地上一堆隆起之物,白的积雪和云层一样洁白,阳光从上面投射下去,再返回到眼睛中。天空与大地,我(当然还有同机的人)在其中。那时候,我常常想:向上也是一种道路,还有向下的、平行的道路,它们的确切方向究竟是哪里?走出机舱时,我总会长长地出一口气,看看周边矗立在大地上的事物,然后才提着箱包,慢步走下舷梯。

对于两个人的壮美想象

偌大的世界就那么三两个真正美好的地方——沙漠、草原和大海。雪山是神者的居所,原始森林是妖精的巢穴。那些满身俗气和功利主义者,即使跑到雅鲁藏布江泡十年八年,也未必能洗得一干二净,在菩提树下静坐百年也还是肉体凡胎一个。

我把它们说得伟大神圣,内心的想法也很好,甚至壮美,令人激动:有两个人,最爱的,一起到这三个地方旅行或者小住——观赏风景应当是行踪诡秘者所为。我的意见是:真正热爱它们的人就应当在它们的上面把自己最真实的东西交出来,把肉体、灵魂和内里的那些乱七八糟的东西通通放在它们面前,让风翻阅,让石头记住,让害虫、蝴蝶和土拨鼠相互传播,让自己看见自己。把真实的肉体、真实的行为留给它们,并期待着在若干年之后,有一些后来者会在某一时刻,看到我们活动的曾经的壮美景象。

在沙漠,两个人,相互扶携。在淤积深陷的沙土中行走,被烈日烘烤,漠风吹袭。走到黄昏,累了,乏了,渴了,汗水被风带走,气温迅速下降,把帐篷打开,吃喝之后,身体的热量完全可以抵抗寒冷。交谈或者私语,达成默契之后,就着温热的黄沙,望着蓝色的星空,在蜥蜴和马兰花的旁边……从容一些,真实和自然一些……大风吹就吹吧,狐狸们、黄羊和蜥蜴看就看吧,骆驼跑就跑吧……把什么都忘掉,随心所欲,以身体和情感,合力到达两个人身体和心灵的天堂地狱。

在草原，牧歌和羊群，骑马的人只在白昼四处奔跑。傍晚，光线昏黄，大地的灯盏即将熄灭，远处的马头琴响了起来，刀子一样的声音缭绕不绝……有人唱起了牧歌，穿透大地。暮色升起，露珠悄然凝结，一切安逸。这时候，两个人，最爱的人，一起坐下来，身体下面是青草，可能还有蚂蚁、牛羊的粪便，甚至颜色斑斓的昆虫……青草代替和遮掩了一切，在最和谐、激越的声音和动作当中——我们会说，上帝死了，而草原活着。这时候，我们可以省略帐篷和被褥，可以大声唱歌，可以放声大叫。不惧怕突如其来的狼群，不在意会被找寻丢失羊只的牧人看见。风吹草低的草原，激情的草原，在夜晚深埋，在欢愉的声音当中，变得羊一样温驯可爱。

然后是大海，大海波涛翻涌，大浪淘沙，我们看过了，我们走过它，在它的某一个海滩，某一棵棕榈或者椰子树下。就着海风，咸腥的味道，在夕阳中进入……我们可以听见美人鱼的欢呼，可以听见鱼类的蹦跳，可以看见海底的世界，沉船、礁石、海藻和鲸鱼的尸骨，看见一只巨轮，灯火闪烁，从墨汁一样的海面驰过——如此，激情的风景和两个人身体与内心的高度融合，我想是最完美的结合，也是这世界上最具震撼力的人性和自然之歌。阿诺德·汤因比说："人性包含着的力量远比我们已经驾驭的任何无生命自然力更具威力。"激情和美好的事情，在沙漠、草原和大海，以这种方式的展现和融合：巨大的完美和快乐，普天之下，不可多得！

而我，对此是黯然的，诸多的禁令和法则，社会习俗，构成了最为强大的壁垒。很多时候，当我纵情想象，壮美的景象浮动起来，隐秘而又光亮，辽阔而又狭窄——两个人的世界，两个人的内心和肉体，灵魂和精神，人世间最美的风景，天性和本能的光亮——激越的、沉潜的、永恒的和瞬间的，我相信它的美好和神圣——但我也时常仿佛听见李尔王在说："当我们生下地来的时候，我们因为来到了这个全是些傻瓜的广大舞台之上，所以禁不住放声大哭。"

巴丹吉林的个人地理(六章)

最初的河流

我做梦了。醒来是1995年的春天。那梦是这样的:我看到一口清格盈盈的水井,底部的泥沙寂然不动,没有鱼,也没有涟漪,安静得让我心惊。接着是一条蛇,不知何时,爬到我的肩膀上,红色的芯子吐出又收回,一次一次,舔着我的脸颊。我害怕,想挣脱它,可又不敢动,后来是蛇的牙齿,幽深的喉咙……我惊觉而醒,一身汗,浸湿了脖颈上绣着花朵和叶子的红枕巾。早上起床,初春的阳光明澈极了,只是有些灰尘。楼房背后的沙枣树早就萌发了绿色,灰色的叶子散开来,制造出一片阴影。黑色的杨絮呼呼而落,有些打在头顶和肩膀上,松软、出其不意。绿草自水渠边沿向上蔓延,一片蓬勃。

这是巴丹吉林沙漠西部边缘的初春。正是周末,吃过早饭,我们出发,从营区背后的小路,扬起灰尘。路过唯一的砖场,往西,看见弱水河,长长的河流,倒淌的河流,从南边的祁连雪山脱身而出,再向西倒流,曲折的身子在河西走廊张掖和酒泉地区弯曲了近千公里之后,忽然扭头向北,在越来越荒凉的戈壁沙漠地带,开掘出一道宽阔的河道,最终注入在汉唐时代风光旖旎的居延海。

坚厚的冰面刚刚解冻，水流清澈，白色的浪花反射着太阳的光。流动的水几乎没有响声，只有贴近，趴下来，侧耳倾听，才可以听到。河水在温软的沙土上奔跑，在曲折的河道当中，像是一把不断游弋的刀子，沉静、雪白、优雅、连续。

水流较大处，流水声犹如天籁。我知道，这水流声是巴丹吉林沙漠向着其他生命万物昭示自己强大存在的一个借口，当然，干燥甚至狂乱的沙漠，也常常借河流之口说出自己的隐秘心事。

这河流及其声音，在大地深处，戈壁表面，持续流动，点击着，也下落着。但对于沙漠而言，河流其实是对苍凉的一种抚摸，更是温润的滋养、洗浴和清扫。它们呻吟、碰撞，在相互的渗入和离开之中，带走身体和内心的疼痛和尘土。

河岸上的茅草比远处营区绿得更早一些，尤其是马莲、芨芨草和不开花的狼毒草。马莲张开的样子像是突然散开的无数剑刃，一枚枚的叶子向着四处的虚空散开。芨芨草高而细，据说可以用来编织炕席，覆房顶，或者铺在土炕上，隔开人和泥土；经水浸泡之后可以拧成绳索，很结实，只有犍牛才可以奋力拉断。狼毒草是红色的，短粗的身上插着数十颗狼牙，全身微红，血意盎然。有人说这草有毒，羊吃了会死。——同行的人在河边站着，远看、近看，唧唧有声，他们说出了喜爱和惊喜，说出了各自春天的心情。而我是一个喜欢贴近的人，尤其在这条著名的河流面前，我的俯下和倾听是发自内心的，我喜欢以身体和内心的方式去接触与了解大地上的事物。

岸边路上尘土弥漫，那尘土是被我们急匆匆的自行车抛扬起来的，不一会儿就沾满了头颅和衣装。还有一些，从四面空中，迂回曲折，复又落在我们的肉体上。沿河的杨树叶子蓬勃生长，绵延数十公里，从天仓乡一直到河东里，在弱水河边乃至村庄外围，俨然两道绿色屏障。藏身其下的村庄偶尔露出一块白色，开始以为是水面的反光，近看才知道是一面白色墙壁。

继续向西，土路之后，河流横在面前，怎么才能涉过呢？我们站在河边，看着滔滔大河，有人发出叹息，有人俯下身子，伸出手掌。

但河流是浅的，大约 15 米的宽度，除了少数的几块石头下面有较深的冲槽，深度相差无几。我说蹚过去吧，有人反对，但声音微弱。我第一个，脱了鞋袜，挽了裤脚，推着自行车，飞快跑过。河水是凉的，凉到了骨头，也凉到了心。

清亮的水好像是一群尖利的围困者，在我快速的脚步当中，深入到了骨头，接着是疼，钻心的疼，令人思维迟钝，身体麻木。后来，他们也来了，唯独把一个身体小巧的女同事留在了对岸，我返回，蹲下来，让她爬上后背，抱紧我的脖颈。我一手推了车子，一下一下，踩着在春天流动的弱水河，向对岸行走。快要到达的时候，感觉她吹在我脸颊的口气很软，像夏天的风尖儿，我忘却了脚下持续传来的刺骨的冷，弱水河的冷，在春天和另一个人身体的热当中，感觉激动而温暖。

弱水河

夏天，我一个人骑自行车，出单位西门，接连路过菜市场、东岔、东胜、东光和友好村，在一片白杨和沙枣树混杂的树林中间，下了柏油马路，干燥的戈壁荡着茭白色的灰尘。再向前，有一道水沟，水里漂满了腐烂的黑色水藻，头脑圆滑的卵石陈列其中，一些黑色的小鲫鱼游来游去。我停下，沿着一边的土路，一直向南，向着祁连山的方向继续行进，不一会儿，就看到了一道土墙，四周红柳灌木茂盛。

登上土墙，迎面看到水，精致的水，浩大的水，在戈壁深处无声流淌。不远处，有一座水泥大坝，坝周围长着一些绿色的植物，它们的根伸到水中，有些像老人的胡子，清晰可见。头顶之上，炽热的阳光持续打下来，烤得我满身流汗。而清水之中，太阳的光亮更为辉煌，水面上似乎铺了一层金子，耀人眼目。

远处的水面则幽暗一些，但不断荡起涟漪，我知道，那是鱼儿们将水面的沉静击破了，有些残缺的涟漪好似妇女眼角的皱褶。几只野鸭在水面静静卧着，抑或游动，安静得让我想起圣洁的赞美诗。

再远处有一片树林，青叶苍翠，不断有鸟儿从空中进入，又凌空刺出。

在此之前，我不知道戈壁之中还有水库，还有小片的树木。水库就像是戈壁上盛放的一面巨大的镜子，与天空互为映照，可以看到云彩的投影，甚至无名神灵们在天庭的姿态。水库，积攒了大量的弱水河的水，鱼虾在其中生存，干旱时候，水顺着沟渠冲进人类赖以活命的田地，表面上是庄稼受惠，实际上是人。

当地的村人乃至政府喜欢把弱水河叫作黑河，我不知道来由，但一直觉得他们根本不懂得历史或者一条河流的性情。弱水河这个名字出自《尚书》，司马迁《史记·夏本纪》中有“（大禹）导弱水于流沙”的记载，黑河则是当地的俗称。我想：弱水河这名字多好啊，诗意的河流，优雅、深远，富有质感和张力，而且还散发着时间和宗教的光泽。而黑河则显得简单、固执、干瘪，毫无意义。

碰到一个养鱼的人，他说，这水库名叫焦家湾水库。

沿大坝行走，一个人的正午寂静极了，沉寂的空气中充满了看不到的生命的动静和呼吸。水面上的鸭子看不到我，它们自在而凉爽，偶尔地下潜，迅速极了，姿态也非常的优美。炎热难耐，头顶和脚下都是火焰，汗水虫子一样从身体内部蹦跳而出。

我想脱掉衣服，跳下去，而始终不敢，我怕水中缠绕的藤蔓和黑色的淤泥，怕在这里先后淹亡的人抓住我的胳膊，让我就此沉沦，不复醒来。可我依旧觉得，生命、活着是美的，可以做许多事情，看到更多的人和风景，迎着理想的光亮去践约……贪恋绝对不是过错，尤其是对生命本身。

推着自行车，从大坝向西，脚下都是盐碱地，有些顽强的草，还有灌木，灰雀们叽叽喳喳。再远处，是已经干涸了的河滩，一边长着十几棵不知存活了多少年的胡杨树，这种古老的柳科树种，弯曲的枝干在空中划出线条，叶子很大，在风中集体拍着手掌。

有部分草滩上，绿草肥厚，流水汩汩向前，路过断滩、红柳树丛、人和车辆的公路边。不大的鱼儿逆流而上，不断跳起的身子银光灿灿。

我想起“弱水三千，我只取一瓢饮”这句禅语，以及说这句话的僧者，他是彻悟了的智慧者；我还想到，他取水而饮时，有没有看到鱼，他一定饥肠辘辘了，我想他一定想到鱼可以充饥。但宗教信仰使他拒绝。这时自己对自己的拒绝，有些苦中作乐甚至自虐的味道。对此，我不大喜欢。还有唐玄奘，他一个人穿越沙漠，在流沙当中看到这条名叫弱水的河流，一定是高兴的。他的行走在很大程度上取决于水，没有水，再虔诚的信仰和勇气，都将在干渴中枯竭和倒毙。

我也知道，每一条河流都很远，它们的源头像谜。以弱水河来说，在庞大的祁连山中，一条河的诞生纯属天意，它的流淌和持续使人强烈地感觉到宿命。

多少年来，弱水河在它自己开拓的宽阔河道里斗折行走，以冲击和带走的形式，进行着自己的生命长旅。

在它面前，我还想到杜牧。这个晚唐诗人，他的诗歌充满了矫情的豪气和开阔华丽的想象："昭君墓前多青草，弱水河畔尽飞舟。"我想他一定没有读过《淮南子》，或者没有读其中的《地形训》，那里面说："（弱水河）水弱不能载舟，鸿毛不浮，是为弱水。"如果要牵强附会一点，杜牧诗歌中的"飞舟"一定是这里难得的天鹅和春天的燕子了，当然还有野鸭，它们是弱水河的永久居民，虽然春秋迁徙，但来年它们还会从远处飞来，落足弱水河流域。

它们不在了，还有子嗣，子嗣不在了，还有羽毛和骨头。

就这样，我一边走，一边看着、想着，沿着弱水河行走。下午时分，在鼎新镇的营盘村后，又看到一座水库，他们因地命名，管它叫营盘水库。我知道，这里所谓的营盘不是现在的，而是秦汉时期的。站在大坝上，向西看，会看到一座已然坍塌的烽火台，它在西汉时期由符（邳）离侯路博德修建，两千余年过去了，现在依旧屹立不倒。

营盘水库浩大无际，大水泱泱，横在戈壁。临岸边，有木板的小船停靠，渔网在岸上悬挂。接近傍晚的时候，我在水库之外的池塘里，抓了几条小鱼，用装水的塑料袋子装了，可还没有回到单位，水就漏完了，鱼儿们挣扎，身子使劲打着塑料袋子，向我表示反抗。

巴丹吉林

沙漠是深的，所有沙漠都是。巴丹吉林，它深得让我流泪和敬畏。一些智者和勇士先后走过，我只能尾随其后。在它面前，我时常被一种强大的自然力量震慑，为它的孤傲与宽广不止一次垂下自以为高贵的头颅。我曾经设想：在一个天高云淡的早晨，背上干粮与水袋，一个人单枪匹马地，迈开趔趄的双脚，向沙漠深处行进。我梦想在孤独的死亡之旅中，遭遇到向往已久的世外桃源，在不断地行走中摘下黄沙中的美丽花朵。在空旷之中，我总是听到诗人昌耀在高处说：

心源有火，肉体不燃自焚，
留下一颗不化的颅骨。
红尘落地，
大漠深处纵驰一匹白马。

我也知道，除了那些圣者和勇士，还有很多人来过这里，但没有几个留下名字——巴丹吉林沙漠把他们的名字和身体留下之后，就化成了尘沙，收藏他们的灵魂和尸骨。我早就听说，老子骑青牛出关，“没入流沙”（即巴丹吉林沙漠）；周穆王不远万里，到昆仑幽会西王母；还有后来的张骞、晋高僧、唐玄奘、林则徐、左宗棠、斯坦因、吉·瑞超、彭加木等人。他们路过和来到，在巴丹吉林，他们是骄傲的，唯有他们，巴丹吉林——远古的流沙地带，才如此叫人心感温暖，豪气丛生。

我时常一个人，站在寂寥苍茫的沙漠边沿，望着远处匍匐无际的瀚海，从这一端到遥远的另一端，橘黄或黑色的地平线上，始终漾着一些生动的景象：鹤发童颜的老者，抑或集体裸体奔走的美丽女子。我想：那么大的沙漠，人间的疆场和地狱，从人间最低处，一直伸向灰黄色的天堂，寂然如梦。苍老、悲怆，惨白的驼骨，骏马的弃缰像蛇一样蜷缩在黄沙之上。当地人还说，马鬃山有美丽的红狐，我想见到它们，可是我不能到达。有一次，我竟然梦见了红狐，在沙漠当中，它们轻盈地奔跑，在我酸疼的内心中划出一道动人的光亮。

而高低不一的沙丘，纵横交错，遮挡了多少远望的目光？硕大的太阳整年照耀，金色的光亮徜徉在巴丹吉林沙漠干燥的肌肤上。在夏天，到处都是海洋，都是海市蜃楼——水光潋滟，毗连高耸的亭台楼阁，舞栏轩榭，足以使这个世界上最坚定的人乐不思蜀，流连忘返。

古人将巴丹吉林称为“流沙”——流动的沙漠，流动的沙，流动的天地和事物，在时间中诞生、成长、夭折和消失。在过往的年代当中，剽悍的乌孙、匈奴、西夏、月氏的强劲马蹄，以刀枪和呐喊卷起大风，吹裂了泥做的城堡和古关。此后漫长的岁月之间，多少流放者、徒步的客商、骑马的剑士与虔诚的信徒，在巴丹吉林，与尘烟同在，又如尘烟一般被岁月泯灭。

巴丹吉林还是一个带有死亡意味的名字，让我迷恋，我总是喜欢这样带有悲怆气质的事物。这么多年以来，一个外来者，一个时光和土地的过客，我看到的仅仅是这些：纵深的沙漠，即使我把眼睛看成了黑洞，把心放在滚烫的卵石上晾干，也看不到它的尽头。在远处，浩瀚与苍茫之间，在人世，在欲望和灵魂当中，我不知道，人世间究竟还有多少看不到的沙漠。而我的身体和生命是敏感的，我在这里，一点点活着，一点点苍老，我时常看到自己的身体，刀子一样的纹路，展开、展开，没有休止。但我肯定也知道，这些都将是灰烬，只有沙漠——黄沙和那些珍贵而稀疏的名字会在风中和口中流传。

穿越与登临

1997年，尽管秋天了，阳光还是那么灼热，如针的光芒扎在皮肤上，只要稍微一触，便是一阵刺痛。擦掉额头与脖子上的汗水，抬眼是高远的天空，那天空蓝得让人一下子就想到了澄明与真理。可惜的是，远处和天空下面，有一片蒸腾的云雾，灰黄色的，很混浊的液体，被欲望蒸腾起来，形成了一道庞大的屏蔽，挡住了我远望的目光。同行的安，颓然坐在一座沙丘上，大口喘着粗气，用帽子使劲地扇着。我说，再扇也没有用，连空气都是热的。

目标只是在我们的眺望中接近，而之间的距离却很漫长。从早上七点出发,我们已经行走了两个多小时,我们要到达的南山还在可望而不可即之处独自默然。我一阵沮丧,起初欣然登临的激情在慢慢消散,肉体的疲惫已使我的向往变得脆弱。

灼热的黄沙淤积到脚面,脚背烫得生疼。脸庞的沙上泛起了碱花,有剥皮之感。我和安四下望望:如果有一棵树多好,哪怕它只有两三枚树叶,也可以为我们遮挡阴凉;有一汪清水也是极为珍贵的。可阔大的沙漠,枯黄焦躁的庞然大物,沉寂决绝的猛兽,它哪里会允许绿色存在呢?

到山脚下,我长出一口气,再一次擦掉汗水。山体陡峭,呈圆锥形,向阳的坡面上披满了流沙,日久天长,表面竟很坚硬,脚一踩,先是破裂的表皮,硬痂般簌簌滑落,一波一波的流沙,如流水一般淌将下去;有一种细微的声响,让人想起寂静中的美妙音乐。坡面五十多度,一层黄沙下面,便是陡峭的岩石了,踩在上面,脚轻微下陷。

我和安并肩向上爬着——也只能说是爬,我不知道世俗中所说的爬,是不是也是这种姿势?在山坡上,根本就没有站立的机会,走一步退一步,也不可能停下来歇息,必须一鼓作气,使尽浑身解数,像猴子爬杆那样,一口气冲上山顶。像我等这样的枯瘦之人,多年的呆坐已使我没有了多少气力,而今要征服一座山峰,外在的条件不可能达到要求,重要的就是内在的意志了。

登上山顶,我瘫坐在地,双腿像被抽了筋骨似的绵软无力,连挪动一下位置都异常艰难。安索性躺了下来,把头枕在我的腿上,闭上眼睛,仰面朝天,也顾不得灼热的阳光了。好长时间,如同经历了一场梦境。

抬眼：沙漠低了，低得让我觉不出它的广袤了；苍茫又拉近了距离，仿佛就悬挂在我们百丈之外的空中。山顶上是清一色的黑色岩石，整座沙山是由一块一块的石头砌垒而成的，每一块石头都头角开裂，只要稍微一触，就会掉落一些碎片，有的竟成齑粉。原本无风的天气突然狂风大作，强劲异常，吹得我们站立不稳。

自然的力量多么强大啊，造就、沿袭并破坏一切，一切都要在这无形的吹袭下被剥夺、被摧毁，然后莫名其妙地消失。

有人说："人类一思索，上帝就发笑。"而我说：人类不思考，上帝才会发笑。上帝会说：看，这一群浊物，莫名其妙地活着，莫名其妙地做着各式各样的事情，以至到死，都不明白这样究竟为的是什么。

返回的时候，风依然在吹。这是在高处，若是在平地，断不会有如此强劲的风，即使有，也只是轻掀衣角而已。某些可怕的东西就是如此这般悄无声息地潜伏下来，伺机给我们以突然袭击。

肩水金关

2001 年，从上海返回后，我就迫不及待地走进了巴丹吉林弱水河畔的肩水金关。这座汉代的边关，时间的刀刃已将它本来的面目剥削得凌乱不堪，它像一位巨人的尸体，静静地仰卧在巴丹吉林沙漠深处，任大风流沙侵袭，肉体一点点灰飞烟灭。

初夏正午，阳光热烈，沙漠异常焦躁，到处都是灼热的火焰。坐在吉普车内，还能感到脚底的灼热。我汗如雨下，心情也烦躁起来。吉普车在深陷的沙漠前进，引擎的轰鸣声震耳欲聋。透过后视镜，两条粗大的车辙在空旷的沙漠上曲折蜿蜒，似乎是两个极欲亲近而又被银河隔开的爱人，相携生命而又不能成为一体。

还没到肩水金关，吉普车里的我们便早已是尘土满身了。

站在斑驳的城门前，内心不觉肃然。高约6米的城门虽日经风沙侵袭而残破不堪，但它夯土版筑的墙壁仍然坚固。豁然的城门犹如一扇天窗，朝着大风、生命和时间敞开。它欢迎进入，但拒绝懦弱和心怀鬼胎。脚步落下，宽厚的拱门之中便响起了一种沉重的声音，四处缭绕，松动的土渣纷纷落下。

从阴影下穿过，仿佛从一个世界到另外一个世界的路程，从现代社会回到历史深处的感觉，心头一阵惊悸，脚步深深地印在了那些北风堆砌的沙丘上，显得格外新鲜。我不知道肩水金关已阔别人世多久，在漫漫的时光中，在浮躁的当世生活中，还有谁能够深入不毛之地，来造访一座废弃的古城呢？

偌大的古城内，到处都是呼啸的风声。大风从远方奔来，在古城内搜刮一圈儿，携起细微尘土，又抽身而出，驰向更为遥远的地方。沙漠的侵袭力量是巨大的，集腋成裘、白蚁溃堤、滴水穿石，细小而持久，正是自然与历史生生不息的本质和梦想。

左边城墙下，有一排黄泥茅草筑就的房屋，高低一致，但门窗已经荡然无存，只剩下干瘪的房屋躯壳在风中摇摇晃晃。尚有几间还很坚固，夹在废墟之间。我走进去，正中央的墙壁下，砌有一面土炕，四壁空空，土炕上堆满了破碎的泥块，满屋子弥漫着浓重的腐朽气息。我想搬开土炕上的泥块，看能否找到一件可资纪念的东西。

一个白白的东西显露了出来，硬硬的，如同一个褪了色的白色葫芦，被碎了的泥块掩盖着，只露出圆圆的一部分。我一阵惊喜，我以为是一件玉器之类的文物，高兴得跳了起来。双手颤抖着搬开泥块，却发现是一颗骷髅。我急忙后退了几步，内心掠过一大片阴森的凉意，头发根根竖了起来，头皮发麻。急忙喊来司机，他看到这颗骷髅的时候，脸上也闪过一丝惊惧。

仰头，天空还是那么蓝，让人心生怜悯。那颗骷髅应当是谁的呢？他生时又是怎样一个人，为什么死在这里？为什么没有人埋葬他呢？他的命运是悲惨的。我用手帕垫在骷髅上，轻轻地翻了过来，狰狞的面目，让我看到了千年以前的悲怆和愤怒。我双手托起骷髅，司机在城墙下浮土处用铁锹挖了一个坑，蹲下来，将骷髅放了进去。掩埋完毕，我和同伴脱帽，向那座微微隆起的坟茔默哀致敬。

我知道，对逝者的尊敬如同对自己灵魂的尊敬。

沿破损的台阶登上苍老的城墙，张目四望，天圆地方。经风一吹，刚才阴郁的心情开朗了许多，死亡的阴影从心头消失了。远处的苍茫被大地承载，近处的弱水河蜿蜒于沙浪之中。

回来查《金塔县志》：肩水金关，始建于汉武帝元年，取名肩水金关，是因弱水河在畔，如扛在肩，取“固若金汤”之意。

在江山及家天下问题上，谁都要自己固若金汤，永不摧毁，但来来往往之间，最易和最先消泯的正是这样的一些事物和愿望。而对于肩水金关，人为的物质，它的遗存已经越过一千多年的时光，于此期间，该消失的都已消失了，该发生的还在发生。

如同现在，我一个人对自然的废墟的自作多情的拜谒，蜻蜓点水的领悟和感叹显得多么浅薄和矫情。而不拜谒呢，我将是什么?一个人,是的,我不想一个人连一粒虚妄的尘土都不如。我想:一个人必须要有自己的声音,尽管这声音转瞬就在风中流散。

它们

我觉得宽慰——多年来,除了老鼠、蚊子、苍蝇,无意中踩死的甲虫和蚂蚁之外,没有故意扼杀过一个生命。1997年夏天,多年来潜伏于巴丹吉林沙漠深处的沙鸡来了,它们在机场外围和空中,不高地飞翔,时常接近飞行中的钢铁,类似家鸡的叫声在戈壁边沿叽叽喳喳。最初,我相信它们是欢乐的:从远处来到人群之前的欢乐。划开空气的翅膀笨拙而自由,小小的眼睛里堆满惊奇,夜晚落在沙蓬和骆驼草丛当中,以羽毛取暖,也温暖同类。

半个月过去了,站在机场边缘,我们看并谈论着这突如其来的生命。不久,猎杀开始了。借口很简单——影响飞行安全。大规模的杀戮在夜晚开始,浩大的车队在戈壁上横冲直撞,睡眠中的沙鸡绝对没有想到,在梦中,死亡逼近。高大的车轮何止它们身体的几倍?飞速而过,还没有睁开眼睛,翻一下身子,灵魂飞起,肉体泥浆。喜欢吃野味的人下来了,他们没有那么残忍,拿着纱窗做成的套杆,在汽车灯光的照耀下,一次就是两只以上的沙鸡。抓住了,随手丢在麻袋里,一只、两只、三只……直到装满一个麻袋又一个麻袋。不要几个小时,捕获的沙鸡就被运送回来。坐下来,急于饱尝的人不要谁来命令,一个个摩拳擦掌,拿了刀片,先把被麻袋捂死和被同类压死的沙鸡拿出来,提了脖子,锋利的刀片伸向它们的喉咙,轻轻一下,鲜血涌出,尚还活着的沙鸡挣扎，不大的翅膀猛烈扑腾，坚硬的指爪努力伸向大地。

它们是不想死的，这些远处的来客，沙漠的使者或者永久的居民，它们没有想到：濒临人群的地方，就是最危险的地方。我敢确信，事实上也是，它们最初的家在巴丹吉林沙漠深处，在某一片枯草的丰盛的戈壁。它们来到似乎是一个自觉的迁徙，抑或是冥冥之中驱使。来了，它们以为在有人群的地方，就会有更多的粮食，像从前一样快乐和自由——可除了它们自己之外，再没有哪一种生灵可以真的容纳并纵容它们。或许，它们把人当作了另一种温顺的生命，说不定还想作为长期的朋友。

沙漠太大了，生命太小了。生命与生命之间，到处都是距离，都是杀人般的孤独。我若是沙鸡，也会这样。飞很远的地方，去探访其他的生命，和它们在一起，做朋友，哪怕隔山相望也是美好的。沙鸡的血不会很多，一滴一滴流出身体之后，身体空了，剩下的肉体被开水泼烫——它们的羽毛落了，小小的身子裸了，像是一个个刚刚出生的婴儿。而它们早已没有了生命——那时刻，我相信，它们的灵魂就在附近，看着这些人如何将自己的肉体割断和蹂躏，甚至在煮熟之后，它们还在看着一张张人的嘴巴，是怎样将它们的肉体一口口地撕下，嚼动，进入他们的身体。

不几天时间，饭店也飘出了沙鸡肉体的香味——那香味充斥了我们所在的小镇，我亲眼看到，一些懒惰的人专门到饭店点沙鸡，他们一边喝酒，一边将沙鸡吞进肚子，还一边说话或者装模作样地谈论人生的意义。他们也叫我去参加，我去了，不要点沙鸡，但他们要，我怎么可以阻止呢？他们吃，浓烈的草和肉混杂的腥味扑鼻而来，我只是喝酒，挡不住，就把白酒涂在鼻子下面，让一种气味代替和掩蔽另一种气味。我问他们好吃吗?他们说好吃,好吃,真正的沙漠野味,也叫我尝尝。曾有一次跃跃欲试,但腥味挡住了我的牙齿和嘴巴。我很庆幸——感谢素食的母亲,将我也影响得不喜欢肉食。

持续几天之后,他们的沙漠盛宴——沙鸡,没了,一些人想念了,不是活着的它们,而是它们的肉体。没有了公车,就三两个人结伴去,有人还专门买了大号的手电筒,下工夫做好套杆,准备好麻袋。傍晚出发,向着戈壁,俨然偷袭的军士,一个个神情激昂,似乎要去做一件十分英勇的事情。不到半夜,他们回来了,又是一堆活着或者死了的沙鸡。他们再吃,就连说话,都喷着沙鸡肉味。如此持续了一个多月,去的人少了,带回的沙鸡更少。他们说,沙鸡真的灭绝了吗?有人说不可能的,那么多,怎么会这么快就吃完了呢?

戈壁绿洲之间(四章)

鼎新的冬天

整个巴丹吉林沙漠阳光惨白,一副有气无力的样子,路上的尘土不停飞扬,不断到达的村庄大都静默在干枯的杨树下面,沉静、松动。干打垒的房屋上飘动着草芥,几匹马和数只白羊在里面吃草。一边马路上的车子轰然经过。之后是一小片草滩,枯了的茅草几乎不被看见,白色的盐碱像雪。小小的鱼塘旁边的杨树上落着好多乌鸦,黑色的长嘴啄着冰凌。风从窗口灌入,土雾飞扬。向前的路途上,不断有人上车,其中有包头巾的女子,胡子拉碴的男人;老人怀里的孩子表情木讷,两腮酡红。到永胜村,一个妇女在我身边坐下,她滚圆硕大的屁股顿时震颤了结实的座位,以至于整个班车都肉颠颠地颤动了一下。

这是一台中巴车,数十个人。车子徐徐向前,有人上车,有人下车。走着走着,就是中午了。一路上的村庄都是一般模样,临路的一边,枯柴的篱笆之内,干裂的田地,几根黑色的果树生长在里面,它们之间的距离很大,但头顶的枝丫相互纠缠。这些小小的村庄,只是远处的有些模糊;小小的村庄,茅草、树木、柴烟和土雾,它们就在其中。

前面是鼎新镇，处在巴丹吉林沙漠西部边缘，四面都是黑戈壁，一侧的狼心山下，流淌着著名的弱水河。镇子很小，丁字形的马路两边，矗立着成排的平房，很多门楣上挂着各种招牌，风在坑洼的路面上奔走，卷着尘土、纸片、塑料甚至卫生巾。看到两个理发店，我探头探脑，又迅速撤出。前面有一家加油站，孤独地站在镇口，等候需要加油的车。街道尽头的一角，有一条斜胡同，其中一座土房子飘着一扇白色门帘。走进去，一个年轻的女子坐在巨大的镜子前面，正在摆弄一把电推子。

她起身问我理发吗，我嗯了一声。她没再说话，但脸色似乎不悦。和我同来的安平顺势坐在沙发上。靠背的毛巾上头发茬子很多，一边的扶手上也是，洗发精的味道充斥了小小的房间。我对安平说："要不你先来。"安平闭着眼睛，硕大的脑袋微微摇了摇。我只好先来。她开始在我头上动作。手中的电推子发出呜呜的响声，像是半夜房顶的风声。她理得很慢，由此我也断定，她是一个仔细的人，至少很负责。她的胸脯几乎贴到了我的脸颊，随着身体而动。我觉得有两个东西非常明显地突出，我全身突然酥痒了一下，而她似乎没有察觉。她拿梳子的时候，我看了她一眼，她脸上似乎没有表情，圆圆的眼睛一次次被睫毛覆盖，左嘴角的一颗黑痣若隐若现。

这镇子后面有一条不长的土石公路，两边三棵沙枣树，叶子落尽，枝条下垂，在风中微微颤抖。对面的房屋不知是谁家的。直对小路的大门，在一堵长长的黄土墙壁下面，红色的油漆好像涂过不久，颜色温暖。我们加快脚步，蹚着虚如棉花的浮土。敲门，开门的人面孔粗糙，皱纹里面的黄土变成了黑土，在她的眉毛和两眼一角，悬悬欲落。我说："大妈，我们来找苁蓉买？"

她摇了摇头，说："俺家没人去挖那东西！"所谓的苁蓉，也叫肉苁蓉，是沙漠地区的独有菌类，寄生在梭梭的根部，主治劳伤、肾虚等。但这些都是中医专业说法，我们单位的老同事一口咬定，用肉苁蓉和枸杞、大枣一起泡酒喝，壮阳！我们这些年轻人喝了，恐怕整夜都睡不着，即使睡着了，也得"梦中跑马"。这一次，我和安平之所以趁着周末的时间到鼎新镇，就是想买些苁蓉，探家的时候带回去，送给以前对我们有过恩情和帮助过我们的那些已婚成年人。

我正要转身离开，安平却说："那……我们能到您家看看吗？"老妇人没说话，随手打开了门扉。我看见了又一座房屋，墙壁上挂着几串红辣椒，一下子就把整个院子照亮了，让我沾满灰尘的眼睛蓦然发亮。一边的黄色玉米堆在向阳的墙根儿。院子中间一棵梨树。头顶的阳光清淡如凉了的开水。正屋黢黑，墙壁上留存着火焰灼烧的痕迹，黑色的污垢成条悬挂。正墙上的年画（鲤鱼跳龙门、扬帆起航、落日大海、五大伟人等），每一幅都颜色灰旧，日日的烟垢和灰尘附在上面，厚厚一层。

我们坐在一边的黑色沙发上，眼睛在房间巡视。土炕上的被褥叠放得很整齐，呈方块面包模样，每一个上面都罩着一块白色的三角布，布上绣花（鹰、鸳鸯、鱼、花朵），有些地方显得笨拙、图像有点儿变形，但乍看感觉很素雅。老年妇女拿了黑色茶几上倒扣的茶杯，撩开门帘，跨出去，紧接着，另一个房间的门吱呀而开。

安平说，苁蓉买不上就算了，不如到街上转转。正在这时候，老妇人走了进来。她一手一只茶杯,里面的水晃晃悠悠。我快步迎上去,接过来,开水灼烫五指,我急忙放下。溅出的水珠,落在火炉里突突上翻的火焰中。茶杯很脏,厚厚的茶垢或者灰垢,漂浮的茶叶也不能掩盖。我把它放进手掌,两手捧住。

她自顾自地念叨说,这茶杯放了好长时间,咋也洗不干净。

这鼎新绿洲,所有的村庄,房屋都是雷同的,且紧密相连。从这家到另外一家,也就是几步的距离,相邻的街道上,停靠着一些四轮车、摩托车、卡车。一些人坐在被阳光宠爱的墙根儿,抽烟的老头棉袄残破,白色棉花外露。一些孩子刚刚放学回来,书包上沾满了灰色的尘土,驼红的脸蛋儿有点儿透明。

我们走过去,问谁家有苁蓉卖。他们先是七嘴八舌。其中一位,手指向据说有苁蓉卖的那家。我们说谢谢。他们复又坐下,我特别注意到,他们屁股下面的三角石头上,空隙和凹槽很多,远看像是坚硬的黄土。到另一家,我们敲门,开门的是一张俏丽面孔,安平的身子似乎微微颤抖了一下。

那个女孩儿的方言有点儿难懂,她的舌头发卷,舌头顶着上颚。安平重复了几遍,最后竟然有点儿结巴。女孩儿扑哧笑了,一只手掌迅速掩住嘴巴,而两腮的笑意使她光洁的脸突然有了一些清脆的皱褶。这是一所崭新的院落,前墙红砖,后墙和侧墙由黄泥土坯砌成,又加涂了白色墙粉,使得整个房屋呈现出一种干净的白、崭新的白。称好了苁蓉,安平独自进了房间,阔大的窗户、白色的玻璃,水泥地面上落着几片碎花布,宽宽的土炕上叠放着一床被褥。

女孩儿好像一个人在家。靠窗的墙壁一角有一架缝纫机，上面耷拉着一条黑色的裤子。安平语气兴奋地说："你会做衣服？我的几件衣服破了，拿过来给你，帮忙补补吧？"女孩儿没有吭声，低头站在门口，不看我们一眼。

太阳已经跳下屋顶，余晖在我们来时的土路和鼎新镇政府的楼房上，两边空阔的戈壁漫漫无际，黑色表面不断卷动大风，像凶猛的野兽，由远而近。我看到了里面的沙子、枯叶、碎草和白色的石砾。此时的鼎新镇，青色的柴烟大批升起，诸多的黑色烟囱吐出一条条长长的蜿蜒向上的蟒蛇。我似乎听到了一些粗重和剧烈的咳嗽，在傍晚的村庄，真实而响亮。找了一家饭馆，我俩饥肠辘辘坐下来，要了两碗牛肉面。

黄色牛肉面上面飘着零星的牛肉、香菜、大量的辣椒油，面汤发黑。其实我并不喜欢吃牛肉面，总觉得那种味道很怪。而安平吃得津津有味，他吸食面条的声音在窄小的餐馆里响亮极了。

回程的道路被黑色收敛，零星的灯光不知出自谁家的窗棂。大风在窗外刮起，大风之中的村庄不见行人，一片沉寂。第二天早上，安平打来电话说下个周末再去鼎新镇。我说到时候再看情况。他有些不高兴，语气里夹杂了一丝恼怒。

那年安平十九岁，和我同年。

后来，我们又去了鼎新。安平说他还想再去那个女孩子家看看。我觉得不妥，主要是没有合适的理由。安平说："咱们就说去买苹果梨。"我说："那好吧。"两人踩着土路，尘土狼烟地去到那一家，敲开门，却是一个老年妇女。进屋坐下，安平就转着弯儿打听那个女孩子。那老年妇女大致知道他的意思，说："前些天，俺们丫头去酒泉市里上班了。"安平脸上的神色突然黯淡了下来。

此后数年，安平终于在鼎新镇谈成了一个对象，带回河北老家结婚，两人很快就生了一个女孩儿。我依旧单身，有一次去酒泉出差，当地朋友给我介绍了一个对象，说那个女孩儿的老家是鼎新镇的，和我们单位相距很近。两人见面，对那个女孩，我觉得有点儿似曾相识，就问她："记得前些年有人去你家买苁蓉的事儿不？"她想了想说："俺家从没人挖过苁蓉。"我哦了一声，然后尴尬地笑了笑。她也笑了笑。她的笑很浅显，尤其是低头的模样，很娇嫩、羞怯，浑身蹦跳着一种叫人心疼的羞涩。

像树一样忧伤

黄昏时分，我看见了沙漠，看见了戈壁滩，看见了零星的树。沙漠戈壁略微有些起伏，像是一个身形巨大的睡着了的妇人，可她内在的、均匀的呼吸我老远就感觉到了。而树，尤其是我要走近的那几棵沙枣树，在戈壁滩上，它们模糊的身影有一些古典诗歌的味道，又像是几个千年老友聚在一起，在贫瘠之地，在风沙之间，静立百年，专注于倾听和诉说。

我一个人，并且时常一个人，在这一片叫作巴丹吉林沙漠的地方的边缘或是内里走来走去，从先朝的旧址、变迁的草滩与河道到现代的城市和村镇。我的这些走大都漫无目的，感觉就像一个流浪者，随时随处都可以抬起和落下孤独的脚步。我很孤独，一是性格原因。我不怎么合群，尤其是素常的那些聚会和约会，吃吃喝喝，胡诌八扯。二是我在这里举目无亲。我就是我，一个人，像一只失去巢穴的灰雀一样，在干燥、封闭、冷漠、习惯于背叛和孤芳自赏的沙漠人群中，从一处飞到另一处，虽然每天都在不停地活动和挣扎，但我永远都跃不出这一片沙漠戈壁之上的天空，甚至近处由一百棵杨树组成的围栏。

这种碎步式的、流浪一般的行走，在我看来，像极了生命和内心在某一些瞬间的自然转移。比如在沙漠的更深处，一色的焦黄和枯寂，偶尔有骆驼和牧羊满身尘土地出现，它们年复一年地在几乎无草可食的戈壁滩上慢慢游荡，样子似乎很悠闲。它们世世代代地重复着这种看起来天高地厚的宿命。放牧它们的人心不在焉地看着远处和天空，手中的鞭子像砾石一样宽容和沉默。

平素，我活动在一处很小的营地，机械而又灵活。单位里人不多，但也不少。经常见面的也就那么几个，各自的面孔像少不了沙子的饭菜一样亲切而平淡。下班之后，多数时间就剩下自己了。虽不至于欢欣舞蹈、忘乎所以，但在这世界上，一个人，能够拥有自己的一方空间也是很美的一件事。

夏天是让人想入非非的大好时节，可在沙漠戈壁，没有相应的资源，只能搜索记忆，把沉淀在内心里的那些情节和面孔一个一个、一遍又一遍地翻出来，仔细揣摩、想象，然后独自在一个人的黄昏和中午嘿嘿傻笑或是暗自懊悔。

时间久了，我的性格就愈加孤僻起来，这不是好事，但也毫无办法。实在闷得要死的时候，我就在黄昏时分，一个人到戈壁边缘、沙漠深处走走，到几棵树下或是一堆黄沙上坐下来，或者举头望天，傻想，也傻笑，自言自语。当然其中很多的想法是庸俗的，而且俗不可耐，比如谈恋爱、过夫妻生活，甚至和某个异性在某些场合邂逅，如此等等。当然也想高尚的，比如力所能及地帮助别人，突然地见义勇为……可归根结底，这些都是空洞的。

内心随时的沮丧，覆盖了我大多数时候的心情。

唯有在绿洲边缘的黄昏，看见黄昏时分沙漠中的树，它们孤单，却像钉子一样钉在黄昏的瀚海之中。通常，我从自己的房间走出来，一定要带上香烟和啤酒，这是在沙漠冥想与独坐的必备之物。通常，我的脚步迟缓，但不沉重。日常生活里那些让我心情沉重的东西，此刻都不复存在了。在寂寥的沙漠，我只是一个活动的物体，当然会发出声音。除此之外，我和沙漠及其中的树没有区别，甚至是一体的。

走到树下，摸一摸树皲裂干燥的皮肤，看看它们扭曲的肢体，拍拍手上的尘土，然后坐下来。仰头看看天空，星星在笑，它们不寂寞。看看四周，栗色的叶片飘浮着，这些面目模糊的精灵，一次次来临，遮盖了我们生命的大半部分，直到最后，还要将我们的肉体和灵魂掩埋。这一种过程，残忍而美妙。

打开啤酒，点燃香烟。烟头燃烧着黑夜，像是深入到了它的心脏，烧得它疼。要不，我怎么会看见自己的鼻尖呢？啤酒被风一吹，凉了许多，进到胃里，如同冰块儿一般。可是我不知该想些什么。对于平凡的人来说，活着就是最大的意义。

在沙漠的树身边，时间走着，大地越来越寂静，连同我自己，就像不存在似的。每当这个时候，我就怀疑自己是不是被黑夜和沙漠谋杀了？进而，在毫无知觉之中，成为它的一部分。我觉得惊恐,然后有意识地活动一下四肢,很轻,像是没有一样。我身下的黄沙在白昼聚敛的热量瞬间消失,湿重的地气涌了上来,透骨的凉。我张开眼睛,树无语,只是在风中拍动着稀疏的手掌,声音简单得如同经常的背叛一样。但是,外形丑陋的沙枣树,却像是沙漠的旗帜,孤独地矗立着,不使自己腐朽。

夜深了,我想我该离开了,站起身来,再看一眼树们,树们依旧无所谓的样子。我有点儿哀伤,就对树说:"你是不是像我一样忧伤?"树们没有开口,只是使劲地摇着插满枯枝的头颅。走了很远,树已看不见了,有细微的风吹着,树却发出了声音,像是叹息,在夜色中此起彼伏。

个人的两端

日复一日的沙漠生活，让身上的灰尘即使每天清洗也毫不济事。每年的春天,当暖意从沙漠深处走来,微醺的空气中就有了花朵和青草的味道,巴丹吉林的天空仍旧是灰色的,我仰头看看,它好像没有任何表情,只以神秘博大的面孔,与幽深干燥的沙漠相对无语。

这些年来,我在沙漠生活,而我来自异乡。现住地和故乡,是我个人的两端,也是内心的两种牵挂。我的故乡在南太行乡村,即愚公移山的太行山深处,当然还有女娲和传说中的孙悟空。那里的村子都是一色石头房子，连门前的石阶和山上的岩石也是同样颜色,人们在山间零星的田地、连绵的冈峦之中,过着潦草的现实生活。

在巴丹吉林沙漠，我只是它身上的一个过客，时常以一粒沙子或者一株草的形象，混迹于广袤的天地之间。因为地理的原因，沙漠和太行山的气候截然不同。比如，每年三月的南太行已是草长莺飞，太阳日暖，到处都是花开草长、庄稼拔节的声音，牛和羊也在新鲜的草地和树林里撒欢。可此时的巴丹吉林沙漠，像一个老妪，仍旧沉浸在去冬的记忆里。因为地处高原，气温冷热不定，早晚完全是两个世界。为此，我特别厌烦沙漠乃至整个西北在气候上的稳重和固执。没事的时候，我时常站在杨树下面，仔细观察它们的枝条里，有没有明显的变化，那些叶子，有没有冒出鲜嫩的头颅。

很多时候想家，故乡和亲人，是我们生命的出发点甚至归宿。尤其是每年的春天和春节期间，是最好的团聚时刻。此外的大多数时间，我在西北。故乡亲人，在南太行山村，一如既往地生存。

岑参说："凉州三月半，犹未脱寒衣。"他那个时候的河西走廊如此，现在依然。为了早点儿发现春天，我时常到残冰漂浮的人工湖边，一边在寒风中兀自散步，一边抚摸着下垂的柳枝。要是在我故乡太行山，它们早就绿叶满缀，哗哗地开始舞蹈了。我记得，家乡的柳树非常多，但不是像城市街道上的那些一般用来装饰和美化的，它们自然长成，大都聚集在河边和泥土较为湿润的地方，参差不齐地长着，有的年长，有的年轻，有的被锯掉了，有的刚刚栽下。尤其是那些自然枯死或者被人伐掉的，不几天时间，它们就又冒出了新的枝条，再过几年，就又是一棵棵俊美的大柳树。

我记得，我们家分了几棵很大的柳树，但被人明目张胆地锯掉,做家具用了。母亲找人家理论,可人家人多势众,又在村里有一些权力,还把母亲呵斥了一顿。母亲给我讲,我气愤难平,可又毫无办法。不仅仅是我距离太远了,根本的问题是,我自己没有什么能力。由此我知道,人群之中,权力和资源是最好的东西了,人人趋之若鹜。母亲悲愤,哭泣。我也只能唉声叹气,心疼她。反过来,在巴丹吉林沙漠,我还得照常生活,上班、一日三餐、虚伪或是真诚,还有毫无价值和影响力的悲悯和同情。每天上下班往返途中,看着时令在杨树及其他草木上不停转换。

秋冬季节,频繁的沙尘暴覆盖了我的一切。苍黄的沙尘从沙漠深处汹涌而来,好像一堵巨墙,迅速地吞没甚至摧毁一切。人在其中,就像世界末日。

而我的南太行故乡不是这样的,众多的连绵山峰遮盖和阻挡了许多事物。即使冬天,也没有这么大的风。小时候,我背着柴架子、提着镰刀和斧头,或者背着书包、扛着镢头和铁锨,在马路或者田埂上走过,也在山坡上攀爬。

干燥的巴丹吉林沙漠,一年四季,令人不断流下鼻血。只有夏天的时候,才感觉这沙漠也很美。女子们比树木花草心急,早早地换了单薄的衣衫,很美或者不怎么美的身材在成片摇动。孩子们聚在一起,叽叽喳喳放学上学。

每当这时候,我就想起弟弟的两个女儿,她们似乎没有这么快乐,穿的衣服也很是简单甚至丑陋。尽管故乡和异乡没有什么大的区别,距离也很远,但我总是觉得,它们之间是紧密相连的,而连接的纽带,除了我之外,还有更宏大的称谓,如民族、国家、人类。我也知道,世界之大,一草一木都不相同,何况人呢?可我想的是，人的基本生存要求和内心梦想应当是一致的，尽管有差别，但异曲同工，也殊途同归。

冬天的巴丹吉林沙漠，外面呵气成冰，而多数房间里面却温暖如春。而我故乡南太行却都是用煤炭甚至木柴来取暖，几乎每年都有人因煤气在睡梦中死亡。尽管如此，我特别喜欢在春节回家，和父母亲、弟弟一家坐在一起，围着火炉，年长者说话，孩子们嬉笑打闹，这种天伦之乐，是世上最美的事情了。可是，每次回到故乡，我都不得不面对家里的琐事，主要是邻里之间的纠纷，特别是那些明目张胆的欺凌与抢夺，这在农村，大致是一个普遍的情况，也是难以处理的麻烦事。

好在时间从不停留，世事轮转。每个人盼着的，都是好好地生活下去，舒心、自在、富裕一些。这是百姓的毕生追求。每每听到家里的好消息，特别是母亲和弟弟的笑声，我就觉得沙漠无限美好。一旦听到他们的叹息，甚至哭泣，就觉得天昏地暗，整个世界都压抑得令人窒息。后来我想，人生可能就是如此，一切都不会遂心如意，也不会事事圆满。

就像巴丹吉林沙漠的不同季节，春夏秋冬，各有特点。可在自己内心里，我最渴望和喜欢的还是春天和夏天，东风吹来，万物一株株一个个地莽撞地站起来了，鸟儿和昆虫也会在马路边、小树林里、人工湖边、近处的村庄和办公楼前后，不住地蜂拥、吵闹。在这样的自然氛围中，人的心情自然也会好起来，在任何时候，都会感觉到一些美妙情愫。打电话给家里，母亲会告诉我说，洋槐花开了，紧接着麦子就要黄了，如此等等，我认为，这是全世界最美好的声音了。

沙漠的三种风景

处在鼎新绿洲与巴丹吉林沙漠之间，我时常在不同的自然和人文环境中转换。向北的巴丹吉林沙漠，看起来更像是一种无限敞开的自然的陷阱或牢笼。每每在一步一深陷的黄沙上行走，感觉就像是一只受伤的鸽子，我干渴的喊叫没人听见，即使有人听见了，谁又会引渡我到绿洲或者芳草地呢？我恐惧的内心也无人觉察，即使有人觉察了，谁又会伸出青枝绿叶的手指呢？在戈壁和沙漠的表面，我看见好多奔窜的蜥蜴，它们从某一丛骆驼草根部突然蹿出，或者从某座沙丘上快速滑下。它们的目标肯定是食物，活下去，是每一个动植物的基本欲望和能力。我也相信，它们对这片荒蛮之地的依恋是真切的。还有坚韧的梭梭木，它们成群生长，从一出生就躯干扭曲、皲裂，干得没有一丝水分。可在它们的根部，常常滋生苁蓉。

苁蓉是一种菌类，据说有极强的壮阳功能。李时珍《本草纲目》说是由野马精落地而生。这使我明白，在沙漠，一切事物都是相互关联的，看起来毫不相干的，也都在内里有着无法割舍的互生关系。为此，我们不得不佩服动植物们的智慧，也不得不在强大的环境面前低头认输，每一个生灵的生存能力都是与生俱来的，但它们适应环境的能力总要比人要迅速和准确一些。蜥蜴和蛇在干燥的黄沙上拖出的浅浅痕迹，很快就被风抹平了，这使它们的生活具有了徒劳的意味，但它们乐此不疲，日复一日。我们人类还不也是这个样子吗？一茬茬地被时间的快刀割去，又接二连三地生长起来。

站在一座高耸的沙丘上，我忍不住热泪盈眶。令我感伤的却不是沙漠本身，而是比沙漠更为强大的东西，比如天地的永恒、万物的自我规律，以及冥冥中的诸多律令。我被太阳照得疼痛，汗流如雨，一滴滴地打在黄沙之上，像一颗颗珍珠。可惜它们的生命太过短暂，眨眼之间，便化作了蒸气，又成为太阳的俘虏。

在太阳下面，沙漠妩媚的一面让人心动，像一幅美妙绝伦的裸体女像，轻盈、灵动而又充满宁静的意味。走在上面，脚下沙粒滑动的声音，像是音乐。此时，远处的沙漠呈现出了它少有的寂静姿态。此情此景，我所有的欲望随风飘逝，心神进入了一个极其玄妙的境界。蓦然间，我看见素装的少女，轻捋锦袖，脸上的两朵桃花闪耀着春天的光彩。还有一些人，穿着洁白的衣装，骑着洁白的马匹，清脆的蹄声敲着悠远。

这显然是海市蜃楼，沙漠空旷虚无，但大虚无中有大隐藏。我总是觉得，在沙漠当中行走，一切的喧嚣都很远。在孤独的寂静之中，我的内心被一些结实的诗句充满着——“看谁比我走得更远？”这好像是布罗茨基的声音。是的，“谁能走得更远”？世上的每一个生命都有着自己的旅程，而灵魂的行程却是无穷无尽的，像尼采、萨特和博尔赫斯，他们的行走完全超出了我们一般人的想象。我时常想，人生大抵就应当像诗人和哲学家那样，在这世间，无论处在何种位置，都有自己的敏锐之心、高贵的灵魂，以及精确而富有意义，甚至类似箴言的思想创造力。就像曾经在巴丹吉林沙漠走过的岑参、高适、王维等诗人，以及唐玄奘、苏武等非凡的传奇人物。可遗憾的是，人类始终是时间的过客，唯有那些在有限的生命历程中把自己“历练”成传奇和神灵的人。

转过身来，绿洲就出现了。因为我从来不敢在沙漠中走得太远。深入沙漠，身后的绿洲也若隐若现。前者是引诱和陷入，后者则具有唤醒与拯救的意味。

当然，在巴丹吉林沙漠西部边缘，我进出绿洲要比进出沙漠多。通常，骑上单车，越过一段荒芜的戈壁，就进入了附近的绿洲——其实是大小不一的村庄。村子外围，挺拔的杨树棵棵如箭杆，在风中摇动着满身的绿叶，哗哗的声音仿佛生命的欢唱；翠鸟的鸣唱中蕴含了太多的快乐因素。大片的庄稼铺排成一片绿色的海洋，农民父老乡亲在田地里躬身劳作，汗水打在玉米缨上、甜菜花上、苜蓿叶子上，发出响亮的声音。在小片的水渠边沿，一些羊像诗一样在蓝天下游弋，牧者的皮鞭甩出响亮的啸音。而每家房前屋后的葡萄、苹果、甜枣缀满枝头，看起来清翠可人，翠绿欲滴。如果说我在沙漠中是一种生理上的焦渴，那么，我此时的感觉就是灵魂的清爽和润泽。

可绿洲自身也是充满危险的，尤其是在鼎新镇之外几公里的地方，大批的黄沙伏在那里，时时发出尖厉的叫喊声，击打着少得可怜的白杨树。初春时候，杨树、榆树、柳树、沙枣树、红柳等等叶片还没有完全长齐，就被突如其来的沙砾击打得千疮百孔。

走在长长的水渠边，一株株的杨树像是卫士一般，护佑着我的行程。它们的这种忠诚是具体化的，是对自己赖以生存的母体的极端热爱。迎面走来一位小姑娘，头顶红纱巾，不加修饰的步伐中有着一种天然的韵味。她冲我笑笑，像一缕风一样与我擦肩而过，一股好闻的气味让我好一阵陶醉。

“大妈，吃几颗葡萄，行吗？”面前的一张朴实的面孔憨憨笑着，点点头，转身搬来一张小凳，让我摘其中最亮最甜的葡萄，我心里涌起温暖。都说朴实和真诚是永恒的美，可谁又能给朴实和真诚一片辽远的空间呢？这里的人们，经年蜗居在简陋的黄土房屋里面，柴火不仅熏黑了他们的面孔，而且还熏黑了围困他们一生的岁月。在厚重的光阴尘垢里面，他们过着一种恬静而辛苦的生活。

棉花是他们的主要经济来源，还有西瓜、甜瓜，以及各种蔬菜，大都可以拿到附近的棉花加工厂和集市上去卖。这里的田地，大都是由盐碱地改造而来的，因为人口稀少，每家每户的田地还是很多的，但如果不是旁边的持续千年的弱水河，如果不是那些挺拔的杨树和柳树等等，村庄和人就不可能存在，绿洲也会化为乌有。据《金坛县志》记载，鼎新绿洲一带的人们，其先祖大抵可以分为三类，一是当地的土著；二是历代流放者与戍边者、罪人的后代；三是不断加入的外来者，如移民等，后来与当地人融合。

到了秋天，所有的叶子都会飘落下来，余下干枯的树枝，以狰狞的样子，朝着天空表达自己内心的幽怨和不安。来自戈壁和沙漠的大风便开始疯狂的搜刮。那些仓皇的乌鸦，从这根树枝蹦跳到另一根树枝，哇哇的叫声中仿佛体察到了人世的悲凉。

从内心说，我不愿意经历冬天，可是谁又能阻止寒意的滋生与侵袭呢？往往，在冬天深处，我蜷缩在沙漠和绿洲之间，像一条僵硬的蛇，拼命找寻着温暖。可我的四周布满了钢铁和人为的钢铁，每一触及就是一阵疼痛。遇到难得的好天气，我就到戈壁上去晒晒太阳,手里捧一本书,在阅读中逃避,在幻想中陶醉。我也知道,几乎没有人刻意去关注别人的生活和现实处境,自私这把利刃,也有着两面性。过分关注自己往往被称作自私,可是自私也是人的一份权利。

我记得一则故事说,有一天,耶稣叫来他的十二个门徒,分给了他们权柄和能力,要他们到各地去制服妖魔,医治疾病,并带去上帝的福音。临行时,耶稣吩咐他们说:“你们要分成六个班,两个人一块儿到一个地方。外都的路,你们不要走。撒玛利亚的城,你们不要进。宁可往以色列迷失的羊那里去。边走边说,天国就近了。并要医治各种病人,叫死人复活,叫长大麻疯的洁净,把鬼从人身上驱走。你们白白地得来,也要白白地舍出去……我差你们去,如同把羊放进狼群,你们要像蛇一样灵巧,像鸽子一样驯良。”

从这个故事能看出什么?有一些信仰总是好的,可哪一种信仰才是毫无欺骗的呢?在这片戈壁当中,我感到的东西,好像只是沉重。有些东西我不宜说出,但保留是不是一种更大的罪过呢?

在沙漠和绿洲的冬季,我无名地郁闷、不安,总是想到寒风中的沙漠戈壁,似乎它们就横在我的灵魂当中一般,广阔而又寂寥,深厚却又透露着狡黠与凶横。但我深信,因为有绿洲存在,春天总要来的,夏天也是。繁茂和荒凉,众多与独立,都是相对的,这是世界的基本规则。每当春风吹开第一枚叶子的时候,我心中的鹿群就开始活跃起来,它要去啃食新鲜的草叶,要去饮清洁的河水。即使深入沙漠,我也不觉得恐惧。因为身后有绿洲,内心便会觉得自己在这个世界上还有依靠，向前的道路，也还有更多的绿洲，乃至更多的人，更令人新奇的风景，在远处静候，探望他们的人遥迢而来。

沙漠边缘的风景(二章)

戈壁海子

数年后,我在巴丹吉林沙漠西部边缘,鼎新绿洲一侧,有了自己的儿子。

“我的心渴望着在月光下与人、与物结为姐妹。”出门之前,摊开的书籍让我看到了这句话,好像是荷尔德林说的。它的出现令我心境明朗。下楼时还特意背诵了几遍,恰在这个时候,儿子杨锐的尖手指在我的脸颊上划过,轻微的疼清晰而幸福。院子里的阳光泛黄,粗砂晶亮。楼房顶上的太阳、栖落的鸽子、红色的云彩,包括被它照耀和覆盖的众多生命,已经从中午逃离。

马路上人很多,孩子在他们母亲的怀里或者面前,叽叽喳喳的声音在两边的楼房墙壁上清脆跌宕。向西的大门已经洞开,进出的人都带着满身的夕阳,各色的衣衫像是花朵,在不断地摇动中分开,尔后被围墙和树木淹没。

人居的地方总是空气黏稠,各种故事也多。西门外的菜市场客人稀少,因为已经过了买菜高峰期,蔬菜和动物皮毛、内脏腐烂的味道十分浓郁,甚至一边的沙枣树林,深厚的泥土也没有完全吸纳和消除。向南的村庄绿树环绕,大片的棉花已经开出了暗红色的花朵，再过几天，它们的颜色转白，进而凋落，举起青青的棉桃。

向农村方向的人很多，大都徒步，三五成群，他们的背影落在黑色的柏油路面和路基下的红树丛中。稀疏的杂草里面，爬动着蜥蜴和红色蚂蚁。而向南的土路上，不见人影，巨大的盐碱地上渗出了大片的积雪，光芒耀眼；对面的村庄沉静、安闲，草滩上的马匹和驴子停止吃草。我抱了儿子，脚下的碎石子发出相互碰撞的沙沙声。终于成活的小杨树一棵棵身材修长，单一的绿叶椭圆，啪啪作响。红柳灌木成堆。开过花的马莲成群披散，窄长的叶子相互簇拥。

临近的海子芦苇茂密，白色头颅在风中，像是将军的盔缨，身体的绿在巴丹吉林沙漠西部边缘巨大的空阔之中，错列有序，犹如兵阵，呼呼生风。脚步溅起的细土白色如雾，在身后尾随和消散。儿子想要挣脱，头颅扭动，小手挥舞，两腿乱蹬，他还小，却要自己行走。

我怕他弄脏了衣服，像其他家长一样，我也不喜欢儿子身上有土。我快步跑到那一面海子的边缘，在周边的青草之上，把叫嚷不停的儿子放下，还没有站稳，他就向着澄蓝的水面走去。我跟随其后，弯腰伸出的手掌在他摇摆的身体左右。我怕他跌倒，也怕他走进水里把衣服弄湿了。这面海子很小，其中尽管也有污泥，但不用担心孩子会陷进去。

这里尤其安静，说话的人很远，夕阳继续向西或者下落，向着世界的背面。远处的沙漠一片空蒙，头顶的天空云彩稀少，缓慢和未知地飞行，在我们眼里似乎静止不动。蹲在海子一边，我抱着儿子。水面平静，镜子一样，可以看见内心。里面的人影，皱纹一样扭曲和荡漾。这面海子，不过十多米的宽度，几只白色的野鸭在对面的水面静止、游弋。它们显然忽略了我们的到来。身旁的芦苇身子高挑，节节下垂的长叶刀刃一样倒悬。它们头顶的灰白色绒毛上面有着夕阳的光粒。我采下一根长长的、类似儿子手臂粗的淡红色花棒，它的表面瓷实，手感柔软，就像刚刚浴洗了的肌肤一样。我叫不出它的名字。掐住其中一点，轻轻一拉，就是一根长长的白色丝线。后来，我才知道，这植物名叫花棒，采一些回家，晒干，放进枕头，冬暖夏凉，开神清脑。我采了几朵，儿子也拿了几根，小小的手指不断拉出，断裂的白色丝线落在水面上，一端在缓慢下沉，一端向上伸出，中间的部分随水扭动，像是一群游动的蝌蚪或者鱼卵。

直到夕阳不见，村庄隐没，绿叶沉浸成黑。我抱起儿子要走，他不想回，哇的一声哭了起来，我又放下，在水边。他的脚步很快，向着海子迈进。我惊呼一声，把右脚悬在水面的儿子抱住。他哭着，恼怒于我的阻止。我蹲在水边，把他的身体悬在水面之上，他跑一样的双脚想要落在水里。放下来，儿子拿着花棒，一下一下地敲着寂静的水面，一边发出快乐的笑声。他的笑声惊扰了前来饮水的燕子，落下的身子满是仓皇，翅膀不断张开，随时的逃跑让我觉出了隔阂。

回家的路上，淡黄的月亮从沙漠浮出，清风发凉。路灯连接的街道，人们依然在外，灰色和红色的楼房灯火明亮。回到家里，儿子喝奶，我去洗澡，温热的水流淌在身体之上。我突然想在刚才的海子里面洗澡，一个人，带着我的儿子。在戈壁边缘的一面海子里，脱光了衣服戏水，也是很好的一种享受。

斯时，大地上，是如血铺展的霞光，还有就近的芦苇、花棒和青草，野鸭游泳，燕子不飞——安静的人，在水声和其他的生命之间，肯定美好。可是，我们内心的热忱和单纯，总是容易被繁复的日常生活淹没掉。

近处的果园

它在我的四周，郁郁葱葱，占领了整个春夏秋冬。我在旁边一座楼宇里住过，因为毗邻果园和闲置的大片田地，春天的草、苜蓿和榆树，满树的梨花反喻岑参的雪。几乎每一次打开窗户，我就看到了阔大的果园，把远处的戈壁沙漠遮住了。曾有一段时间，我不知道这片营区和田地之外还有无边的戈壁和沙漠。春天，梨花的香味浓郁，众多的黄色蜜蜂在上面飞飞停停，还有白色带有黑点的蝴蝶，不事声张的灰雀穿梭其中，风中的暖意仿佛深夜的温暖胸脯，令人欢欣。为此，我把书桌和计算机重新调换了位置，以便更好地看见果园。尽管梨花谢得很快，洁白花的瓣转眼就焦枯不堪，而我仍然热爱它们，只因为它们来过，理由似乎就这么简单。而苜蓿、杂草和榆树叶子总是会在梨花之前冒出来，吐出绿色。往往，那时候，戈壁的风仍旧吹得脸疼。偶尔来袭的沙尘暴异常猛烈，满天满地浊黄，飞行的粗大沙砾箭矢一样，在我们的身体、树木、青草、楼房和玻璃上，发出打击和反抗的声响。

我时常在风暴的半夜惊醒，在风暴当中看见外面的果园，摇晃的树木似乎是这个沙漠最后的愤怒。我记得，荷尔德林说："置身于上帝的风暴中是我们的义务……以敞开的生命置身其中。”早上起来，到处都是碎屑：人类的垃圾和植物的断枝，它们叫人心疼。到果园一看，满树的梨花不见了。我抓住的树枝上面，花根还在。它们身体颤抖，残存的香味似乎是它们在哀悼。地上密密的苜蓿叶子背转，浅浅的白色之间有着很多针尖扎过一样的窟窿。去冬的断草覆盖其上，它们一定为此感到了悲伤。

可惜，我起初对果园漠不关心，它出现的具体时间，其实我不甚明了。我似乎参加过开垦，似乎又没有。我是一个懒惰的人，尤其是善于逃避某些集体的号令和非正常的驱使。但我在意了果园的长成和存在。我感到羞愧，但果园丝毫不在意。它时常借助沙漠里的风说出那些乌啦啦的话语，谁也听不懂。我只是能够看到隐藏于己身的残酷和冷漠品性。

果园由雇请的人看管，春天了，他们衣着朴实，像我的父亲和叔叔，总是在早上用铁锹松土，起初，生锈的钢铁遭遇到深处的冻土，不断与混杂其中的石子遭遇，断裂和碰撞的声音不断传来。初春的时候，他们时常在温热的中午干活儿，而我要睡眠。我需要安静，他们却需要制造声响。几个不相干的人，因为职业不同，从而无意中相互侵犯，但事实上又互不相干。一年之后，这里的土地便不需再翻松了，种植的苜蓿自发生长，年年不断。不几天工夫，就铺散开来，嫩黄的头角引来了好多采撷的手指。妇女们多了起来，而且都是来采苜蓿的，她们屁股高抬，手中的塑料袋很快就鼓胀了起来。

苜蓿装满了我的两个上衣口袋，够炒一个菜了。出了苜蓿地，从马路返回。这时候傍晚天气仍然很冷，北风仍没有放弃吹拂。第二天下班回来，饭菜已上桌，青色的苜蓿就在其中。我从来没有吃过苜蓿，很是新奇。油水里的苜蓿显得异常温顺，平展的叶片滑腻、清脆、多汁，在牙齿之间节奏明快，有一种咬动的快感。

梨花开了，苜蓿也老了，残缺的头颅重新出现，以至于三天不见就长高好多。这时候，春风浩荡，整个巴丹吉林变得松动，生机盎然，到处的绿树开始用叶子制造声音，盘踞一冬的乌鸦除了死难者的尸体，更多的不知去往哪里。

后来我换了住处，也换了单位，很长一段时间，我似乎没去过果园。我总是在车上看见果园，众多的青色果实掩映在叶子之间，矮小的苜蓿一丛一丛，抵达了人的膝盖。如此几个月过去了，秋风落叶，戈壁深陷，巴丹吉林风中的寒冷夹杂着沙砾。一天正午，单位发了好多的梨、苹果、葡萄和桃子，都堆在宿舍里面。我知道它们从果园来，当它们还在枝头的时候，就与我见过面。只是我再也认不出了，这么多的果实，它们就在中间。没过几天，它们就在单位众多的嘴巴里面，完全消失不见。

荒滩纪事

原先的荒滩居然不见了！取而代之的是一座正在成形的民房，一群民工在不知何时被铲平的空地上拉沙和泥，搬砖或者打土坯。就在一周前，这里还是一片荒滩，红柳丛生，偶尔有野兔和野鸡在其中奔窜，引得很多人想捕之食之而后快。因此我也才意外得知，鼎新绿洲一带，每年接受一些移民携家带口，在此重新扎根。这个消息，是附近一座名叫东岔村的年轻村民隋文博告诉我的。隋文博虽然只读过高中，但很喜欢文学，与我臭味相投。几乎每个周末，他都来我所在的单位找我，坐在宿舍里云山雾罩地谈论文学。对我来说，文学只是一个业余爱好，我的工作性质却是参与训练和演练等军事任务。作为一个军人，我骨子里总是汹涌着浓重的英雄情结，常在岑参、王维、李白、杜甫、王昌龄、辛弃疾、岳飞、纳兰容若等人的边塞诗中沉迷，想象铁血沙场，越天山，破楼兰，“封狼居胥”之类的雄浑与悲怆的人生境界。我最喜欢的当代诗人是昌耀。隋文博也写诗，对汪国真、席慕蓉、余光中等人的诗歌有着异乎寻常的喜爱甚至崇拜。为此，我俩经常争论得面红耳赤，几次不欢而散，相互不理睬。可在这地广人稀的沙漠及其中的小片绿洲，人口稀少，草木稀疏，真正喜欢文学的人更少。除了我，隋文博也没有其他更趣味相投的朋友。我当然也是。

我得知这一消息的时候，正值秋天，来自西伯利亚的冷空气几乎一夜之间，就使得原本有些凉爽的鼎新绿洲陷入了又一年的冷凝与焦枯之中。隋文博打来电话说他要来这里坐坐，这是他的一个常态，可因为这里是军事禁区，外来人员进来，必须要见的人到营门口接送。虽然有点儿麻烦，但隋文博来，我还是很开心，毕竟，周末时间，有个人一起聊些有意思的话题，还是很不错的消遣方式。见到他，我就对那一片荒滩的突然消失大发感慨。隋文博笑了一下，调侃说："你还是见多识广的人呢，这么一点儿小事，比我这个农民还大惊小怪！"我说："那荒滩本来荒得正好，挖平盖了房子可惜了。"隋文博说，那个正在荒滩上盖房子的人，是他们村子里的，还是他的一个叔叔，名叫隋朝阳。

在此之前，他就听隋朝阳在村里跟其他人说，在这边盖个房子，开个饭店或者租给做生意的人，收益肯定错不了。这个隋朝阳，是村里出了名的脑袋活泛、鬼点子多，也最难对付的人。听了他的话，村里人说，那边是部队辖区，恐怕不行。隋朝阳笑着说："咳，这一点我早有准备，不信你们查咱们县的地图，虽然那片荒滩与内蒙古额济纳旗接壤，距离部队很近，但行政上属于金塔县管辖。"当时，我们都觉得隋朝阳只是说说而已，却没想到，他说干就干，找了铲车和汽车，不到两天时间，就打理出一片空地，这不，又马不停蹄，拉了砖和水泥，房子都快建成了。其中几个给隋朝阳帮工的人，就是去年从甘肃武威古浪县黑松驿镇迁来的移民。其中一个，带着老婆孩子，来到东岔村后，买了隋朝阳的老房子，也没怎么收拾，就住在了里面。

对于初来乍到的移民而言，这肯定是一个最好的办法，省掉了自己起房盖屋、翻犁改良田地的诸多麻烦。这鼎新绿洲，处在金塔县北部，与巴丹吉林沙漠接壤，弱水河在这里绕了一个巨大的弯子尔后穿越巴丹吉林沙漠，进入额济纳旗境内。早在两汉时期，弱水河和居延海一带，就是“帝国的西北粮仓之一”，直到元代，仍旧是一片水草丰美、水泽连天的肥沃之地。《马可·波罗游记》中说：“我们离开了甘州市，北行十二天，到达一座名叫伊齐纳（Ezina）的城市。它位于戈壁沙漠的入口处，在唐古忒省境内……这里水源充足，松林茂密，野驴和各种野兽经常出没其间。”这样的情境当然是美好的，可气候的变迁，使得弱水河流域持续沙化，至今昔日盛景已经消失不见，唯有鼎新绿洲和额济纳绿洲顽强挺立在无垠的黄沙之中。

隋朝阳的房子落成不久，旁边又有人在修房子。我平时工作忙，各种任务也多。一个月甚至半年不出营门，是像我这样的单身汉的常态。秋天完全隐遁，早晨的窗玻璃上结满窗花的时候，冬天已经深度占领了中国的西北。又一个周末，隋文博邀请我到他们家去玩，在电话中，他还神秘地对我说：“这次，不光吃手抓羊肉，还有一个天大的好事等你来！”我笑着说：“好事？别老是忽悠我！”隋文博说：“闲话少叙，你赶紧过来！”我说“好”。找出手套，再穿上厚厚的羽绒服和棉皮靴，到楼下推出自行车，一出大门，一阵冷风回旋扑来，像一团流动的冰凌，直灌肠胃。

出了营门，迎面是菜市场。这是我们所有的食物来源之地。有人专门贩卖的，大都是从酒泉等地拉运来的大棚蔬菜。春夏秋三个季节，当地的农民会把自己地里种植的蔬菜和水果拿到这里卖。菜市场后，便是先前的荒滩。我一抬眼，就发现了它面目全非的变化。我心想，与其建一座村庄或者小镇，真不如留着那片荒滩，沙枣、红柳和芨芨草不管长成什么样子，在这荒芜的戈壁上，毕竟是一片风景，一群生命的存在。隋文博的家就在不远处的东岔村。我之前来过数次，每次都是去他家吃手抓羊肉，还有拉条子。这一带的羊肉鲜嫩、好吃，当地人也很会做，几乎没有一点儿膻味。

西北之地是混血的，大块吃牛羊肉，大碗喝酒，是共同的风俗。正如隋文博所说，他的祖先也是河南人，不知道啥时候被征发到这里屯边的。类似隋文博说法的人很多，但他们都已经无法确凿地说出自己的先祖究竟原籍何处，什么年代至西北的。隋文博还对我说，"我们隋家人曾经是河北地区的名门望族，后来在唐朝时候，朝廷找了一个莫须有的罪名，抄没家产，多数人被发配到西北屯边，以至于繁衍至今。"对他这一说法，我也是一笑置之。中国有三百个多个姓氏，很多都没有了家谱，找不到自己的源流和出处，这是一个普遍现象。再者说，在漫长而多变的历史中，多数生民根本不识字，仅凭一家一户的口传的家谱，慢慢地就变得荒诞离奇了。现在再去追寻真相，比登天还难。

隋文博的家位于东岔村中间部分，临近公路，房屋也像其他人家一般，全部是夯土版筑的小四合院。中间的天窗用来接受日月星光，大门朝西，正中间的屋侧还有一个小门，穿过去就是他们家的果园和菜地。这样的民居，基本上是河西走廊城乡人整齐划一的房屋，基本上不用花钱，找些黄土，掺上芦苇、麦秸和木板等等，就可以建筑房屋了。这样的一种技术或者方式，与弱水河边散落的汉代烽燧、肩水金关侯官府遗址等等几无二致。刚一进门，羊肉的香味就冲进鼻孔，感觉痒痒的，两腮之中，瞬间口水汹涌。其实我不怎么爱吃肉，总觉得吃动物肉是一个残忍的行为。但又架不住肉食的香味，特别是西北的羊肉。

隋文博的父亲年纪 67 岁，母亲也快 60 岁了。见我来，两位老人满脸堆笑，皱纹一层层地展开，像是秋天的向日葵花。隋文博还有一个妹妹，在兰州读大学。我把带来的烟酒放在茶几上，也热情地和他们老两口打招呼。隋文博的母亲叹了一口气，看着我说："我们家文博不听话，你是他最好的朋友，又在部队工作，有空了你劝劝他行不？"她的这句话有点儿突兀，我愣了一下，说："婶子，文博不是挺好的吗？"老人家听了我的话，往门口瞅了瞅。她的意思我明白，是怕隋文博突然进来。在这之前，我就发现，他们老两口有些怵他们的儿子隋文博。

热腾腾、喷喷香的羊肉很快端上来了，隋文博弄了一些生蒜、盐巴和辣椒面。这是吃手抓羊肉的必备佐料。隋文博一边嚼着羊肉一边端起酒杯说："来，冬天了，吃点儿羊肉，喝点儿小酒。好日子想啥有啥，万事如咱希望！"他的祝酒令也很庸俗，完全不像个孤傲的诗人。我笑了一下，又双手捧杯，和隋文博父亲碰了一下，才一饮而尽。隋文博的父亲名叫隋建昌，母亲姓虺。据说原先姓李，也属于唐朝皇帝那一脉。武则天篡权后，把李家的人杀了不少，其中一些，被流放到了边远的地方，还勒令改了姓氏。《旧唐书·则天皇帝本纪》说："（公元 688 年）八月壬寅，博州刺史、琅琊王冲据博州起兵……庚戌，冲父豫州刺史、越王贞又举兵于豫州……命内史岑长倩、凤阁侍郎张光辅、左监门大将军鞠崇裕率兵讨之……斩贞及冲等,传首神都,改姓为虺氏……韩王元嘉、鲁王灵夔、元嘉子黄国公譔……霍王元轨及子江都王绪、故虢王元凤子东莞公融坐与贞通谋,元嘉、灵夔自杀,元轨配流黔州,譔等伏诛,改姓虺氏。”

虺大娘不喝酒,在桌前坐了一会儿,就转到厨房去了。余下隋文博及其父亲和我。隋建昌的脸有些涨红,坐在沙发上,看了我一会儿,然后 端起一杯酒,伸过来跟我碰杯。我注意到,他的手有点儿颤抖,满杯的酒飞溅出来。我赶紧端杯迎上去,和他碰了一下,然后一饮而尽。放下酒杯,隋建昌斜过脸,看了看正在啃羊蹄子的隋文博。隋文博停下嘴巴,眼睛眨了几下。隋建昌干咳了几下,看着我说:“哎……小杨,我老头子想给你说个话。”我立马说:“隋叔,您请讲!”隋建昌又干咳了几下,眼睛又特别有意味地看了看隋文博,然后清了清嗓子,说:“哎,小黎,你看是这么个事儿啊……”隋建昌的话说到这里,又戛然而止。我觉得诧异,脑子也在飞速旋转,在猜想老人家可能会对我提什么样的要求。这时候,隋文博却忍不住了,放下被他啃得可以当镜子的羊蹄骨,对我说:“我爹娘的意思是,你能不能当他们的女婿?”

这简直太突兀了,我从来没有想到过这样的事情。对于隋文博的妹妹隋文倩,我去年暑假时候见过一次,也是在隋文博家里,印象倒蛮好。隋文倩圆脸、长眉毛,虽然单眼皮,但五官很匀称,皮肤也很白。毕竟是读过书的女孩子,举手投足之间,优雅、得体。那次我也是应隋文博邀请,到他们家吃拉条子。这拉条子,也是当地一种面食,类似于拽面,最经典的菜肴是炒三鲜,要是再倒上些当地人自制的番茄酱,加上醋泡青朝天椒,那味道简直是妙不可言。隋文倩放了暑假，正好在家。吃饭的时候，我和她只是礼貌性地打了招呼，说了几句读大学的感受之类的闲话，以后再无联系。我原本想这只是一次农家羊肉饭而已，和前几次没啥区别，却没想到，隋文博的父母却意图明确地想把我招为他们家的女婿。听了隋文博的话，我略微愣了一下，第一反应竟然是窃喜，而且是贯穿身心的那种。第二反应是感觉这事儿突兀得有点儿过分，肯定不简单。我按捺住马上涌上脸庞的笑容，兀自端杯子喝了一口酒，吧嗒了一下嘴唇说：“这事儿……你妹妹知道吗？”这时候，隋建昌接话说：“我们早就打问过丫头了。她说对你印象挺好，上次电话里说，你俩可以先处处看。”我“哦”了一声，转脸看隋文博。隋文博说：“这事儿，可把你娃美死了吧！”我说：“这处对象，也要看缘分，主要是两个人合得来。我和文倩，仅仅见了一面，还没多说话，这么贸然，我怕耽误了人家。我一个大男人，倒没啥！”隋文博“哼”了一声，端起酒杯，冲我晃了一下说：“你小子这还说得像个人话！”

此时的窗外黄乎乎的一大片，狂躁的沙尘暴像是集体从动物园跑出来的猛兽，在辽阔的巴丹吉林沙漠里撒欢，扬起的尘土犹如古代大规模杀戮的兵团。我连续打了几个喷嚏，用被子捂住口鼻，想起刚才那个梦，忽然想到，一定是因为之前这样想过几次，方才有了昨晚那么逼真的梦境，但也只是想想而已。隋文博的妹妹隋文倩，我确实在他们家见过一次，印象中，那女孩完全一副知识分子的模样，言语得体，和我说话的时候，也仅仅止于礼节，不过是给我倒水；在他们家院子里迎面遇到，她会露出两排洁白的牙齿，冲我微笑。我还清楚记得，那一次暑假，隋文倩还带了一个男同学来他们家，说的是一起来做社会调查，但从两人的举止来看，二人关系很亲密。当时我就有点儿吃醋的感觉，心里酸酸的。

这是周末，从隔壁飘来的各种饭菜的混杂香味，引发了我肠胃不适，一阵咕噜，就有些饿了。穿衣服的时候，又想起那个真实且现实中很荒诞的梦。我知道，这在现实中是完全不可能的事情，但可以证实，虽然迄今只有一面之缘，但我还是喜欢隋文倩的。想到这里，我把自己吓了一跳，想起和隋文博一直以来的抬杠还有无话不说，万一……这厮真成了我的大舅哥的话，哎呀……我急忙摇摇头，忍不住喃喃对自己说：老杨，你真是做梦娶媳妇，净想好事！正在这时，电话响了，座机的铃声在周末的早上显得格外清脆和急促。我一看来电显示，是隋文博。心想：这小子该不会真的喊我去他们家吃羊肉吧？接起电话，隋文博在那边有点儿悠闲地说："又是沙尘暴，还是周末，要不，到我家吃羊肉，喝点儿小酒来？"人在很多时候的预感很奇妙，有的奇准无比，有的则荒谬乌有。我对隋文博说："我先整一碗方便面，糊弄下肚子，要不然，连车子都骑不动了。"隋文博说："行。等你！"

沙尘暴吹得满天满地的黄，黄得惊心动魄，摧枯拉朽；黄得天地混沌，形同乌有。风小点儿后，我骑上自行车，出营门，路过那片消失了的荒滩的时候，果真发现，又有几座房子正在修。心里想：这沙漠戈壁，沙尘暴频繁，植被本来就少，人还在不断铲除，实在是罪过。难道挣钱真的比环境好一点儿更重要吗？或许，这就是 20 世纪八九十年代最大的矛盾。到隋文博家，居然看到了隋文倩。我咦了一声,惊奇地问她说:“放假了?”隋文倩说:“还没,学校组织到嘉峪关见习教学,找了一个空儿,回来看看。”我“啊”了一声。忽然想起昨晚无比逼真的梦境,心里不由得一阵慌乱,急忙低下头。那时候我觉得自己的脸很烫,不知道是刚才路上被风沙吹的,还是因为突然见到隋文倩而羞臊。人在很多时候内心直接反映的是现实的某些情境。梦境当然是自我的、私密的,但做梦的人,常常把它挪移到现实中来。

确实是羊肉,隋文博说:“冬天了,刚杀了一只老羊,肉可能老点儿,多炖一会儿更有嚼劲儿和味道。”我把提来的两瓶白酒放在他们家屋里的地上。这时候,隋文博的父亲隋建昌带着一身寒意和尘土进门来,我急忙起身打招呼,又掏出香烟,递了上去。他接住,我又“啪”的一声打着打火机,给他点着。隋建昌说:“这天气,沙尘暴真的是更厉害了!”我说:“可不就是咋的?……前面的那片荒滩多好,铲了,盖房子了!”隋建昌“嗯”了一声,说:“我们家老三也真是的,没头没脑地在那里盖房子。”我早就听隋文博说,挖掉荒滩建房子的那个人就是他的亲三叔隋朝阳。接着隋建昌的话,我又说:“都想着挣钱呗!”隋建昌说:“老三那个人,一辈子头脑活泛,想的做的和别人不一样。按道理,他也不缺钱了,大闺女嫁了酒泉一个老板,二闺女在你们单位和一个军官对上了一个象,听说马上就要结婚了。大致一个多月前,听说他把房子卖给了一个新迁过来的移民。老两口准备到酒泉和闺女一起坐小车住楼房。”我“哦”了一声,说:“他挺有想法,看起来也很有福气。闺女女婿都对他不错。”隋建昌说:“这人啊,一开始啥都好,就怕时间长了……哪儿有勺子不碰碗边儿的呢。”

说话间，隋文倩端了一大盆子羊肉进来，说："来来来，趁热吃。"然后放下，又扭身出门去了。我看着她的背影，忽然有一种冲动，想上去抱一下。这时候，隋文博捧着几只白瓷碗和筷子走了进来，放下，又拿出一瓶酒坐下来，说："来，开吃！"我对隋建昌说："叔您先坐。"隋建昌嗯了一声，顺势坐在沙发上。我随手拿了一张小马扎，坐在他的对面。按道理，我是客人，坐在沙发上无可厚非，但我是小辈，还是要老人坐在上位才对。在此之前，在他们家的时候，隋建昌和隋文博一直坚持让我坐在主位，我坚决不受，也给他们说了自己的理由，那就是，长辈永远是长辈，不管是谁家的父母，都是比自己年岁大的，这一点，是古老的传统，也是规矩。

她居然不用小酒杯，而是用口杯。我自叹不如，可又不甘示弱。没想到，隋文倩喝起酒来堪称女中豪杰。鼎新绿洲这边的人喝酒，为了增加博弈的乐趣，一般是玩儿扑克定输赢，或者猜拳行令。隋文博叫来了他三叔隋朝阳，再加上隋文倩，四个人打跑得快，论赢得分数决定喝多少杯的酒。我和隋文博合伙儿，隋文倩和隋朝阳一伙儿。输了几次，喝了十多杯，我就有些招架不住了。隋文倩和隋朝阳输了，先是隋朝阳喝，喝了十多杯，隋朝阳脸红脖子粗，说不能喝了，不玩儿了。隋文倩说："叔，别怕，尽管打，输了我全喝！"隋朝阳说："就知道侄女子你行！"果真，隋文倩喝酒很厉害，不是一小杯一小杯地喝，而是攒到一大口杯，再一口气喝下去。那一口杯，差不多二两半的样子，隋文倩喝了五六杯以后，还面不改色心不跳。我早晕乎得不知道东西南北了，她还好好的。

这算是我第一次和隋文倩近距离接触，也第一次和隋朝阳坐下来喝酒。酒醒后，我仔细回忆了当时的场景。我晕得忍不住趴在隋文博床上如死猪般睡去，再被隋文博叫醒，睁眼已经是漆黑的夜晚了。隋文倩给我端来一碗加醋的羊肉面片，我连渴带饿，趁隋文倩不在，几口就吃了下去。然后仰坐在沙发上，感慨隋文倩这么一个女子的酒量，简直通神通天。此时的隋文倩，一点儿醉意都没有。隋文博说："外面刮着风，又黑乎乎的，晚上别回去了。"我说："这样可不行。"隋文倩笑着说："这天气，你要回去，路上不是被风吹到水沟里，就是被野狼拖到荒滩里了。"我没想到隋文倩说话还有些调皮，或者叫幽默。撩开门帘，一阵黄风奔旋而来，我浑身猛一哆嗦，说："那明天一大早必须回去。"

隋朝阳五十交六十的年纪，个子不高，属于矮胖的那种，眼睛总是有一种光，在不停地流转，看东西和看人的时候，无论是谁，在什么地方，似乎都挂着一丝莫名的笑意。和他在一起喝酒吃饭，尽管他很客气，对我甚至有些谄媚，但我总觉得很不舒服。但到底怎么不舒服，我也说不清，心里仿佛总是有一股寒意在无故流窜。喝到下午五点多，我醉了，醒来就不见了隋朝阳。

羊肉面片加醋确实是解酒的好东西，又喝了几大杯子的茶水，酒意有些消散。隋文博拿出他新近写的诗歌，对我炫耀说："都是这个星期写的。哈哈！牛吧！"我接过来翻看了一下，说："这里面的诗歌就一首好。"隋文倩插话说："哎呀，你俩可别再诗啊诗啊的，我哥这么大了，连个媳妇都不找，都是被这些破诗害的。"一直坐在一边的虺大娘突然接话说："咳，写那个啥诗，能当饭吃,能当钱花,能换来媳妇?俺家文博,就是被啥诗给害了,这都二十七了,连个媳妇都没有。上次他小姨给介绍了一个,上元村的,那丫头还不错。带着他去相亲的时候,他居然问人家啥学历,懂不懂诗歌,背过唐诗宋词元曲没有。这不,让人家丫头好一顿日决。"

"日决"是当地的土话,即"回怼"的意思。

隋文倩咯咯地笑了起来,声音清脆,宛如铜铃,使得整个房屋瞬间有了一种东风吹来春意闹的感觉。我也忍不住笑出了声,又看着隋文博说:"哎呀,文博兄,你真是一个奇葩啊。"隋文博哼了一声,带着怒气说:"娶个老婆,不懂文学,不懂诗,生活起来就跟木头一样,那有啥意思?"隋文倩正色说:"哥,生活是实打实的,诗歌是务虚的,是物质充足以后,填补精神空虚时候用的。你这么大的人了,咋连这个都分不清?"隋文博斜了一眼隋文倩,嗔怪说:"你个小妮子,没大没小!"隋文倩又笑着说:"哥,俺可是说得正儿八经的话啊,你啥时候不找对象结婚,咱爹娘啥时候都是心病,他们都六十多了,看着别人家孙子孙女满院跑,咱家里平时就你们三个,转过来转过去,都是熟人老脸。一个家庭,就是要不断地添人进口,才算得上幸福美满的嘛!"隋文博扭过头,哼了一声,说:"知道你读了大学,稍微有了点儿文墨,能说会道。可是,你哥我将来肯定是一个伟大的诗人,你说,你忍心把一个伟大的诗人推到世俗和孤独的深坑里吗?"

隋文博的这句话,叫我忍俊不禁。隋文博狠狠地瞪了我一眼。我看了看隋文倩,隋文倩也正在看着我,两人眼睛一对视,几乎同时呵呵大笑起来,而且笑得前仰后合,一发不可收拾。这一刻，我突然觉得，我和隋文倩有了一种难以言说的默契。

很显然，隋文倩对我有好感。我也是。那一次接触，实在有些天意。几天后，我就收到了隋文倩的短信，尔后转到QQ。没日没夜地聊了一个多月，两人就擦出了火花。周末只要不加班我就去她家里。春节快到了的时候，隋文倩回来了，把我叫过去，趁着酒劲儿，对她父母和哥哥说了她和我的关系。起初，我还有些不自在，却没想到，隋建昌夫妇，甚至隋文博，都没有表现出一丝惊诧。我觉得有些不正常，可一细想，觉得也很正常。腊月二十八那天，我带着隋文倩去酒泉转悠了一天，买了一些年货回来。我给家里的父母也说了，这个春节就不回去陪他们了，打算正月初几再回去看望他们，到时候，还给他们带回个儿媳妇。我父母当然高兴。又说了一些详细情况，我如实向他们做了汇报。

大年三十，我和隋文倩在他们家门前燃放烟花爆竹，两个人都像是孩子，很开心。正在这时候，突然传来一阵凄厉的哭喊声。我和隋文倩闻声出了院门。隋文倩站在雪地上，很认真地倾听了一会儿，说，“这个声音不熟悉。”这时候，隋文博昂着脑袋走了出来，对我和隋文倩说：“好像是那一家移民。也不知道啥事。我去看看。”说完，踩着薄薄的积雪，向村子南边走去。隋文倩拉了下我的手，说：“冷，咱回家吧！”她的手也有一些冰凉，但传达给我的，却近似一种战栗的温暖。尽管如此，我还是有个心结，就是上次和隋文倩一起来的那个男的，到底和她有没有实质性的关系。这话我酝酿了很久，可总是怕惹隋文倩生气，一直没有问出口。

爱情这个东西，实在奇怪，有疑问，想问，却又怕惹得对方生气。我一直觉得，男人不该惹女人生气，女人一生气，就变得面目狰狞，凶神恶煞，再美好的感觉也会像落地的瓷瓶那般不可收拾了。和隋文倩回到家，就我和她的时候，我趁机抱了抱她。隋文倩也回应得很热切。这令我更加心动，也更加不忍将自己心中的疑问和盘托出。

不一会儿，隋文博迈着大步子回来了，一进门就说："三叔太不是东西了！"

隋文倩说："二叔那人，从来就不是啥好人！"

隋文博说："可怜啊，这么冷的天，砸了人家的窗户、挖掉了土炕，让人家一家人去哪睡觉啊，还有一个六七岁的孩子。"

我睁大眼睛，问隋文博咋回事。

隋文博说："三叔真不地道，开始说好的，把房子连地卖给人家那个移民，一起六万五千块钱，人家都把钱给他了。他现在觉得吃亏了，硬要人家再加两万块钱给他。人家实在拿不出来，三叔就拿着镐头砸了门窗，刨了土炕。"

我说："这太可恶了！"

隋文倩说："三叔的心也真够狠！这么冷的天，要人家冻死啊！"

我拉了拉隋文倩，说："咱们去看看！"隋文倩说，"好，可去看了也是白看，咱们也帮不了啥忙。"我怔住，眼睛看着她。隋文博说："你是外地人，有所不知。我爸和隋朝阳是亲兄弟。他闹这个事儿，我们去看，再给他唱反调。那，以后可就成了仇人了！"隋文倩思忖了一下，说："稍晚一点儿，咱们再去看看。我那还有一床新被褥，带过去给了人家，立马就走。"我点点头，忍不住伸出手，拍了拍隋文倩有些浑圆的肩头。夜里十点多，整个村庄除了各家各户门口悬挂的红灯笼，一切都静默无声。前些天下的雪还有些残留，在房前屋后的阴影处，还有路边的水沟里和梨树的根部等处，以蒙尘的面孔，在人间的黑夜打量。我和隋文倩穿着厚厚的羽绒服，我抱着被子她抱着褥子，走到那个隋朝阳，现在已经是那位新移民的家里，看到的景象让我心惊：门窗确实都烂了，只余下残缺的木板和玻璃碎片，屋里也没了电，几根蜡烛的光亮在不断的寒风中无助而悲凉地发抖。

我和隋文倩一前一后走进去，黄土的地上，坐着一家三口人，他们抱在一起，正在呜呜地哭。我把被子放在那个长脸男人手里，隋文倩也把褥子放上去。我又掏出五百块钱，放在褥子上面，然后拉着隋文倩，一同出了门。身后，两个人影一前一后追出来，我和隋文倩侧身向他们摆了摆手，示意他们回去。

这一夜，我辗转反侧，难以入睡。一会儿想隋文倩和她前面那个男同学的真实关系，一会儿想那新移民一家人，该如何渡过这个严酷的春节，还有三个月的隆冬。

第二天上午，又有亲戚来，当然都是隋文倩家的。作为她的男朋友，我混迹其中，陪酒陪吃陪喝。幸亏隋文倩酒量大，我喝得快不行了，她过来代我喝。当晚，亲戚们都走了，我和隋文博一家人坐下来，说了自己的一些感受，然后对隋文博说："文博兄，啊，哥，其实写诗没啥意思，重要的是过好自己的现实生活。不为自己，而是为自己的爹娘。"

隋文博说："说的是这个道理。可我就这么点儿爱好，人生一世，难得的就是还有点儿额外的，还算高雅、美好的兴趣爱好，否则，浑浑噩噩，吃了，喝了，睡了，醒了，好了，不好了，反反复复，混混沌沌,有啥意思?”

我和隋文倩订婚那天,亲戚们都来了,挤满了隋文博家的屋子。这是又一年的8月1日,我把自己的父亲也接到了部队来,为的是请他们见证我和隋文倩的订婚仪式。隋朝阳带着他的两个女儿女婿也来了。凑巧的是,他的二女婿居然是我在某团工作时候的准同事。我和隋文倩挨个给亲戚们敬酒,到隋朝阳面前,一身名牌衣裳,且戴了一只劳力士手表的隋朝阳慢腾腾地起身,看着我和隋文倩小声说:“侄女子,侄女婿,祝福你们俩啊,不过,你叔叔这人眼睛亮得很,啥人啥事都能看清楚,看明透。”我说:“叔叔厉害,以后多关照我们。”隋文倩则笑着说:“三叔好,你眼睛亮,祝您不仅能看透人,还能看得透天啊!”然后脸带不屑地拉着我,去给另外的亲戚敬酒。我回头,隋朝阳端着酒杯,还在原地呆立着。我小声对隋文倩说:“你这话够狠!”隋文倩说:“大财迷,人太坏,没当面骂他就算给他面子了。”

此后的每个周末,去未来岳父岳母家的时候,总是路过那片荒滩,一年多后,那里已经耸立起了十几座房子,其中还有两座三层楼房。有几次在那里遇到隋朝阳,他看着我骑着自行车过来了,就故意背过身。不久,我也从单位的同事嘴里无意中听到,有人说我这个人政治前途不大,当不了啥大官,只能做专业技术工作。到隋文倩家,我就给她,还有未来的岳父岳母说了这些传言。隋文倩哼了一声说:“不用猜,这话肯定是从隋朝阳那狗嘴里吐出来的。”

这时候的隋文倩,已经是我们单位所属的子弟学校的教师了。我俩商定的结婚时间的那天晚上，我又喝多了，半夜倏然醒来喝水的时候，看着熟睡中的隋文倩，心情格外复杂，自始至终，她都没有告诉我，她在兰州读书的四年时间里，到底处过几个男朋友。这个问题显然是我的心结，总是想问个清楚，可又一想：问清楚又如何？有些事情，本来就是没结果的，甚至，有结果不一定比没结果的好。当年“十一”长假，我和隋文倩举行婚礼，隋朝阳一家又都来了，他的两个女婿以堂挑担的名义，和我调侃。隋朝阳坐在一边，眼睛悠悠地盯着我。晚上，查看礼金簿的时候，隋文倩发现了一个陌生的名字——“赵铁民”，礼金居然是一千元，比隋文倩的亲舅舅还多一倍。隋文博和隋建昌说：“这个名字很陌生！”我的尴尬岳母说：“可能是隔壁那个移民。”

这时候，昔日的荒滩上楼房平房一大堆，也凭空多了不少人和车辆，各种店铺也挂起了霓虹招牌，从我所在单位宿舍楼窗户望去，原来荒芜的戈壁滩上流光溢彩，喧闹的声音一波接着一波。每次骑自行车路过，都觉得有些海市蜃楼的感觉。其中一些理发店，挂着粉红色的门帘，里面的灯光昏暗不明。隋文倩说：“你小子要是敢来这里一趟，就小心你那惹事的家伙！”我笑笑说：“有你这么好的尤物，即使嫦娥也别想拉我下水！”隋文倩咯咯笑。我也注意到，隋朝阳的房子好像总是很沉寂，好像没人租用一般。有一次，我和隋文倩骑着车子特意去看了一下，推开大门，发现里面晾晒着很多女性的衣服。

我俩正往东岔村走的时候，远远看到隋朝阳骑着一辆电动车，嘴巴叼着一根香烟，哼着小曲驶了过来。我叫了一声“叔”，隋朝阳居然停下车，拿出一包当地最高档的香烟，隔空递给我一支，笑着说："侄女婿，好好干。以后，俺们就都靠你了！"我笑笑说："还是叔叔多关照我们的事儿，才是最靠谱的。"隋朝阳呵呵笑了几声，说："那边还有人等我，回头我请你俩喝酒啊！"

回到岳父岳母家里，却发现赵铁民也在家里，正和我岳父隋建昌说话。见我们进来，赵铁民立马从小马扎上站了起来，一脸惶恐，继而又使劲突出一丝卑微的笑。说："你们回来了啊！"我笑着说："赵叔，你坐，坐。"赵铁民说："不了，你们先忙，等啥时候有空来了再来谝谎。"

"谝谎"是当地的土话，意思是闲聊。赵铁民先是倒退几步，到门口，才转身迈出了门槛。坐下来，隋建昌说："这移民也是难。孩子要读中学了，没地方去。"隋文倩立马接话说："让他到我们学校吧。"我点点头。隋建昌说："嗯，估摸着，他来咱家说这事儿也是这个意思吧。"隋文倩说："他们刚移民过来，各方面都不熟悉，正好那边学校学生也不是很多，等回去了，给教育部门的领导说下，估摸着问题不大。"我说："没事的，教育主任是我老乡，应当没啥问题。"隋建昌说："这赵铁民做牛肉面是一把好手，这不，又在荒滩那边租了几间房子，准备开牛肉面馆。"

这一年冬天，寒风吹彻之际，赵铁民和他媳妇，一个个子不高，浓眉大眼，穿着朴素的女人，带着一个年纪在二十三四的女子，来到了我岳父家，说是她姨家的妹妹，啥都好，就是没读过什么书。我岳父隋建昌和岳母都很满意，大舅哥隋文博看了几眼，低下头，站了一会儿，又扭身出去了。我追出去问他咋样。隋文博说："人嘛，是个好人样儿。"我说："那就行了，处处看？"隋文博点点头，然后低着头，朝门外走去。他低头的瞬间，我看到，这家伙的脸居然有点儿红。从他的反应看，我觉得这件事靠谱。果不其然，来年秋天，年届三十的农村文学青年，无名诗人隋文博，也结婚了。而且很快，就在原先的荒滩租赁了房子，夫妻俩也开了一家餐馆。

这时候的荒滩，完全是一个小镇的模样了，人来人往，热闹非凡。之前的荒滩，完全被人居代替了。而我和隋文博，还有那个移民赵铁民一家，也都各自步入了人生的另一阶段，或者说“境界”。只是这天空依旧深如穹井，大地荒芜而辽远。婚后，隋文博继续写诗，有时候也拿给我看，其中有一首叫《命运》的，如此写道：“我们都是风中的树叶/或者流动的沙子，目的地乌有/一次次变动，都不由自主/就像那来自祁连山的黑鹰，万物和人/可能都是猎物/与戈壁深处的骆驼和黄羊相比，作为人是幸运的/而帕尔卡尔的芦苇，一直在灵魂深处困扰我/而我已经毫不在意了，当落日踏上大地尽头的车辇/大漠再次安静，如汪洋/如此时此刻的我/万物之一种，万人之一个/群星光亮尽管微弱，但它们站立的位置/超越了我内心的食指，和人类的想象。”我读了之后，对他说：“哥，从这首诗歌看，你是一个真正的诗人了。”隋文博听了，一脸惊喜地说：“真的吗？”我说：“当然了！”正在旁边吃凉皮的隋文倩笑着说：“我不懂诗，但这首我听着挺好！”隋文博更高兴了，随手在他武威籍的老婆肩膀上拍了一下。

1995年的青春往事

一

入夏不久，突然有一种异样的感觉，像是有事要发生，但不确定。同乡的康在相距不远的另一个单位，具体的工作是维持机场秩序，肯定还有治安方面的职责。我在这个单位，相对清闲，一天8个小时外，就是把自己关在人去楼空的办公室里，写诗，读书，有时候望着对面的窗户发愣——在夏天，它始终是敞开的，以至“夜不闭户”。时常有几个面色白皙、黑发如墨的女孩子，晃来晃去，说话声比近处的麻雀还要嘈杂和响亮。

那一年，写诗，日渐着迷，几个月时间，就把诗歌当作了吃饭穿衣之外最重要的事情。在集体宿舍，到处的嘈杂是个阻断。四周的人的声音伴随着风吹树叶，在空中和红砖的墙壁上跌宕。下班之后的办公室成为唯一的清静去处。那里面，人去之后的汗味和烟味，争吵和爆笑之后的唾液和余音，导致我的不舒适和不习惯。

但很快，我就在其中获得了一种人去楼空的空荡感——悠长、沉闷，还有着些微的恐惧。他们说，早年（不确定的，叫人迷茫的时间），有一个人异乡人在其中一个房间上吊自杀了，这种恐惧在黑夜袭来，尤其是那些女孩子熄灯就寝之后，黑夜的街道上路灯昏暗，风吹得纸片在柏油路面上打滑，声音嗤嗤啦啦的，像谁在半夜持续不断地磨一把刀子。

再向后，夜向内，远处近处，都是黑暗。整个楼宇内，就我一处光亮了，从窗纱中顽强爬进来的蚊子和飞蛾围着荧光灯，翅膀不断发出扑打烈火的声音。它们围绕在我的头顶、胳膊和桌面的稿纸上，有的沿着钢笔向上，飞快的速度让我觉得这些生灵才是最可怕的偷袭者。有一个夜晚，我在灯下写了一首叫作《杜鹃》的诗歌，准确而又含糊地表达了我当时的际遇和心情。其中有这么一句："没有人可以敲开/黑夜的花朵，最柔软的/在黑夜最黑，也最灿烂。"

"柔软的花朵……在黑夜最黑"，这是一个基于经验和臆想成分的发现和表达。第二天一早，再次看到的时候，我猛然一惊，脑内迅速崛起了一种不祥之感。我不知道为了什么，这种感觉像影子和空气一样，满怀敌意跟随着我。我想，一定会有什么事情的，但不知道是关于自己还是他人。我知道自己有这样的习惯或者病症——很多时候总是害怕自己忽然死了，因为不可抗力，或者自身的原因。

对此，我是不情愿的。死，是个巨大的空洞，我不知道肉体之后，什么样的地方和容器能够将一个灵魂容纳？还有，死后，还能不能重复活着时候的工作，当然，也包括诸如吃饭、走路、睡觉乃至工作与爱情的权利——如此怪异的想法，对于一个还是孩子的男人来说，多少有些不可思议，懦弱的性格和俗世的个人功利成分浓郁，这对于自小受到集体主义高于一切教育的青年来说，多少有些羞耻。

而对面窗户内的女孩子们始终都是快乐的——至少在我看来是这样。观察者和经历者的区别就在于，一个如穿在身上的衣服，一个像切入肌肤的刀子。每天的中午和傍晚，从饭堂到办公室，我总要站在窗前，朝对面看一会儿。时间长了，特别注意到一个瓜子脸、短头发的女孩子，她在窗前站立的时候最多。拿着一面镜子，对着自己的脸看，有时候好像在修眉毛，有时候在做面膜，或者涂口红、脂粉之类的，每次持续10分钟以上。

二

每个周末，同乡的康都来找我玩。作为同乡，地理的亲近导致了感情的亲近，也导致了熟稔之后的毫不遮掩。从长相和举止看，康面孔虽然黝黑，但一双眼睛足够装扮，举手投足间的儒雅让我想起古代的书生，只是少了一身的长袍和蓝布冠帽。两个人通常去的地方，除了商店就是饭馆，两个人吃吃喝喝，购物，斜着眼睛瞟美貌的女孩子，找机会上前攀谈。开始，还没有开口，心就开始打战，小小的心脏钟摆一样，忽悠之间，敲红了脸颊。康倒是大方，无论见到怎样高傲的女孩子，都是满脸的微笑，连嘴角的皱纹都像是清水洗过一样，熠熠有光。

这种感觉短暂，昙花一现之后，一片空寂。似乎是自己为自己编织的谎言和陷阱，坠落和拯救都是个人的。而再遇到，又复往常。两个人在饭馆里消磨一个中午，之后，提着新买的东西，脸色涨红，走出来，夏天的热风从树叶上滑下来，蒸气一般，袭上身体，热汗淋漓。空旷的街道似乎只是在承接四周房间人们的鼾声，百无聊赖的商店张着黑色的嘴巴，在铺天盖地的阳光下，守着一片阴影，与对面的墙壁或者门洞两两相望。

送康走，逐渐远去的车辆像是一个移动的石头，笨拙地在弯曲的道路上消失不见。似乎从那个时候开始，喝酒之后，不管多少，随之而来的是浓浓的睡意，还没有走到宿舍，就不想睁开眼睛了。有几次，竟然没有看到对面驰来的车辆，它们尖厉的呼叫声让我乍然惊醒，瞬间感觉像在梦中一样。相互行过之后，听到的是一声呵斥或者喝骂——这时候，我根本不会想到报复，而是浓重的羞涩和惭愧。有一次，上午刚听到一起车祸的消息，中午就遭遇到这样的尴尬，忽然想到了可怕的死亡，血肉模糊的车祸。

低下脑袋，一边往回走，一边责怪自己，反复叮嘱自己说：你还年轻，还有那么多的想法，父母还靠你孝敬呢，怎么走路睡觉，是不是不要命了啊？笨蛋！事后，又觉得可笑。与康说起，他竟然也毫不在意，轻松地说："你眼睛闭着，司机的眼睛可是大睁着呢——"这句话在当时，或者从字面上看，是那么个道理，但实际上那是个圈套：把自己交给钢铁，多少有点儿荒唐和悖逆。

我也觉得，酒后的睡眠是打发时间的最好方法，也是一个人思想意识真正闭合的时候。没有什么惊扰，就连那些莫名的恐惧和预感似乎也在酒入血液的回流当中消失不见。很多时候，我愿意这样，喝酒的目的单纯到了就是为了更好的睡眠。醒来的时候，正是日暮时分，夕阳余晖如泻，在操场和对面的墙壁与楼顶上，像个妇女的脸庞，流光溢彩，也正预示着它的辉煌不再。而吵闹声一下子又将我拉进世俗当中，迅疾如电，令人猝不及防。

离开，从街道上，像是一条穿梭的鱼；正对的，同行的人，每个人的身上都有一股味道，清淡、浓重，我嗅到，离开，消散。在办公室坐下来，打开一本书。这时候，读书的心态是浮躁的，总是有一种起伏或者慌乱，风吹水面一般，荡来漾去，波纹连连。直到傍晚的时候，黑夜降临，心静下来，文字入心。而刚读了几页，对面的窗户忽又传出女孩子大声说话、追逐嬉闹的声音，我站起来，转身看见她们蝴蝶一样飞过的身影，有一种说不出的感觉，夹杂着米粒微光一般的惆怅，自心底，雾状升起。

三

这一年的某一天，我终于为对面的女孩子们写了一首诗歌，名字叫作《对面的花朵》，对这种重复的唯美表达我一度热衷。我在诗中这样写道："对面的花朵/不曾靠近的人/他所有的仰慕和爱怜，都是徒劳的/没有哪一种赞美，可以代替真实的触摸。"这样的一种诗句，透露出的讯息多少有些暴力倾向，标志着我的美学认知由形而上开始形而下，呈现出一种由理想主义到现实主义的坠落态度。

但在当时，我个人并没有意识到这些。从上而下的意识形态，在很大程度上反映了我的一个转变，即从高渺的理想主义撤离，缓慢进入蓬勃的尘埃之中。几乎与此同时，在一个大的集会上，我近距离地看到了那几个女孩子，她们正襟危坐，落落大方，娇艳的美在一个人的讲话中显得落寞，也有些被埋没的悲剧意味。这一点,她们肯定不会意识到,包括现在。作为一个长期看到她们,喜欢并希望靠近的人来说,这种体验和想法再自然不过。

不久,我又获知,对窗化妆最多的那个女孩子叫乔乔(听到的瞬间,忽然想到了三国时期的大乔和小乔),河北唐山人,在对面的单位工作。说起来,这一机遇源于工作关系。那天下雨,先急骤如马蹄,后和缓成线珠,淅淅沥沥漫天悬挂。单位要做一块标牌,领导让我去。在她们单位,她的一个同事说这事情去找乔乔,在对面的房间。进门,满屋子的叽叽喳喳蓦然关闭,好几双眼睛的目光冲向站在门口的我,那些眼睛当中,都有一汪清水,散发着珍珠的光亮。我感觉脸发烧,继而微疼。

说出她名字的时候,她大声说"是我"。说清原委,我急匆匆地走出去,站在门口,风穿雨而来,浇灭了脸上的火焰。柏油路面上汪着不少小水洼,有深有浅,浑浊或者清澈,汽车驰过,溅起的水薄木板一样,起落之间,一片哗然。

我一直看手表,时间很慢,好长时间才过了 10 分钟。从这点来说,我还是一个缺乏耐心的人,不仅是因为看到乔乔的羞涩,在美面前的惶恐和逃避,而是缺乏一种对公事的热衷。这也构成了我此后多年无心仕途,只想在文字中沉溺的一个重要原因,或许是我看到了最后的虚妄——所有的繁华必将以悲凉告终。更现实一点说,是想自己在多年之后,退休了,还有一点儿事情可做,而不至于因为失落和不平衡而忧心忡忡,郁结于心,久而成疾。

至此,我对生的贪恋俗不可耐。这无疑加重了我对死亡的恐惧,以及下意识的反抗和提防。

在门口站得久了，我想该刻好了，进门，操作间里只有她一个人，只有计算机和刻绘机的微响。看着她的背影，我想说些什么，但什么也没说出来。走过去，在刻绘机前停下，看那些正在输出的字。乔乔坐在计算机屏幕前，右手紧握鼠标，侧脸像是一只白色的气球，皮肤光滑，凹凸有致，我在心里不由自主地叹了一声："美！"她转头看了一下我，目光回到屏幕上，不一会儿，忽然说："你的眼睛为什么那么忧郁？"像是自言自语，又像是说给我的。

四

康每周照常来，有时候到另外一个同乡那里，或者三个人一起吃喝玩。时间长了，竟然有些厌倦。刚开始的时候，到周末，康决定要来，会预先给我打个电话，让我有个思想准备，几次之后，便不再预告。他知道我周末一定会在办公室。下车直奔而来，竟然没有一次扑空。

厌倦——对熟稔者的一种放弃和拒绝，在我心中升起，尤其是在我读书兴致浓郁，或者绞尽脑汁写诗时，康的到来是令人恼火的。有一次，康竟然提了两扎啤酒，要在我(们)的办公室内聚集一帮老乡大吃大喝。我坚定地拒绝了。康很尴尬，站在我时常的位置，看到对面窗户飘忽的女孩子，忽然转变了话题，扭转了注意力。

在这里，我的同乡不少，但时常来往的没有几个。一个主要的原因是，我从内心排斥一些人，或者说，排斥更多的人，进入我的生活。而拒绝的理由只能是脾气不合，话不投机，再严重一点儿就是，人生观、价值观存在巨大分歧。在此之前，有过一次同乡聚会，酒桌上，连喝酒都在钩心斗角。其中一个，硬是逼着我和他对饮半斤白酒，我不从，他激将，甚至用家乡的粗话羞辱——我应当是有一些血性的人（俗话叫作“二百五”），自己抓起酒瓶，仰头灌了下去。

酒醉了，被人抬着，送到医院。我清晰记得，一个漂亮的女医生，手指翻开我的眼皮，看了看，说：“没事，回去喝点儿茶水和盐水，休息一晚就好了。”那一次，她的手指是冰凉的，在夏天，或者在我灼热的身体上，像是瞬间的冰块和雪粒，一瞬间的抚摸，竟然在我的内心保留了十多年。第二天早上醒来，忽然想起，有一种说不清的感觉。早饭后，坐在办公室内，忽然想到了诗歌。我拧开钢笔，在稿纸上飞快写道：“没有什么可以在一瞬之间/深入内心，抚摸过我的人，都是有福的。”

这首诗和写给那些女孩子的一脉相承，“抚摸”一词的再度出现，或者在诗歌中的具体表达，让我感觉到在那一段时间内，几乎贯穿了我全部的潜意识和“潜心理”，预示着我的青春期的真正到来。

那次之后，再有老乡聚会，能推就推了，平时也很少去他们那里，久而久之，除了少数的同乡聚会时候会想起叫我一起去，大多数的同乡各自三五成群，各行其是。周末，大都聚在一起喝酒，在饭馆内和漂亮的女生说三道四，竞相表现。我遇到几次，也觉得这样的活动充满激情，但转瞬就没有了，余下的仍旧是一片空寂。

接着是个不幸的消息，那次在酒桌上极力劝我酒的同乡——

穆,死了。我听到这个消息的时候,手中的话筒摔在地上,像电影中突闻噩耗的情景一样。具体的情况是:前一天傍晚,穆一个人提着三瓶北京二锅头,蹲在单位后面的杨树林里喝酒。喝完,起身,在回来的路上,突然倒地不起,送到医院,说是急性肝坏死。

死亡的阴影再次袭来,沉重如铅。我从来没有想到别人,尤其是同乡之中,谁会在这里弃身。急忙奔到医院,太平间的铁门嘎嘎打开,扑面的冷当中,汇集着一种说不清楚的沉滞味道,朽的,不再呼吸的,浓郁的人体味道。我蓦然感觉到一种巨大的恐惧,双腿发软,心脏突跳。看到穆沉静、惨白的面孔,我一下子瘫软在地,急忙拉住一边的铁杆,才没有摔倒。

五

穆死了,对于身处外乡的人来说,是个沉重的打击。火化那天,我们几个同乡站在那里,一言不发,眼看着一个人肉体彻底消失,吐出一把轻飘飘的骨灰。我蓦然感到一片空茫,整个世界都是虚浮的,人的争斗和美其名曰的追求何其荒唐?我想到自己,如果也像穆那样,我将如何?第一,我不愿意母亲和父亲不远千里,伤心欲绝,来到这里,抱回一盒骨灰。第二,我还没有成为真正的诗人,我在这个世界上存活过,不留下一点儿东西,不甘心。第三,我暗恋乔乔,我要有一个人像我暗恋乔乔一样暗恋我。

出了殡仪馆,和康两个人走在街道上,好长一段时间,谁也没说一句话。往来的车辆喇叭鸣响,穿梭的人还像往常一样。这个世界,一个人的消失没撼动它一丝一毫。康突然说:“要是我有什么不测，不要告诉我的父母。有人问起来，就说一个人去了新疆。

我惊异，这个想法，康和我的竟然如此相似。远遁总比消失好，远遁是在，消失就是什么也没有了。在，起码是对痛惜的人是个安慰，消失是一次性摧毁。而这样又何尝不是一种慢性的，对于别人的摧毁呢？

不一会儿，笼罩全身的殡仪馆凉气就在日光和人群中消失了，取而代之的是近距离的灰尘和市声。生死之间的转换之快，叫人惊异。在一个饭馆里面坐下来，两个人的脸色仍是凝重的，周围的人吃得热火朝天，或者温文尔雅的人，一个个表情怪异——这和我的心理有关。几杯啤酒下肚，在嘈杂的吃喝声中，心绪渐渐平静。下午，两个人在大街上穿梭。在书店待的时间最长，我买到了张承志翻译的《热什哈尔》、阿尔贝·加缪的《鼠疫》和陀思妥耶夫斯基的《被伤害和被侮辱的》。

夏天，树木繁茂，整个巴丹吉林都是灼热的，地表温度达到四十多摄氏度。有人传言说中午在沙漠里可以烤熟鸡蛋。这一点，我始终不信，就像我从不奢望乔乔能成为我的女朋友一样。

半个月后，对于乔乔的窥望又复如常，只是不再像从前那样勤恳和迫切了。康有几个星期没来。身边的人少了，忽然有了一种空洞感，内心的空和情感的空，像是一堆撕成丝状的棉花，在里面不干脆地飘。最初的不祥预感再一次强烈起来，总觉得有什么东西，庞大而轻灵的身子一路急奔，向我或者我周围的人走来。准确说，1995 年 8 月 27 日 12 点 24 分，康真的死了。

康的父母和哥哥很快来了（他们各自单位通知的），我去看望，还没进门，就听到招待所内一片哭声，嘶哑的声音在楼道里幽灵一样奔窜不歇。走进去，没有人看我和吭声，眼泪和鼻涕汇集的脸孔几乎变了形。我想说些什么，可是什么也没有说出来，站在那里，倒水，递纸巾。

又是一场恐惧和悲伤，我不知道为什么，在1995年，会有两起死亡在我身边发生。送走了悲伤的康家人，回到原来的生活，一直觉得自己丢失了什么，有时候半夜醒来，想起从前和康在一起的事情，沉沉的黑夜中，似乎可以听到另一个人的呼吸，贴着耳膜，一下一下，清晰嘹亮。

几乎与此同时，我也很少再看到乔乔了，那些女孩子似乎也安静了许多，再也没有了大声的嬉闹和说笑声传出来。有几天，我到办公室去，不读书，也不写诗，就是站在窗前怔怔地看，有时候一站就是一个多小时，一点儿也不觉得疲累。秋末的时候，去饭堂的路上，忽然看到乔乔和一个男人走在一起，手挽着手，很幸福和快乐的样子。我猛然疼了一下，连骨头在内，然后逃一样地仓皇走远。那一天，我再次以诗歌的形式写道："看见秋天，我终于明白/我们爱的只是时光/只是被时光迎来送去的过程。"（《一枚落叶的飘落过程》）

同乡9人当中，穆和康都不在了，其他人和我基本不怎么来往。有一段时间，和青海的裴、山东的庞和甘肃的杨，还有江苏的王，在一起，闲时喝酒，谈论人文和写作。一月后，裴去北京，回来后送给我一套《人文中国》丛书；又几天，去庞的宿舍玩儿，回来的时候借了一套《我们都是未解之谜——20世纪巨人随笔》，一直读到春节来临。期间，遇到几位同乡，彼此说话，又很快散开，遇见乔乔，一个人或者和丈夫一起。

1996年，大年初一，上午，一个人坐在办公室里，想起过去的一年、逝去的同乡，自己的那些简单而矫情的诗歌；想起下雨那天认识的乔乔，以及她说出的那句话。过往之中，诞生和消失，我看到了，经历了，我什么也做不到，只能在记忆中一次一次把它们记牢。趁着这时光，朝着温热的天空和土壤，徐徐滑翔。

废墟上的花朵

其实，我所描述的一切，都是在一瞬间出现，又在一瞬间消失了的。就像现在，独自一人在漫漫黄沙上行走，松软的沙漠一次又一次企图将我埋葬。干燥的风由北向南，遥迢着，带动细微的流沙，卷起我的衣襟和长发，卷着我历经沧桑的，早已疲惫不堪的灵魂。在趔趄的行程当中，绿洲遥不可及。所有的美，或存在于脑海里的，只是一些琐碎而遥远的颗粒，灰蒙蒙的一片，徒增我的失望和悲伤。

在历史面前，在那些被如刀的时光切割成碎片的故事抑或传说当中，我一方面感到强烈的压抑，更多的却是那种极其沉重的悲怆感。

向晚时分，天空淤积着几团铅色的阴云，呈奔马状，从遥远的窨山之巅腾跃而出。隐隐地，可以听见铿锵的蹄音，在天庭的街道上嗒嗒而过。黄昏的阴影从四周的天际匍匐下来。黑夜正在降临，像一位神，一只手掌便可将人间的光明遮盖。北斗星老早就闪烁了起来，在我行进的前方，越来越亮，多么像一颗永恒的心灵，将所有疲惫者引领到梦想的故乡。

蜷缩在单薄的帐篷里面，夜的猛兽在吼，硕大的兽蹄在疯狂地奔跑中掀起如箭的尘沙，尖锐地击打着我的帐篷，是那种不容分辨的力量，直达内心。冷清的灯光一次又一次地被熄灭，小小的空间重复着同一种黑暗。我满怀惊悸，害怕自己弱小的生命承受不了这种恐吓，害怕真的猛兽突然闯入。我不能无视生命中的某些危险，我坚持生存的目的，是为了确保灵魂的巢穴长久坚固，我所依赖的，又是我所憎恨的。我矛盾地看待自己的肉体，但我始终尊重自己的灵魂，只有灵魂才是一个人活着的唯一价值所在。我谨慎，但不自私；我偏激，是为使自己更真实。

像大多数人一样，我对历史有着异乎寻常的偏爱。我时常觉得自己像一只永不懈怠的蚂蚁，在孤独的灯光下面，在汗牛充栋的典籍当中，留恋不止。我恨不得将那些仍旧散发着旧朝气韵的文字一一吞进肚里，不断反刍，吸取营养，以前人的足迹来警醒自己，以过去来鉴证我所生活的时代。要不然，我又何必放弃可以舒服两天的双休日，独自一人，带着干粮和水袋，从工作的那个小县城徒步来到这座早已是一片废墟的汉代遗址呢？并且还要在空旷而凶险的野外度过一个漫长的夜晚。在别人眼里，我的行为肯定是荒唐无聊的，肯定会有人在背后说我愚蠢。但我是不会嘲笑自己的。我知道自己此行的缘由及意义，即使一无所获，我仍然不会后悔。

太阳终于升了起来，在 6 月，她精力充沛，血红的光焰灼热异常。到中午，温度迅速上升，滚烫的黄沙熏烤着我，汗水不住地流淌，在我的脸颊上留下一道道发白的尘痕，像刚被鞭子抽打过一样。皮肤干裂得生疼。我把遮阳帽一拉再拉，几乎遮住了整个面庞。我坐下来，目光在一堆堆倒塌的黄土板块上面游来荡去。那种破败的凄凉景象，令我心情格外沉重。我的心凝固了，长久麻木着。

这是什么人居住过的地方呢，是不是先祖伏羲氏生活和战斗过的地方的遗址呢？抑或曾经是匈奴的家园和牧场？在寂静中，我仿佛听到了那些早已被遗忘了的声音，正午的沉闷加速了声音的传播；水草在湛蓝的天空恣意生长；少女与父亲的歌谣在动人的田野上被翠鸟传唱。是谁要像一丝微风，回到中世纪的牧场，在洁白的羊群和圣洁的格桑花上，在明净的春天里反复写下美丽的诗？牛栏与帐篷像白云一样自由而安详。

然而，这一切都不复存在了，像一场梦。时光的冷酷使我无比沮丧，消逝了的美却是那样令我向往。我无助地再次低下头来，泪水和汗水汇流而下，打在我敞开的胸膛。

残缺的历史依旧，而它留给我们的又是多少悲怆？废墟，这才是真正的废墟，幸福的废墟。昔日的辉煌被苍凉代替，流动的青春在亘古的太阳下面黯淡成一片阴森森的墓场。而远离现代文明，又使它们逃脱了所谓的重建和改装。

透过《史记》的一丝光亮，穿越时光隧道，隐约的偏僻王国色彩斑驳，像一件旧了的瓷器，角残皲裂，但还是能够看清它的大致轮廓：一个逐水草而居的民族，在漫长的历史变迁中，频繁的战乱与迁徙，使他们的文明消失殆尽。遗散在飘忽不定的路途上的，只是一些零星的碎片，光彩明亮而又略显微渺，像一条断断续续的河流，虽不乏浪花闪烁，但终究没有汇成汪洋。而作为一个民族，在世界东方的版图上，它有着独特而光辉的一页。

在高高的穹庐下面，在渭水以西，游荡的马车和云团，掠过黄河之源的涓涓清流，掠过黑雕穴居的悬崖，逆风的马蹄在白昼和夜晚的街道上飘然而行。彪悍的民族,在坚守和进攻中延长着自己的生命,在猎杀与自然消亡的过程中获取生存的权利。

传说只能是传说。在这座废墟面前,我无法找出它最初的建造者与统治者。在巴丹吉林沙漠深处,这样的废墟到处可见,日日经受漠风的侵袭与自然对它们的风化和吞噬。然而,这些像谜一样躺卧在浩瀚沙漠上的废旧景观,又为后来者提供了一种直接可靠的考察证据。很难想象,在我们不能准确想见的远古时期,是谁,又是什么力量,促使一些和我们一样脆弱的人,用自己的智慧,用精巧的双手将一堆堆杂乱无章的黄土与草芥掺合在一起,并且树立起一座辉煌的宫殿呢?长街通衢,窄巷广陌,喧闹的市声与骆驼的铃铛声依稀可辨。而旧的王国在一场场巨大的风暴面前逐渐泯灭,人为的破坏加速了死亡的来临。如涛的黄沙汹涌而来,美丽的家园毁于一旦。迁徙的人群四散奔逃,在饥饿和疾病的困扰下大声哭号。骑马的王侯与徒步的臣民,举鞭向南,苦难的沙漠深处,他们的足迹至今还令人心酸。

胜者王侯,败者寇。他们严格遵守这一自然法度,并不认为逃跑是件可耻的事情。在虚弱的时候休养生息,驭着快马,带领牛羊、骆驼,逐水草而居。而在强盛的时候,便攻打别的部落。在没有文字的年代,以语言作为约束的工具。男童在两岁便可骑羊,八岁时练习射箭,捕杀鸟、兔,以为食物。到十二三岁的时候,男孩儿就可弯弓射大雕,跨马征战了;女性则放牧,烧制烈酒和奶茶。太史公说,这是他们的天性。

在唐代以前,所有中原人涉足西域的,都带有一定的政治色彩,肩负一个王朝的使命。张骞历时十九年,开创了名传千古的

“丝绸之路”,而其中又隐含了多少生命的悲泣?同行的三千多名随从,直到最后,与张骞并马而还的仅剩下一人。而蒙恬、李广、卫青,每一个与西域有过一面之缘的将军,哪一位逃脱了兔死狗烹的悲惨结局? 将军以武功而不朽,而武功之于血腥的政治,又是多么叫人心寒!

大漠孤烟中的使节去了,羌笛怨柳吹送的孤客早已成为缥缈的神话,而理想主义者仍旧不绝如缕。在旧阳关的废墟旁,多少忧郁的过客步履蹒跚!多少伶仃的歌者被连绵的风暴折断了高挺的脊梁!多少风雪阻断了春风的途程!在沙漠里,在旧日王朝的废墟面前,我身上干涸的不只是汗水,还有一颗心灵中高贵的露珠,芬芳摇曳的枝头,落满疼痛的灰尘,它们像针,刺穿了我坚硬的骨骼。

但我仍然得感谢这个纷繁的世界,使我有了充足的逃避理由,也有了介入的通道。这是多么美妙的事情,在疲惫的时候,有一处风景作为寄托;而在感到轻松的时候,又可以去设身处地地寻求一种沉重。现实是永远新鲜的,过去的事物眨眼间已陈旧不堪。在快速缔造与扬弃的过程中,那种混合的气味,既令人愤怒又令人陶醉。像历史上所有的民族乃至个人一样,我相信他们的创造能力和过人之处。在不同年代,在同一个年代的不同时期,甚至具体到不同性格的人身上,我相信,始终有那么一根柔韧的血线将之紧紧相连。

历史是预言,从过去的角度告知我们前方的不幸和危难。过去的与未来的,实际上都超出了我们的理念。我所捕捉到的,或许只是被缩小了的一半,甚至还不及一根毫发。我还远远没有掌握它的全部内涵：阴影与光明同体；野兽和羔羊邂逅；骑士与马，牺牲与血，刀剑撞击的火光；裙带王朝，没落的贵族，流民和伤兵，呻吟的嘴唇和媚笑的酒窝……所有的一切，废墟是它们最好的注视。一座座沙丘次第毗连，耸立成一道难以逾越的屏障，我感到力不从心。沙漠犹如天鹅在夕照中煽动的火焰，灰烬四处奔窜。我孑然而立，我的那些古怪的欲望在此荡然无存。

在一堆面目狰狞的废墟下面，阴凉处，有两枝青青的骆驼草和一枝刚刚抽出嫩芽的马兰花，被我不经意地捕捉到了。她们柔弱的头颅轻轻摇摆，多么动人的生灵啊！快乐的孩子，在此与我不期而遇。全然无视四周的荒凉，忘却突如其来的灾难；她们的生命或许只有一瞬，但她们的纯洁形象，为这片废墟，也为一个不知名的远古部落，点上祭奠的绿色灯火。

沙漠过客

连续两个月,巴丹吉林一直沉浸在晴朗的天空下面,盛夏的骄阳轮番照耀,金黄的沙漠到处都是连绵不断的熊熊气浪,远看就像是四处奔窜的火焰,又像一片阔大的海洋,竟然也呈现出了大海的蔚蓝,在终年干涸的沙漠腹地,为渴望清水浇灌的心灵,蒙上了一层希望的绿色。

遥远的雪山正在一点点融化,在悄无声息的运动中,露出了她的本真模样:匍匐的青草随风而动,闪着青油油的光泽;波斯菊的雏枝含苞欲放;岩石下面的格桑花正吐出她们圣洁的祝福。起伏的崇山峻岭势若奔马,昂首长啸,驰骋在辽阔屋脊的疆场。那种雄浑,凌驾于沙漠之上,所有渐欲飞腾的梦想,在此刻,也禁不住悄然打开了翅膀。

而一个人的设身处地,制约了他的行动。长年累月地在沙漠边缘行走,从内心感受到的不仅仅是一般的生理焦渴,更是一种灵魂中极度困乏与生命因焦躁而龟裂的疼痛, 时时让我黯然神伤。梦想与现实的隔阂,令理想者终生不能释怀。而博大的沙漠,胸廓万里,它可以容纳太多太多的肉体,也可以聚敛所有的丧失皈依的灵魂。它收容世界上最惨痛的嚎叫,也能将一切的缠绵呢语一一没收。它不展览,而是珍藏。

在风声消失的方向,你可以看见大海,看见大海上漂动的黑色帆影,以及亿万年沉淀而成的珍珠。珊瑚丛中,温柔而又凶残的海底世界,展现着她们独有的光彩。不论是怎样的一双眼睛,她都不会拒绝。正是这种坦荡,制止了血腥的争斗与同类的戕害。也正是这种美,去掉一切人为的痕迹,在自然的大漠和雕刻下,形成了自己的品质。

你可以将一个人的头颅砍掉,但无法砍掉他灵魂中的高贵。

我是站在沙漠之上,对着苍天说话,更是由此及彼地辩白。我似乎没有必要这样做,也没有必要向谁辩白什么。世界本来就是一个谎言的载体,漫天的尘土和漫天的钢铁,铸造起尔虞我诈的人类社会。金钱和美色在深陷的大地上充分展示着一个繁华而又充满仇恨的空中楼阁,冠冕堂皇掩不住巨大的悲哀,雕梁画栋也遮盖不了肮脏角落里的疾病和呻吟。我们都将永远带着泪水,接受欺骗与被欺骗,一次又一次地套上自己为自己打造的枷锁。

现在,再没有人能与我共同体验这种孤独。面对不可知的事物,我们只能猜测,驾上想象的云朵海阔天空地漫游,而绝少对它们进行深层次的挖掘。马尔克斯老了,托尔斯泰也不能再次感同身受,政治家的努力尚未完成,也没有人再用心去听从那个狂妄者貌似强大实则虚弱的号召了。沙漠静止下来,它沉默,它暴怒,它对什么都能容忍,又可以对什么都横眉怒指。他是打击,是陷阱;它更是崇高,是胜利。一切穿越者经历了过去,也间接地经历未来。自然是一项重复的运动,在抵达的时刻,也正意味着一个新的开端。

张骞抑或玄奘，悠悠的马蹄声和仙乐般的梵音已化作了轻巧的尘沙，落足沙漠深处，偶尔被有意者重新捡起，在独自思想或吟咏的时刻，以几行文字或一声长叹了却。一个人永远关心的是他自己的时代，是他在当时年代里的位置，以及在激昂或低沉的行走中所产生的影响和留下的痕迹。而对未来，这既是一种勇气，又是一种无奈的逃避。当一个人在他所处的时代里找不到一丝共鸣，就只有将他的情感寄托于未来；当他黯然落泪的时候，眼前就会出现黎明即起、霞光普照的美妙景象，引领着疲惫的步伐，趔趄前行。

驼铃在响，骨笛在秋高气爽的山冈上悲情地吹响着，凝固的流沙堆成一座座无名的坟茔。岩页在闪闪发光，被风裸露的白骨点燃夜晚的油脂。一盏盏飘浮的灯火，照亮了短暂的爱情。急促的马兰花聚集起十万颗沙砾，在骆驼的蹄窝里东张西望。在生命即将熄灭的时刻，它为绝望的过客捧上一碗奶浆，促使他站起身来，朝着心中的方向，耗尽最后一滴热血。

我就在沙山上走着，一边大口喘息，一边抒发着零星的思想和对它的浅薄感知。我双脚深陷，又艰难拔出，从日出到日落，这种过程类似一个人的一生。我在路边分别栽下幼小的树苗和脆弱的花朵，不管它们能否顺利成长，能否结出甜蜜的果实，这些都不再是我所能够关注并决定的事情。

当我三十岁之后，甚至八十岁的时候，我希望我能够重新经历少年时光。权且为自己编造一个神话吧。

如果注定是惩罚，是命运特意为我设下的圈套，即使千疮百孔，我也义无反顾。我疯狂或者冷静，你所看到的，永远都是我的背影;别人看到了没有,是否向我投过一瞬的目光,都无关紧要。我试图获得某种力量,这种力量是与我心灵遥不可及而又真实存在着的,驻扎在我幻想尽头的丛林地带。露水和青枝,百合与玫瑰,组成她光彩夺目的形象,让我穿过人类的废墟和自然的障碍,追逐她那美丽的皱纹与创伤。

沙漠是沉重的。翻开史书,我强烈地嗅到了陈年的血腥,听见悲愤的马啸与残缺的呐喊。它在黄沙深处,在苍茫的天际,在每一个忧郁的过客的骨骼里,呼啸着,激荡着,由连续的风暴传达给每一颗渴望的心灵。

商队在丝绸的光亮中远去了,哈萨克、裕固的羊群在游牧岁月里变成了一堆白骨,吟诗的左宗棠,遭贬的林则徐,匆匆的步履只剩下一棵棵早已干枯的树枝,在洗劫的风中折断,只留下一声声无谓的悲叹。那些红军战士的头颅呢?那些女战士的屈辱呢?那些失散的孤儿和野狼的哭嚎呢?孤立的美最后竟成云烟,悬浮在正义的天空,接收人类的遗忘和反叛。

这些年来,我远离城市,远离父母和待娶的姑娘,在沙漠深处,隐隐感到生活中似乎缺少了一些什么。我强烈地爱过,对着万古的太阳发出千篇一律的歌颂,在虚幻的美妙中写下优美的诗句。而孤独如影随形,泪水多年不曾涌上感动的面庞。为了美,为了与美连为一体的幸福,我那样不辞辛劳,不怕艰险。这就要求我首先得拥有崇高,一种纯粹的崇高。因为这是一个过分活跃的年代,一切都花样翻新,一切又不足为奇。

坐下来,在黄沙上面,我清醒地认识到:一个人必须拥有内心的道路,而每一条道路的前方都应当是他自己的家园。

爬过波涛怒卷的沙丘，我的眼睛突然被照亮：一汪清泉，从厚厚的黄沙深处汩汩流出，给干渴的喉咙带来一阵欢快地律动。几棵扭曲的红柳树，摇摆着它们身上的稀疏枝叶，还有那些无足轻重的绿色。我确信这肯定是沙漠特意为我奉献的，为一个理想主义者在生命困厄的时候，无意中邂逅的一丝慰藉。我还确信那一汪清泉，以及她所养育的水潭，甚至连潭边低矮的芦苇，都是在长久的寂寞里，等待我今天的到来。

而我只是一个忧郁的过客，美的力量支撑着我。在沙漠里，和许多人一样，我必将在这里行走，也将在这里安家。所不同的是：我不是匆匆的观光者，来此猎取一些“到此一游”的庸常满足。如果我能够，我将在此走完一生，将自己的尸骨交给沙漠，以作永久的珍藏。

绿洲环绕的村庄

我所说的村庄被一大片绿洲包含着——它坐落在巴丹吉林沙漠西部边缘，方圆不过百里，村庄二十多座，人口不过两万。绿洲的名字叫鼎新。河流造就了绿洲，绿洲又滋养了河流和村庄。凡是有河流流经的地方，总是被人占据。树木和草们大概是与生俱来的，它们与河流的联系比人和村庄更为自然和紧密。人的来到似乎对河流和草木来说，有强加和入侵的性质。河流和草木尽管会提出抗议，但是它们的抗议是无力的，类似于民众对独裁者的建议和要求，总是会遭到训斥甚至镇压，河流和草木实际上和平凡民众有着同样的悲哀和不幸。

对于我这个外来者来说，河流是早就存在了的，它的历史久远得让人丧失方向感。黑漆漆的时光隧道里面，到底都有着些什么样的曲折和磨难？我来时，它们已经在这里流了数千年，甚至几十万年了。相比河流，村庄总是要晚些，但也不会比河流晚多少年。逐水草而居，寻找适合自己生存的环境，我们的先祖从西到东，由高原而低地，由边疆到内陆，整个人类生存的过程，其实就是不断迁徙的过程。不管迁徙是被逼的还是自愿的，迁徙的歌谣和鲜血总是在路上流着。

村庄在河流的两旁坐落，从河的左岸看右岸，或是从右岸看左岸，村庄的姿势简直就是在乞讨。青青的杨树一处一处，说不上茂密，也谈不上稀疏，在田间和村庄周围耸立，摇头晃脑或是哗哗地鼓掌。一座座低矮的黄泥夯筑的房屋散落在杨树下面，或者干脆就暴露在阳光和风沙下面。太阳晒就晒吧，大风吹就吹吧，反正也不会晒着屁股，吹着脸。

村庄是沉静的，没有多少人愿意坐在门外，像个黄土堆一般抽旱烟，扯闲谎。即使在炎热的夏天，各家的院门都紧紧关着，浅蓝色或是紫红色的门上挂着一把永远都不会生锈的铁锁。锁子通常的状态是，有人的时候就那样歪着嘴巴若无其事地吊着，没人的时候便是万夫莫开的威武模样。不管你怎么看，锁子都自以为是，对人来说，再没有比它更忠实可靠的了，尽管它有时被主人撬了或被别人撬了。

从村子这头看到那头，各家的房屋都极其相像，仿佛一个模子套出来的一般。小一点儿的村子看起来一目了然，没有什么不同。如果陌生人要找人，总是需要问来问去，人家指给你第几家，到了第几家你还问到底是哪家。有的来过数次，也还经常找不对门。

稍微大一点儿的村子，就有点儿曲里拐弯了，但房屋仍旧是雷同的，即使有出格的，也不过高一点儿、宽一点儿，最多新一点儿罢了。房屋仍旧是整齐的，一排一排，一家家、一座座挨着过来。这家和那家的房子之间留有一般宽的过道，过道后面是园子，园子里生长着苹果树、桃树、杏树、梨树。别看这里水少，种的西瓜连同上述水果都水分饱满，吃起来甚是香甜。

春天，因为沙尘暴频繁，村庄经常是黄沙滚滚，连续吹刮的狂风夹着沙子，一个劲儿地向东或是向南，满天满地的黄尘飘飘扬扬，高升并且下落，稠密得像暴雨。沙尘暴猛烈的时候，对面三米之内都难以看清对方，有奔跑的慌张的孩童，迎面撞个仰面朝天是不足为怪的。

通常，遇到这样的天气，村人都不出门，把门和窗户关严了，躺在烧得滚烫的炕上睡大觉。至今睡觉的内容，谁都可以想到，但想到的未必就准确，没想到的未必就不发生。做饭的时候，就会有人冒着沙尘奔将出来，头上裹一面头巾，或是顶一件破旧衣服，箭矢一样扎在风沙中，熟练打开房屋对面的牲畜圈门，到堆柴火的地方，胡乱踩上几脚，急忙收拢了，抱在怀里快速返回；进了院门，反手死死扣了插销；奔到厨房，开始刷锅洗碗、和面切菜，三两口人一起，忙活着生火做饭。

这里盛产小麦，面食是村庄人们万吃不厌的主食。拉条子、揪面片、白皮面、甜面条、搓鱼子、蒸面条等等，名字虽多，但本质还是面。吃起来滋味应当是差不多的，但村里的人们喜欢变着花样吃。一棵树可以长出很多样的叶子，吃当然也可以一面多食。一年四季，日日年年，村人吃大米、小米粥甚是有限，吃惯了面食，就以面食为尊了。其他的粮食就都成了副食，甚至成了不顶饿的“水饭”了。一方水土养一方人，一方水土不但决定了一方人的性格和传统，也决定了一方人的喜怒哀乐和饮食偏好。

夏天来到了。村子周围田地边儿上的杨树是茂密的，叶子青油油的，树干上的嫩枝条子呼呼地长，一天不见，一根主干上就多了几根新枝。田里的棉花摇摇晃晃，阔大的叶子闪着光。小麦收割之后，夹种的玉米就迅速翻过劲儿来，浇上一遍水，再撒上一些化肥，玉米苗儿见风就长，不几天，就有争强好胜者的腰肢上冒出一掐就流水的鲜玉米。豌豆秧子匍匐一地，青辣椒打着秋千。甚至连渠边的茅草，都摇头晃脑，一副得意洋洋的快乐姿态。

各家屋后的园子里青果挂了起来，杏子熟得早些，麦子刚刚割完，杏子一不小心砸在头上，空气中总是弥漫着酸酸的甜甜的味道，让人鼻子发痒。门前的葡萄藤也挂满了清亮的葡萄。每一颗葡萄都像是一颗钻石或水晶，青青的表皮里装着几颗淘气的葡萄籽儿。有好吃的小孩儿偷偷地摘上一颗，立刻就酸得口水连连。有种西瓜的人家，头茬西瓜快熟的时候，才在地边搭一个棚子，说是晚上要看，但也只是说说而已，晚上看不看大都是没准的事儿。

相比春秋，夏天是漫长的，炽烈的阳光轮番照耀，干裂的土地需要河水一次又一次淹没。而夏天是鼎新绿洲乃至整个巴丹吉林最美的时光，瓜菜水果接连丰收。令人最感惬意的是，夏天没有沙尘暴，春天时候经常出来骚扰的沙尘暴被沙漠沉埋了，连一丝响动都没有。而一到九月，秋天就开始降临了。一年中最忙最辛苦劳动的村人们总是起得很早，刚刚能看见人影儿，他们就穿好衣服，找来几个编织袋和麻袋，往架子车上一扔，推起来就下地去了。早晨的寒露贴在成熟了的玉米、棉花叶子和陆续盛开的棉桃上。人往地里一走，冰冷的水珠就沾湿了衣裤。有时候穿的衣服少了，就冻得瑟瑟发抖。在他们看来，人活着就是挣着、干着、辛苦地吃着，沙尘暴再多再猛，也吹不来金子和粮食。而有些人，却不要辛苦，只需要一句话、一个字、一枚公章，就可以得到农人一年甚至一辈子辛苦赚来的金钱。

对于这些，他们当然知道。他们是痛恨的，却又是无奈的；既是仇视的，又是向往的。他们的矛盾其实也是我的矛盾。只是，他们的说出只是表示一种情绪，我的说出却是为了让更多的人知道。其实，不光是我，大家对此都很清楚，大家都在说话，可是，说话只是说话，就像棉花，没有棉桃绝对开不出洁白得可以成为财富的棉花。

棉花被粗糙的、被棉枝划得出血的手掌一一摘下之后，还未及卖到收购点，冬天就到了。去冬的衣服又被翻了出来，重新落在人们的身上。一年中清闲的时光缓缓开场，农人们捡个好一点儿的天气，将房顶上晾晒干了的玉米取下来，到黄土铺就的场上打了，扬掉土尘，再用架子车拉回家中，给圈里过冬的羊、驴子和牛补充营养。没事的时候，就看看电视，到亲戚家走几趟；说些事情，扯些闲谎，喝几口烧酒，看几台老戏。任凭时光从自己的鼻子尖儿上溜溜儿飞过，不发出任何声响。

对面的牲畜

牲畜和人比邻而居。这体现了村人对牲畜们的尊重。通常，人一打开门，就看见了对面的牲畜。牲畜的房屋和人居住的房屋面积基本相当，只是稍微简陋一些。一个阔大的院子，几间黄泥小土房子，上面覆着秋天的玉米秸秆、棉花秆子和干了但还青绿的豌豆秧子。这些都是牲畜们最爱吃的东西。

牲畜们是悠闲的，它们经常待在自己的房屋和院门里。早上起来，人方便后，第一件事大概就是给牲畜们喂草。人爬上牲畜们的房顶，拿着树枝做成的叉子，或是干脆什么都不带，从房顶上挑一些秸秆下来。轻飘飘的秸秆噗的一声落在地上，砸起一片灰尘。身上挂满灰尘的羊们奔出来，你一口我一口地吃起来。有个头高、力气大的家伙，还要耍耍威风，低下头来，用自己的硬角，冷不丁地给这只或那只一下。有年幼体弱的，一不小心就被抵得仰面朝天，翻身起来，抖抖身体，就自觉到离人家远点儿的地方吃草去了。若是个头旗鼓相当，则要抵打一番，谁也不输谁也不赢，双方就都悻悻然，各自分开；分了输赢，赢者就露出骄蛮模样，在羊群中胡乱冲撞，那神态、那气势，就好像皇帝一样。

羊的本性温驯，即使刀子插进脖颈，也只是挣扎几下，叫唤几声。羊的善良是懦弱的，羊通常让我们看到无助者的疼痛和悲哀。上帝赞美羊，给羊以美誉。上帝当然知道羊是软弱的，但上帝有自己的想法，要求民众像羊一样温驯。可是上帝忘了，羊们的温驯并不能代表世界和人的本质与天性。羊们和人类一样，在争夺生存、生命权利上也都是寸步不让的。不过羊们表现得比人简单罢了。

往往，太阳升起来，光芒首先照在牲畜们的身上，人则是因了房屋的遮挡，稍微迟一些和太阳谋面。羊们吃饱或者半吃饱之后，就开始喝水，它们将嘴巴伸进人为它们准备的破瓷缸里，嘴巴使劲吸着，飘满草芥和灰尘的水就一股股地进入到它们的肠胃。喝足后，羊甩甩脑袋，像个悠闲的绅士一般，慢条斯理地踱到老墙根，卧下来，把胃里的食物倒出来，再一次咀嚼和品尝。

人见羊们吃得差不多了，从屋里出来，进了圈门，随便找个枝条，吆喝着将羊赶进圈里。关上门，羊的家不像人的房屋，随便找个木棍插在门吊子上，羊们使再大的气力，也不会破门而出了。羊隔壁的驴子叫了一个早上，嘶嘶哑哑的声音总是在提醒着人，它饿了，它要吃草。在羊们没吃饱之前，人是不会听从驴子意见的，驴子就很急的样子。当人从它的门前经过，就张开喉咙叫上几声，再聪明一点儿的，就用蹄子踢自己的木板门，梆梆地响。

插好羊的门，人就走到驴子的门口，抽出木棍。驴子早就急得够呛，没等人推开门，就急着往外面冲了。驴子冲出来，首先打上几个响亮的喷嚏，四只蹄子前后一拉，很像回事地抖抖全身，类似于人早上起床前伸懒腰。如果人在放出驴子前，就为它准备好了草料，驴子就一路小跑过来，嘴巴往草上一扎，就开始吃将起来。若是四处瞅瞅，没有草料，驴子伸完懒腰之后，就撒开蹄子，在还算宽敞的院子里跑上几圈儿，算是活动筋骨。

属于驴子的活计也极少。初春拉肥也用它不着。比它劲儿大百千倍的拖拉机突突几个来回，人攒了一年的肥就被送到了地里。而在没有拖拉机这玩意儿前，驴子的用处、好处自不待言。运肥、拉粮食、到乡上赶集，人就将驴子拉出来，套在架子车上，从杨树上折根枝条，吆喝着来来往往。有调皮的驴子，故意和人闹别扭，套套儿的时候，一个劲儿向前或是向后退，让人套来套去总是套不周正。若是人不发怒，驴子就愈加得意和嚣张，一旦人被它惹怒了，大喝几声，找来木棍在它屁股上打上几下，它就老实了，乖乖地站在那里，人叫向前它就向前，叫它向后它就退后。这时，人就会骂，这驴真是贱脾气。驴子似乎听懂了。忽闪着老大的黑眼睛，一副受委屈的样子。驴子大概也知道自己的名声不太好听，但没有机会辩驳。驴子知道，自己所有的坏名声都是人赋予的，人是自己的衣食父母，愿意怎么说就怎么说吧。吃人的嘴短，拿人的手短，既然上帝安排驴子寄身于人的屋檐下，低头也就成为必然。

当人吃了早饭，驴子的早餐也就宣告结束。但羊和驴子似乎永远都没吃够的时候，就是扔再多的草料，驴子和羊也吃得津津有味。而人认为它们吃饱了，即使没有吃饱，它们也不会再表示出怎样的不满。牲畜们似乎知道，自己的意志向来是由人主导的，它们自己的权利等于虚无，包括生与死。

太阳已经升起老高，热烈或是惨淡的阳光照在它们身上，总有一种暖融融的感觉。饮了水，驴子找个地方卧下来，开始倒嚼。尽管身下都是细微的黄土，粘在身上很不雅观，驴子也并不在乎。驴子比人更明白,自己是靠泥土活着的,躺在泥土上天经地义。人有时候还嫌泥土脏。当然,驴子有驴子的理由,人有人的说法。

人不出来的时候,驴子很是悠闲,一旦人走近它的门口,即使卧着也要站起来,快步走过来。驴子想:人来就会给一些吃的。但大多数时候,驴子的希望总会落空。除非夏天时候,人将一个劲儿向上疯长的棉花头掐了,带回来给它一顿丰盛的美餐。

当然,有驴子的一份就有羊们的一份。食物多了的时候,人就会让羊们和驴子一块进餐,人是为两者不冲突考虑的。而驴子和羊不这么认为,尤其是驴子,仗着自己身高驴大,看羊们也来和自己争食,气不打一处来,就蹽起后蹄,在院子里横冲直撞,把身体矮小的羊们搞得惊慌失措,四处躲避。但当驴子低头猛吃的时候,羊们就又聚拢过来,以最快的速度,往自己的肚子里猛塞食物。在同等的生活水平上,面对同样的生存资源,怜悯、退让就等于失败和死亡。

和人一样,驴子和羊的长大和衰老都是危险和不幸的。相比羊们,驴子算是幸运的了,如果没有太大的毛病,没有突如其来的灾难和疾病,驴子的生活还是自由自在的,人一般不会随便将驴子杀了吃肉。人养驴子的目的,只是为了让它为自己做些活计,而这些活计,都是人需要付出比驴子更大气力的重活儿,像从地里往家里拉玉米棒子、豌豆秧子、麦子等等。羊们就不一样了,羊们的活着就是最终把自己的肉体贡献出来给人吃;羊们的一天天长大,就是一点点向死亡靠近。不知道羊们是不是意识到了,但羊们却装作一副浑然不觉的样子,有吃的决不放过。任凭自己一天天长大,一天天地向着人的肠胃行进。羊们活着其实只是人的一种附属物。我不知道羊们是否为此感到悲哀。而人绝对不会这样想的,人觉得这些都是再正常不过的。其实更大的悲哀是人的悲哀:一个鲜活的生命,为什么要被另一种生命所吞噬呢?

我想我应该为羊流些眼泪。作为人,面对强大的生存本能、蓬勃的口腹之欲,我们时常哑口无言。

沙漠的动物们

戈壁浩大无边。经常，一出门，我就看见了戈壁，伏在我们的视野中。春天，沙尘就从它那里翻涌而起，掀起滔天浊浪，弥漫了我们的军营，以及军营之外的绿洲和村庄。在夏天，它则一副处女的样子，恬静得让人心生怜悯。火一般的太阳扎在它的皮肤上，燃烧着它的骨头和油脂。而冬天一到，它就变做了哲人的样子，沉浸在巨大的寒冷当中，以沉默的姿势，向着不安分的我们，显现自己的博大智慧。

因为工作的缘故，进出戈壁是经常的事情。去年初春，我又从先前的单位调往戈壁深处的基层单位任职。在那里一如既往地做干事。我的工作单调而又充满意义。而我所说的意义是我能够在工作当中，很自然和直接地获取到在戈壁的生存体验。戈壁就在我们身边，经年累月打击并安慰着我们的日常生活和个人思想。

若按照严格的地理概念，我们单位所在的地方为典型的流沙地带。戈壁不过是沙漠的一个假象。骆驼刺很多，但相比乡村边缘，数量和形状要少和小得多。从部队机关驻地到我现在供职的单位，实际上就是从戈壁渐次进入沙漠纵深的过程。大概是因了部队在沿途建了数座小点，有点儿人气的缘故，心理上也不会产生太大的落差。

数千棵杨树，几座低矮的营房，灰尘游弋的狭窄马路，构成了我们的生活环境。夏天的傍晚，吃过晚饭，没事做的时候，我们就三三两两，说着这样那样的事情，在马路上溜达。夕阳在缓慢下落，我们在缓慢地走，当太阳真的跳进地平线之后，轻浮的夜色就像黑雾一般逐渐降临。我们就折回头来，向着营区，向着自己睡眠的房屋一步步地走回来。

经常，我们可以看到鹰，这些来自祁连山的猛禽，中午时分，冷不丁地落在房顶上，或是不远处的戈壁滩中。它们成群结队，像我们开会一般围在一起。不停地扭动着头颅，尖利的嘴看起来更像刀子，巨大的翅膀垂在地上，一会儿忽闪几下，想要飞走的样子。它们长满羽毛的眼眶里游动着蝌蚪一样的眼球，它们时刻警惕着，不放过一丝风吹草动。有的时候，我们会开车到它们身边。奇怪的是，它们对汽车，这比自己强大和迅猛百倍的家伙，毫不在意。汽车的到来并没有打扰它们的固有姿态，顶多瞥上一眼，就又像什么都没看到一般，继续它们的议题。

戈壁中有很多沙鸡和少量的野兔，它们是鹰的主要食物，弱小的沙漠生物，戈壁的忠实臣民和坚守者。沙鸡的生命力异常顽强，再大的风暴也无法扼杀它们。风暴来临的时候，它们就钻进在沙蓬和骆驼刺下面的巢穴，任由流沙奔涌掩埋。风暴过后，它们就会从厚厚的流沙中钻出来，抖抖羽毛，饿了就找些细土和草籽充饥；天气晴朗的时候，它们就聚在一起，咕咕叫着，贴着戈壁扑啦啦地飞。

而野兔因为数量少，没有扎堆儿生活的习惯，相比沙鸡，它们就少见和寂寞得多。野兔的巢穴很是隐秘，一只野兔往往要建造几个甚至十几个巢穴，像狡猾的腐败分子一样，这儿住几天，那儿住几天，让抓捕它们的狐狸和人无法确定它们的行踪。

飞在高天上的鹰则不管这些，只要你出来，只要你在戈壁上胡乱窜着，或许就在野兔和沙鸡低头吃食的时候，黑色的闪电迅速降临，沙鸡和野兔还没有弄清怎么回事，就已经被鹰的利爪摄取了肉体和生命。我有几次看见鹰在天空中飞翔的样子，自由的精灵，它们几乎不要动一下翅膀，身体的左右摆动就使庞大的身躯像蛇一样灵活。看到猎物的时候，鹰则渐渐降落，等到了适宜的高度，再猛然一击，大部分的猎物就在劫难逃了。

戈壁当中最神秘的就是狐狸了。巴丹吉林沙漠中有红狐、白狐和花狐，都很稀少和名贵，早年有经验丰富的农人，闲暇时捕猎狐狸，一张皮可卖数千元。这导致狐狸的数量越来越少，到我在这里生活的时候，几乎只剩下传说了。刺猬倒还很多，开车的战士经常可以看到。黄昏时候，它们不知怎么就跑到马路上来了，扭动着肥壮、长满硬刺的身体，笨拙地穿路而过；如果车速快些，它们就有可能命丧轮下。

最有趣的应当就是小跳鼠了，长长的尾巴，短短的前肢，一身洁白的绒毛，样子像微缩的袋鼠。它们一般与人同居，戈壁滩上很少见到。在空闲的房间或是仓库里，小跳鼠悠然自在，没有人刻意打搅它们的生活。我初到戈壁深处的工作单位的时候，第二天晚上就看到了这听说已久的可爱家伙。我住的房间空闲了一些时日，小跳鼠大概还没有觉察到我的到来。我刚躺在床上，它就一蹦一跳出现在屋里的地上。我没有惊扰它，只是看着它悄无声息地经过，然后消失在桌子下面的某个洞穴。

我是不喜欢鼠的，尽管美国的迪士尼公司拍了好多褒扬老鼠的动画片。鼠们的形象也极乖巧、聪明和讨人喜欢，但鼠毕竟是鼠，寄生在阴暗角落，像暗杀者一般躲躲藏藏，不敢接受阳光的照耀。这一次，我是例外了。小小的跳鼠，在寂寞的戈壁，想来它们的生存也是极为艰难的。我对它的宽容乃至喜爱，大概是出于内心的那种同在戈壁生活的同病相怜的感觉吧。再说，鼠再狡诈和可恶，它们的脾性都是我们所了解和掌握的；人就不一样了，人的整人招数要比鼠高明和凶猛百倍。

再往远点儿，距营区数公里的戈壁滩中，经常可以看见骆驼的身影，这些荒原中骄傲的贵族，在极其贫瘠的土地上一代又一代地延续着生命。它们肥大的身体与戈壁沙漠浑然一色，如果它们静止不动，或是安静地卧在那里，再明亮的眼睛也不会轻易发现。奇怪的是，骆驼们经常游走的枯燥荒滩中，竟然还有一眼亮汪汪的水泉，无论天气如何干旱，即使数年不下一滴雨，泉水也照样汩汩流淌。在泉眼的旁边，还有一间用石头砌起来的小屋，每年初冬的时候，不知来自哪里的牧驼人就住在这里。在荒无人烟的戈壁深处，和几十上百峰骆驼一起，渡过北风凛冽的寒冷冬季。

巴丹吉林的写实主义（四章）

鼎新绿洲

鼎新是一小片绿洲，悄无声息而又卑微地坐落在酒泉市以北，金塔盆地与巴丹吉林沙漠西部边缘。一座小镇、三个乡、十多个村庄分布在被戈壁沙漠包围的低地之中，每个村庄及其田地外围都有一些高大的新疆杨树，作为阻挡风沙的林带，拱卫着这一片沙漠戈壁中的人居之地。一条声名显赫的河流，即“弱水三千，我只取一瓢饮”的弱水河，从先秦的史册中汩汩流出，流经它的身旁，沿着巴丹吉林沙漠腹地巨大的河道，静静地向着它的生命归宿地，今之额济纳旗境内的居延海流去。

河边光秃的山岭上，耸立着一座座高逾数丈、大多数残毁的烽火台，从玉门关一直延伸到额济纳旗，平均五公里一座，犹如一尊尊凝固了的英雄雕像，在浩瀚的沙漠深处，以自己的血肉之躯坚持着，抵挡并经受着连绵的漠风、沧桑时间的吹袭和剥蚀。

旧时的岁月里，鼎新的土地上，也曾是旌旗漫卷，遮天蔽日，杂乱的马蹄掀起尘土，巨大的狼烟仿佛一支支射向天空的悲愤之箭。战争的创伤，甚至连奔跑的红狐都无法抑制心灵和肉体的疼痛，而不住地奔跑和呼唤。乌孙、匈奴、月氏、蒙古、西夏，一声声呐喊击打着生息于此的每一张无法怜悯的苦难容颜。

其中有沿着弱水河出塞寻击匈奴主力的李陵，也有回纥和西夏等游牧部落建筑的各种城垣。西汉在这一带弱水河流域修筑了大量的烽燧关隘，肩水金关、大地湾、黑城等至今遗址尚在。斯时，荒寂的漠野里，不时传来战马的嘶鸣，一群群的人从四川、河南、河北、山西、陕西迁徙到这里，既要戍守边疆，又要开垦田地，修筑工事，编制草席。

鼎新旧称毛目，从前设立过县政府，据当地老人回忆，当时的毛目城还有穿黑衣服的警察负责巡逻警戒，钱庄、邮局等一应俱全，很有城市的派头。斯文·赫定在他的《亚洲腹地探险八年》一书中说，从他们在额济纳建立的气象站到毛目，骑马要六天的时间，其主要目的是收发邮件。

鼎新镇现属金塔县管辖，总人口三万七千多人，其居民大多为当地土著，虽然他们的先祖大都来自中原地区，但很多人早已忘记了自己家族的历史。历史上，这一代，两汉和唐帝国都在西北进行过大规模的屯垦活动。据鼎新镇年纪稍大一点儿的老人说，他们现在所耕种的田地以前多数是军队开垦的。与他们攀谈，很多人仍旧携带着家族和地域方言的烙印，冷不丁地冒出一句你所熟悉的方言来，让人惊讶，感觉很是亲切。

由于地处偏僻，鼎新镇只能说是一座稍微繁华点儿的村庄。一条状似“Z”字形的公路从镇中心穿过，两旁是高低不一的房屋，房屋里面摆着一些商品，廉价的衣裤在门前的铁丝上飘飘摇摇，落满细微的浮土，若不逢集，便很少有人光顾。镇政府的大门去年进行了一次改造，高大的门楼上红瓦闪亮，门口两尊麒麟表情夸张，甚是威猛。街道上不时响动着摩托车和机动四轮车的轰鸣声，临街的鼎新中学里书声琅琅，为寂寞单调的鼎新增添了一抹书香气。三三两两闲聊的人叽叽喳喳，嘻嘻发笑。街道两旁还有几家看起来豪华的饭店。

沿一条曲折而狭窄的公路行驶，触目皆是清一色的黄土房屋，很整齐地排列在尘土弥漫的公路两旁。每家门前都栽种着诸如苹果梨、杏之类的果树；面临公路的人家门楣上都用红布裹镶着一面小镜子或是镜片，据说可以避邪。因为干旱少雨，在鼎新乃至整个西北，除了学校、政府部门和企业之外，房屋几乎没有异样。很简单的土木结构，随便用一些黄土掺上草芥做成砖状，晾干后砌起来，再覆上几根木头和一些草席，用黄泥胶住即可，根本就不需要什么水泥、钢筋之类的东西，住起来冬暖夏凉，与陕西的窑洞一般舒适。

在鼎新镇所辖的芨芨、天仓、双城三乡一镇，因为地广人稀，一口人可分到三亩甚至更多的田地。初春时候，三三两两的农人都在忙着用毛驴或四轮车运送春粪，他们吆喝和驱赶牲口的模样很是笨拙；有爱惜牲畜的农人，俯身架子车后，使劲地推着。每一个人的身上，甚至脸上的皱纹里，都堆满了厚厚的灰垢，使人很不情愿地产生一种敬爱而又可怜的感觉。

每家屋后皆有果园，遍栽苹果、苹果梨、李广杏、大枣等水果。夏秋时节，可用人力三轮车拉到驻军的农贸市场，换一些零钱，贴补家用。门前也栽种了大片葡萄，夏天和初秋时候，一串串的葡萄如珍珠、似美玉，悬挂在藤蔓上。农人们下地、喂鸡或是来回走动，都能很清晰地感觉到葡萄击打头颅，摩挲肩膀的轻柔感觉。而对面的土围子里的毛驴和羊，各食其草，互不干扰，偶尔仰首鸣叫，都呈现出一种宁静的田园诗的味道。

因为地靠沙漠戈壁，每年春秋两季，风暴连绵，鼎新镇便首当其冲，全身心地浸于漫漫风沙之中，若是将碗放于院中，不一会儿，碗里就落下一层厚厚的沙子和灰尘。但这里的人们是勤劳的，极少出去打工，更不愿到酒泉以外的任何地方。多数人，日复一日在田地间甩着响亮的鞭梢，吆喝着驴子和牛，把一颗颗种子撒进泥土，又一颗颗地将果实收进家中。无论天气多热，鼎新镇的妇女们都要在头上包一块头巾，各种花色都有，远远地望去，像是一朵朵摇动的花朵。

鼎新镇以外，是巨大的戈壁滩，仿佛一道屏障。绵延无际的马鬃山像一条巨虫，无数分支的山岭上寸草不生，犹如荒凉的指爪，深深地钳进铁青色的戈壁肌肤中。窗外闪着连绵的荒凉和贫瘠，偶尔有几座小煤矿使戈壁猛然高了尺许；但比人更为顽强的是那些散乱稀疏的骆驼草，这些卑贱而坚韧的生命，依然在我们的想象和关注之外，摇曳着生命的颜色，并在努力酝酿着它们自己的生命之花。

菜市场

老秦家在酒泉，据他自己说，新婚时只有一床铺盖，冬天，要不是有老婆抱着，恐怕早就冻死了。婚后一年，第一个孩子出生后，他实在忍不住，便借了一些钱，跑到一百多公里之外巴丹吉林沙漠边缘开了个小饭馆，以经营牛肉面为主。不到一年，还清了借款,盈余了一万多元。正想把门面装修一下,继续再干,房子的主管部门提高了承包费,老秦和老婆觉得划不来。碰巧单位外面新修了菜市场,老秦合计着在这儿水产生意一定不错,便从大门内移师大门外的菜市场里。

菜市场在西门外,站岗的人一脸严肃,铁栏杆的大门经年紧闭,右侧的小门人来车往,一天起码要有 1000 人的进出量。大门外边两侧是沙枣树林,不知生长了多少年的沙枣树顽强长寿,有杀鸡卖鱼的,把没用的肝脏往树林里面扔。夏天,人在行走,风吹来的腐烂气息令人作呕。但沙枣树却因此受益,这么多年,即使再老,也没有一根树枝干枯。

菜市场很长,从北头到南头,要走 15 分钟左右,遇到集市,或者早上卖菜买菜的高峰期,起码得半个小时。老秦的鱼店在北头,进大门就是,图了地利,生意很红火。以前,他见到单位的人,低头哈腰,一脸的卑微;后来不一样了,腰板挺得秤杆一样。他的鱼店对面是单位一个退休医生开的诊所,生意也挺红火,看病是次要的,卖药才能赚钱。诊所的旁边依次是服装店、蔬菜水果店、餐厅、理发店和超市,最南头是单位医院第二门诊。

沿中间的水泥摊台转过来,依次排开的店面基本差不多,所售货物也大致雷同。后来额济纳旗有人在这里开了奇石、苁蓉店,这些都是他们的土特产,自己就可以采挖到,但生意不是太好。其间有人开了一家茶叶店,但没多久就关门大吉了。再靠边的地方有杀鸡卖鸡的,我最闻不了那个味道,一进门就呛得头晕,像一根棍子突然打中脑袋一样。

与这些卖东西瞧病的店面不同,理发店有点儿敏感。单位的家属们把自己的男人看得死死的,即使理发也不得去菜市场。心里有想法的男人偷着去了,老婆知道了,非要弄个明白不可。但据公安部门的朋友说,单位男人去菜市场理发店"图谋不轨"的几乎没有,这几年来,只发生了一起:一个陕西籍员工,夜深了,还在理发店,被巡逻的公安干警碰见,立马带了回去。

又有一年夏天,做生意的人多了,或者说单位的需求量高了,原先的菜市场显得狭窄。主管部门把菜市场后面的土坑填了,又建了一排房子,不几天时间,就被商贩们抢租一空。我是一个懒于买菜的人,一个月不到一次菜市场,前几天去了,到老秦那儿买鱼,进门不见了鱼池,也闻不到了鱼腥味儿,一问,才知道老秦把鱼店搬到了菜市场后面新的菜市场。

老蔡

前些年,一个人不愿意到像样的饭馆吃饭。周末起床晚了,饭堂早就菜汤两空。方便面吃了好长时间,吃得都想吐,再也不能吃了,就想到一个小饭馆吃点儿东西。开始那家,卫生不过关,苍蝇乱飞,有一次,我竟然看见三只苍蝇同时落在女店主胸脯的某个突出部位,一时间无味难咽,急忙放下正在吃的面条,给钱走人。第二家是老蔡开的包子铺,不仅仅是包子,还有面条、米饭和其他小吃。

第一次吃,觉得老蔡做得不错,人也厚道。慢慢来的次数多了,也和老蔡熟了。老蔡是当地人,早年懒,不愿意种地,喜欢做细活儿:洗衣、煮饭和修剪衣服。结婚第四年,他儿子三岁,媳妇跟一个河南人跑了，无声无息地。老蔡也不气恼，在家里待了一段时间，实在没意思，把孩子托给父母，一个人跑到30公里外的我们单位，租了粮店的一间房子，开了一家“银河包子馆”。

大概是生意好，某年夏天的一个上午，我睡意蒙眬间掀开“银河包子馆”的门帘，看见一个三十岁左右的妇女在擦桌子。我问了一声“老蔡呢”，她看看我，扭脸往操作间努了努嘴。老蔡在里面忙活着捏饺子，见我进来，问：“吃啥呀？”我反问老蔡说：“找到对象了？”老蔡嘿嘿一笑，问我那个妇女像不像他对象，我说：“你们两个的事情，我哪儿知道？”老蔡说不是的，就是一个帮忙的，家在武威，老公在这儿一个包工队干活儿。

有时，吃过饭，我还要在老蔡店里坐一会儿，遇到他闲，吹几句牛。老蔡也挺坦率，我不问他自己也说。我一直觉得，老婆跟人跑了，对一个正值壮年而思维正常的男人来说，是一个侮辱。老蔡说，老婆跟人跑之前，他一点儿迹象都没看出来，跑了十几天，老蔡觉得事情有点儿不大对劲，去了丈母娘家，丈母娘说：“俺闺女在你家，不见了，还跟俺要人！”把老蔡骂得出门时绊了一下，差点儿摔倒。

转眼间，又到了春天，单位要整修，粮店要拆掉。我又去老蔡的饭店吃饭，老蔡拧着眉头说：“能不能给俺找个房子开饭馆？”我想了想说，对他说了几个空闲的房子，老蔡都嫌位置偏僻，做不了生意。没过几天，粮店就拆了，老蔡也不知去向。老蔡一走，我又找了两家吃饭的饭馆，到第三家才确定下来。夏末，单位新建的大型快餐厅开业了，我们觉得新鲜，第一次去，在众多的店铺之间，猛然又看见了熟悉的“银河包子馆”，急忙走过去一看，店主果然是失踪了两个多月的老蔡。

老蔡也看到了我，擦了手，快步走过来和我握手。又从吧台下面拿了包香烟出来，抽出一根给我，我表示感谢。老蔡说："你吃啥，我给你做。"我说："就要你的饺子吧，韭菜馅儿的。"老蔡应了一声"好"，把我让到餐桌上。老蔡把饺子端上来了，我正吃得满头出汗，一个三十多岁的妇女从操作间走了出来，端着一碗酸汤水饺去给邻座的客人送。还有一个六七岁的小男孩儿趴在靠近窗户的餐桌上写作业。老蔡忙完了，坐在我的对面，我问他说："你又换服务员了？"老蔡嗫嚅半天："那个是俺媳妇，跑了的那个。"我惊诧了一会儿，又问他："怎么回来了？"老蔡说："跑够了就回来了呗。"并告诉我那个正在写作业的男孩儿是他儿子，在单位子弟学校读小学一年级。

营盘水库

周末没事，我们几个人，几乎每个星期都要去一次营盘水库。有一年远处的几个朋友来，我带着他们看了这里的弱水河，又在营盘水库转了几圈儿。正是秋天，水库外侧的小片胡杨林叶子金黄，稀疏但看起来丰茂而且隆重。草滩上的青草开始枯败，一边的水滩里有着黑黑的小鱼和细碎的虾米。我们脱了裤子，用网兜捕了不少小鱼。秋天的水冰凉彻骨，但因为有鱼，又玩儿得高兴，凉一些谁也不在意。

水库的外层由巨石砌起，足有 10 米之高，坝面长而宽阔，可以行驶卡车。水库夏天储水很多，水面呈长方形，横在两边戈壁的巨大沟壑之间，水波荡漾，涟漪悠然，在阳光下面，水色湛蓝，浮萍如云，偶尔有很大的鱼跳起来，溅出一片响亮的水声。旁边有捕鱼的小船，我登上去，船儿晃悠，还没划出一米，突然感到头晕目眩，惊恐大喊，跳进水里，爬上河岸，衣服尽湿，鞋子灌水，落汤鸡一般。

偶尔有些鸭子、天鹅和祁连山飞来的鹰隼，在头顶啊啊叫着。还有一次，我们看见几只天鹅，在水滩和水里捉鱼，真的像天使一样。我们惊呼，慢慢靠近，想给它们拍照，天鹅却很机敏，看到人来，又举着一个貌似炮口的东西，一只从水面跃起来，同时还惊慌大叫，引得其他几只也仓皇飞起，不一会儿就消失在远处。

再一次去，在坝沿上看到一些白色的羽毛，还有猎枪弹壳，我们知道，那些天鹅肯定死了，觉得伤感，同行的安还骂了几句粗话。不知是不是因为这个缘故，大家玩儿兴不高。几个女孩子在水边看鱼，想捉又不敢下水，催促我们代劳。水里有一种叫作蚂螂的飞蝇，我下去了，几次被刺疼，抬腿来看，是一种白色的虫子，据说可以从皮肤钻到人的血管里面。飞蝇的嘴巴好像钢铁，落在哪儿，就扎进哪儿，它吸血的速度快如闪电，要不是贪婪，人绝对捉不到。

站在坝上，向左是村庄和田地，杨树环绕，玉米青翠；向北是宽阔的河道，一些细水在沙土之间，银子一样流淌；向右是起伏的铁青色戈壁，隐约可以看到几座秦汉时期遗留的烽火台，矗立在坚硬的土丘之上。山岭和烽火台背后，是光秃的合黎山，起伏连绵，寸草不生。据说它的深处有铁矿和煤矿；偶尔下一场大雨，干燥的沙土里就会滋生一些沙葱，有人采了拿到单位的市场去卖，水煮凉拌吃口感最好。

再去，水库依旧储水很多，水面宽阔，但是很静，除了跃动的鱼儿吐着水泡，再不见游弋的野鸭了。旁边的胡杨树好像也少了几棵；几个自然的水滩已被当地人改造利用，养着牛蛙、螃蟹、鲫鱼和河虾。河道和田地之间，有一段宽约一百米的沙丘，长着一些骆驼刺、沙蓬、芨芨草等沙生植物，蚁窝遍布，蜥蜴飞蹿，俨然一处安静、惬意的空间，一个独立的王国。

低语的风暴

两个老故事

到巴丹吉林沙漠后,我先后听到两个故事。第一个,很多年前,由彭加木率领的地质探险队路经巴丹吉林,中午,骄阳似火,饥渴难耐,远远看见几棵沙枣树,还有一个隐约的人影。走近一看,原来是一位僧人端坐在沙枣树稀薄的阴影下,面容沉静,神态安详,红色的长袍上沾满黑色的灰垢。僧人告诉彭加木,他所在的地方,从前是一处沙湖(海子),旁边有一片硕大的梭梭林。他打坐处,曾经是沙湖的中心。

这像是一个传说,带有某种神话意味。事实上,我也一直这样认为,直到 2003 年夏天,乘车去往额济纳旗古日乃苏木,穿越一截黑色的戈壁滩,远处隐约看见一些黑色的阴影,高高低低,像沙丘又像巨石——进入之后,才看到是一种身材不高的树木——这是一片庞大的梭梭林,20 世纪 90 年代初期,还设有森林武警,专门看护。梭梭是一种独特的沙漠灌木植物,耐干旱,性喜沙,耐严寒,寿命可长达百年,是阿拉善高原防风固沙的植被之一。

穿越的时候,四边的梭梭像是列队欢迎的士兵,戈壁隐没了，只有一丛一丛绿色，从我的眼睛中接连闪过。令我更惊奇的是：居然还遇到了几处潮湿的水洼地，蔓延的青草挺着柔软的身子，在巴丹吉林的天空下，孩子一样懵懂张望。

听到的第二个故事：古日乃牧民那斯腾在戈壁放牧的时候，在浩瀚沙漠深处，发现了冰川纪的地质奇观——石头城，奇形怪状，鬼斧神工。其中两块面积足有十米之巨，一块像黑色巨鹰，尖喙长翅，钢铁雕像一般，勇猛而高傲；另一块如千年海龟，游动在一块摇摇欲倒的尖石之上。更为神奇的是，还有一汪源源不断的清泉，不管天气多干旱，清泉涌流，从不停歇——那斯腾在泉水旁边用枯干的胡杨木垒了一个骆驼圈，每年夏天，他都会来这里放牧羊、驴子和骆驼。有一次，他竟然还在这里遇到美丽的红狐，温柔女子一样，站在石头的缝隙里，向他张望。

这个故事也很老了，现在的石头城，更多的人去到那里，站在冰川纪的地质遗存之上，照相，喝酒，吃东西，抒发一些惯常的感慨，然后返回。我去的时候，还在附近发现了一块严重风化的石碑，上写“大明甘州府总兵李秦来……”后面几个字我怎么也看不清，扫掉其中的灰尘，也还是模糊的——时间多么强大啊，模糊了人在沙漠中的一切痕迹。

戈壁观察者

大风来往的戈壁，中国内蒙古阿拉善高原阔大的戈壁，日复一日的生活和精神疆场，一个人在它身上，像是一只红色的蚂蚁或者奔跑的蜥蜴——我时常感到卑微，无限大和无限小导致的心理和精神落差——刚刚来到这里时，我看到的戈壁是冬天的，像是大地拳头的骆驼草满身灰尘，干枯得焦黄，似乎是某种史前动物的骨骼。第二年春天，我在营区外的戈壁滩上，看到了密密艾艾的骆驼草，因为靠近人居，渠水从它们身边流过，繁茂是必然的，春天令它们焕发了真正的植物本色，绿得让我的眼睛觉得戈壁的世界竟然还可以如此美好。

人工的杨树和自然的沙枣树、红柳树夹杂在营区外围，林间的青草成群倒伏，其中的白色或者蓝色花朵像是雄性戈壁托举的美丽女子，身姿羸弱但却充满高贵的光泽。有一年夏天，到三十公里开外的南山去玩儿，沿途的戈壁上布满陈旧的车辙，深深浅浅，左冲右突——很多人来到过，戈壁承载和包容了所有的过客——这里的骆驼草是稀疏的，站在戈壁中，几乎感觉不到它们的存在，它们本身就是戈壁的一部分，人看到看不到，都无关紧要。

进入沙漠，白色的沙，一堆一堆，围在骆驼草根部，都像一颗颗结实浑圆的乳房。无边的白沙并不像艺术图片那样美好——甚至有点儿索然无味，令人心生沮丧；独立的山都由流沙构成，披在高坡之上。我们的攀爬进一步退三步，整个身体不受自己控制——峰顶的岩石也正在风化，看起来巨大的坚硬的物质，只要用手稍微一碰，就簌簌落下，披散开来，嗤啦啦的声音，听起来牙碜。

越在高处，风越大——忽然想起苏轼说的“高处不胜寒”，还有赫拉克里特的“干燥的灵魂是最高贵的灵魂”……在峰顶，四周的风，分辨不出来自哪个方向，衣袂飘飘，就要撕断开来。这时候，仰望的天空就在眉睫，伸手可摘流云，大地苍茫得不明所以——但看不到更远的地方，都是沙，白色的沙和金色的沙；戈壁是黑色的，人间的黑和灵魂的黑。

好多事情都已变得空无——而在戈壁深处，哪怕一只红色的蚂蚁或者一枚树叶，都令人惊奇。戈壁围绕的巴丹吉林沙漠深处，马兰花最为动人，我以为它们是这世上最顽强的花朵——黄沙中成长和开放，流沙接连侵袭，但仍旧保持了一种绝对神圣的生命状态。2001 年，我主动要求到戈壁深处的单位工作。报到那天，看到的戈壁简直就是一个无边无际的梦，干燥和贫瘠得一无所有，黑色的沙子就像是海底的沉淀物。

近处戈壁上，总有一些风，带起白色的尘土，一股一股流窜，然后汇合，成为更大的沙尘，不规则跑动，像是小股游击队，沿着平坦的戈壁疆场，转眼无影无踪。我不知道它们是否会消失，但肯定会再生，一溜一溜白色的土尘，不倦地游历，幽灵一样奔跑。夏天的每个傍晚，我都会一个人到堆满黄沙的围墙外散步，抬头看见的天空亘古不灭，落日如血，大地坚硬，走在上面，每一块石子都接触到了骨头，每一粒尘土都会进入人的身体。

这里的戈壁几乎没有植物，好大一片，瓷实的沙子上面，铺着一层大大小小的卵石，有的晶莹剔透，有的墨黑如炭，还有的像是红玛瑙、绿宝石和骏马的眼球。我捡回了好多，放在窗台上，第二天一早，它们光洁的身上就蒙上了一层黄色的灰尘。古日乃的牧民告诉我，这一带的戈壁盛产可供观赏的石头——学名“沙漠玫瑰”，在额济纳旗的奇石专卖店可以看到，形状像海底珊瑚，一瓣一瓣结在一起，就像是盛开的玫瑰花——好多人开车进山采挖，拿到市场去卖，我不知道应不应当赞同，但有一点可以肯定：我不收藏这种“沙漠玫瑰”，即使看到了，也不会采挖。

三个人

第一个：年龄等同于我叔叔，和我一个姓氏。20 世纪 60 年代末大学毕业后，来到巴丹吉林沙漠西部边缘的军营。最初的几年，在戈壁深处的一个测量站点——初建的单位沉浸在黄沙之中，孤独的房屋像是遗弃的城堡，不通市电，黄黄的地下水，落地就是一层碱。他和很多人一起，从日出忙到日落。很多年过去了，其间贯穿了中国的“两弹一星”等大型试验工程。当时，通过手摇电话听到第一颗原子弹试爆成功的消息后，他和十多个战友跑到戈壁滩上，向着天空挥舞五星军帽，把喉咙喊到嘶哑无声——躺在黑夜的床板上总是闭不上眼睛，凌晨睡着后，还在嘶喊，邻床传来大嗓门战友的笑声。

那个站点仍旧还在，前些年才接通了市电，但还是没有公路——戈壁幽深旷远，一个人站在那里，很容易就觉得自然空间的博大——接二连三的风暴吹过来再吹过去，粗大的石子一次又一次击碎窗玻璃，每天早上起来，被褥上总会落下一层灰尘；低头，头发内的沙子簌簌下落，放在饭厨里的饭盆每天都要落下几两甚至成斤的灰土。三年时间，他阅读了大量的书籍，写了将近八十万字的技术论文。尽管已经是 21 世纪了，好多同类单位还在参考使用他当年那些论文。

时间要毁灭一个人，就是要他苍老——三十多年过去了，当年与他一起的战友都走了,其中几个,还把自己的尸骨交给了巴丹吉林沙漠。现在的他,肩上是金色麦穗的将军衔,每年都要回到当初的测量站点看看:菜地、饭堂、猪圈、老营房和老设备,没有人知道他看到又想到了什么。最后,他总是要在戈壁上独自站立一段时间,一会儿抬头,一会儿低头,背影投在沙砾上,弯曲或者挺直。

第二个:有些东西故意扔掉,还必须要找回残骸。他去了,一个人,背着无线电发射机,先是踩着戈壁,再后来是黄沙——沙漠真大,一个小小的破碎的东西,他怎么找也找不到。临近中午,沙尘暴突如其来地来了,铺天盖地,成批的沙子,苇席一样快速翻卷。天空黑压压的,空气里都是灰尘,张开嘴巴,就可以饱餐一顿——他想找一个避风的地方, 或者要返回营地……而很多天过去了,战友们全体出动,在风中张大嘴巴,呼喊他的名字——找遍了巴丹吉林所有的地方,他还是没回来。

他父母和妻子来了, 不知道在哪里祭奠, 只好趴在戈壁滩上,原地转了一圈儿,哭了整整两天。建起的坟茔里,埋葬了他使用过的所有东西,然后竖起一面水泥墓碑。风吹着他的名字,呜呜地,有的时候惨烈痛哭,有的时候慷慨悲歌。每年清明,后来的战友们都会采一把喷着蜜香的沙枣花,向他的衣冠冢脱帽致哀,然后把花恭恭敬敬放在字迹日渐模糊的墓碑前。2002 年秋天,古日乃的牧民前来报告说,在一处叫作沙坡泉的黄沙下,发现了一具白色骷髅。听到这个消息后,我哭了,像一个受了天大委屈的孩子一样,眼泪怎么也止不住。

第三个,名义上与我和我们毫无关联。戈壁太大了,牧民稀疏得就像这里的梭梭树。在古日乃草原，一家和另一家之间，隔了好远的路程，至今没有电话，方圆一百公里之内都是盲区，一个人在其中，就像一粒沙子，自己不发出声音，谁也不知道他的具体方位。2004 年秋天，一个女牧民要生产了，努力了好久。她的丈夫昂日森骑着摩托车，摔了好几个跟头，跑到我们单位所在地求援。

三菱越野车紧随其后，在焦白戈壁上扬起一股粗大的烟尘，穿越原始的梭梭林后，进入庞大的芦苇丛。因为刚刚下过雨，地面泥泞，数道深坑减缓了车速——等我们赶到，他妻子已经疼晕过去了。小心翼翼将她抬上车，赶到酒泉卫星发射中心医院，已是傍晚，她醒来几次，又都晕过去了。每个人都是一身汗，直到进入手术室——谁也没有离开，站在白色的走廊尽头，一个小时，两个小时，三个小时，四个小时，直到他们母子平安——我们的内心充满了欣慰。生命多么美好！我们做到了！一个在疼痛中成为母亲，一个在鲜血中诞生，成为一个崭新的人。

几乎每年，我们都要在春秋两季去一次古日乃苏木，带上那里缺少的蔬菜、面粉、水果，还有日常药品。坐在牧民的家里喝香甜的奶茶，听他们唱歌。站在庞大的驼群之外，看羊在日渐稀薄的草丛中隐没，还有白色、红色或者杂色的骏马，四蹄飞腾。勇敢的土尔扈特蒙古族骑手是真正的马背上的英雄，绝尘而去又闪电而来。

流沙

流沙——我曾经以为是一个诗意的词，多次在诗歌中重复，用唯美的言辞和单薄的崇拜。而在阿拉善高原，“流沙正在淹没我们的祖先”——说这句话的人是巴丹吉林沙漠西部鼎新绿洲的汉族居民朱建军。的确，我在戈壁当中看到的坟墓周围大都堆满了黄沙。这里的坟茔大都竖有墓碑，每一个墓碑上面都写着同样的称谓。早年间的墓碑是黄泥做的，书写的文字早就被连续吹的风带走了，只剩下一块凝固的黄土。稍后的墓碑是水泥做的，文字虽然清晰，但也会像先前的那些一样，在时间和风沙中消失。

最近几年，墓碑都换成了石头的，黑色的石头，白色的字迹，看起来庄重肃穆。朱建军先祖的坟墓在靠近弱水河的戈壁滩上，一边是时断时续的内陆河，一边是风沙经常的戈壁滩。每年清明上坟，朱建军都要扛上一把铁锨，把坟墓旁边的黄沙清理一遍，才摆上贡品，点燃黄纸和柏香，声泪俱下地祭奠。有时候路过，如果方便，他也会顺手清除一下坟边的黄沙。他知道这样的清除是无效的，但必须如此，就像我们的生活，每一天都在重复，但必须重复。

新栽的杨树大都干死了，干枯的根部泛起一层白碱，再有一阵风，树苗就折断了，丢在那里，让人心里发酸。没过多久，这些死了的树苗就成为流沙的战利品，越埋越深，再也找不到了。

发源于祁连山的弱水河流淌着，大多数时间是干涸的，一河流沙被太阳烘烤，逐渐蓬松，风吹之后，一层灰土飘飞而起，在空中，向着更大的区域奔袭——张掖、酒泉、嘉峪关、武威，乃至兰州、西安。有一年春天，我到兰州下车。落了一层灰尘，又下了一阵雨，整个火车站广场看起来就像是疤痕累累的脸，对面的兰州大厦灰旧不堪，街道上到处都是灰尘，就连广告条幅，也都沉甸甸的。

但城市人不会担心会被流沙掩埋，最受直接影响的是祖辈游牧的土尔扈特蒙古族牧民，牲畜需要的草越来越少。阿拉善盟的沙漠化土地正以每年一千平方公里的面积扩展，大部分牧民因草场退化牧草短缺而卖掉牲畜，也像当地汉民一样，开始农耕生活。随之而来的是，习惯了游牧的蒙古族人，一时难以改变自己的生活习惯，第一年大都颗粒无收，第二年，直到第三年，才逐渐掌握了一些农耕技巧，有所收获。

额济纳旗的牧民阿布和即是其中之一。最初，他们在古日乃草原放牧上百峰骆驼和数百只羊。流沙将他们驱赶出了古日乃草原。在额济纳旗，面对数十亩田地，他们正在努力把自己变成阿拉善高原上第一批以种地为生的蒙古族农民。还有他的女儿女婿，儿子和儿媳妇，甚至孙子。2000 年，在达来呼布镇一边的干河滩里，遇到几位骑着骆驼到山里采挖沙葱的男性汉族人，几个口袋都是沉甸甸的，骆驼走路都有些吃力。

沙葱是阿拉善高原最重要的植被之一，只要下雨，就会生长，不会采挖的人会毁掉沙葱的根——在鼎新绿洲，初春的市场上，摆放了好多沙葱，买回来开水煮后，再拌上盐和醋，吃起来很是爽口——就像那些吃着发菜炫耀富贵的人一样，吃沙葱的人也是一种破坏，只是很多人没有意识到罢了，当然也包括我在内。我们不知道，吃一口沙葱，就相当于容忍一把沙子横冲直撞。

现在的额济纳旗乃至鼎新绿洲居民，每年都要把清理沙子当成一项重要的工作，枯干红柳扎起的篱笆之外，黄沙蜂拥而来，一年时间，要用四轮车运送半天，这种劳作是无效的，但也必须劳作。有一年五月到嘉峪关，令我吃惊的是，街边的槐树竟然大部分都还没有发芽，发了芽的，也都是枯萎着的。傍晚起了一场大风，流窜的沙子如狼似虎，长驱直入。晚上，睡在四层楼房上，感觉到大地激烈晃动。还有几次，在路上遭遇流沙，竟然被擦破了脸皮，鲜血还没有涌出来，就被灰尘堵住了。

风中的旅行

2006年7月24日，巴丹吉林沙漠西端。白昼变黑，幻灭的味道在正午瞬间弥漫。沙尘暴突如其来，我在房间外面，天空的阴影迅速铺展，从对面的楼顶、墙壁、马路和杨树之上，像庞大的黑色巨兽，四蹄飞扬，充满着吞噬一切的欲望。投射的阴影从水泥地上迅速升起，我似乎看见它锋利的触角，刀锋一般飞快地切过大地。

世界变黑，墨黑的黑，绝望的黑。风起来了，浩大的风，浑浊的风，没有方向。尘土就是它的身体，庞大而果敢，横冲直撞，旋转的身躯石头一样坚硬和莽撞——我感觉到了压抑，它巨大的没有角度的力，蜂拥，压挤，进入和溢出，放开和攥紧。经常的沙尘暴，实心的沙尘暴，在它的吹袭和裹挟中，我感觉到了一种末日般的恐惧和疼痛。

庞大军团发出凶猛的吼声，从远处的戈壁、矮矮的围墙、杨树身子、裂开的水泥路面和一边的蓬松沙土之上，途经蚂蚁的巢穴、仓皇的蜥蜴、骆驼刺的尖锐部分、正午安歇的工棚、野生的向日葵。它冲过来，进入和穿过我的身体。动感强烈的正午，风中的个人宿命，片片撕开。

浑浊的天空没有光亮，太阳逃遁，灰色的尘雾一再遮蔽上天。伏地游动的沙土成群结队，蛇或流水一样，一绺一绺爬过水泥路面，临近的窗玻璃上传来尖锐的碰撞声。我一言不发，我在想，这样的风中，两个出行的人，他们的行走违背常理，他们的前路肯定无踪。在风中，他们最可能就此丢失。

风暴是黄色的，在车上，我们穿行，破开，又被淹没，再淹没。熟悉的道路狭窄，两边的戈壁底色泛黄，粗大的卵石心脏一样跳动。向前的道路，视线只有两米，飞速的风，像是一面厚厚的墙壁——软体的凶猛之物。车子趔趄穿过，我听见沙子们身体开裂的声音，哭泣的声音，愤怒的声音，在车外，耳膜之中，身体之上，内心以里。

在风中前行，钢铁的运载与肉体的端坐，与风一起互动。我感觉沉重的车子虚飘起来，成为风暴的一部分，或者就是顺风漂流的庞大钢铁。我的身子也飘了起来，左右摇摆，我想风会随时撕开车体，或者将我们一起投掷到另外一个地方。

月光照彻

风暴不起时，巴丹吉林是安静的，尤其在有月亮的晚上，安静、落寞，到处都是神秘的感觉。要是没有风，所有的声音都将是我一个人的。脚下的粗砂发着星星的光，脚步在空荡荡的戈壁上敲响自己的内心，鞋底的石头几乎接触到骨头，我听见它们碰撞或者亲热的声音。很多时候，从我个人幽深的宿舍出来，越过楼房和杨树，走到水泥路面的尽头，就是一色的戈壁了。因为靠近生活区，很多的垃圾堆在那里。若是有风，各色的塑料纸飞起来，风筝一样，被飞行的沙粒裹挟，盘旋上升。

月夜的戈壁，像一个巨大的疆场，沉寂、幽深，弥散着悲剧的味道。我一直觉得它下面有很多灵魂：无奈的、自愿的、战死的。他们的尸骨早已破灭成灰，在漆黑的午夜，我有很多次看见快速奔行的磷火——那就是所谓的灵魂了吧，一些人走了，剩下骨头，想要证实什么，却又证实不了什么。

太阳剩余的温度还在，温热的黄沙和石子事实上是对我的一种安抚。身边的骆驼草身子虚肿，尖利的枝叶上挂满尘土，稀疏的叶子被月光照成暗黑色。远处的沙丘低纵连绵，黑色的轮廓温柔恬静，隆圆的天空隐藏在它们之后，星星隐匿，剩下的那些，光亮黯淡，面色憔悴，似乎刚刚经历了一场病痛。

近处似乎有物在动，再看，是两只驼峰似乎载着整个戈壁，在月光下缓慢行走。起初，它们把我狠狠吓了一跳，凛然转身，气喘吁吁，停下回头一看，它们并没有追上来，仍在原地不慌不忙。我蓦然想到那是骆驼——我再也不会那样惊恐了，骆驼和我同样没有恶意。

尽管这样，一个人还是不敢和不能够走得太远：戈壁太大了，哪里才是它的尽头？我只看到它的荒凉、沉稳和焦躁的一面，而忽略了它原本强大甚至丰腴的内心。多少年了，在我之前之后，又有多少人来到、消失和走开呢？我一个人的漫步，就像它身上滚动的一颗较大的沙砬。除此之外，我一无所有，偌大的戈壁，我相信它能够容纳无数的像我一样的肉体。

在巴丹吉林沙漠生活，很多时候，我遇见蹲在沙蓬里的沙鸡、野兔；出其不意的蜥蜴和沙鼠，它们被我看见，各自走开或跑远。十多年来，我先后在月光下的戈壁捡回许多形状奇异的石头和猛禽漂亮的断羽——夜渐渐加深，营区灯光大都熄灭了，只剩下单纯的月光，简单的颜色，虚弱得让我看不到更远的地方。

营区之外，只有三米宽的公路上没有一辆车行驶，围墙静默不动，楼房和树木跟随人的鼾声，进入梦境。到马路，我跺掉鞋上的灰尘，一个人的脚步拍打着附近的墙壁，月光停靠在天空正中，飘着黑丝的脸颊洋溢着笑容，它的光亮向下，从我的头顶，贯穿了形体，连地上的影子都好像是透明的。偶尔会有几只黄叶，穿过细密的枝条，在身后悄然跌落。

低语的风暴

在风暴中，心情是沉郁的，莫名的焦躁。灰尘进入身体，尤其是穿过鼻孔和喉咙的过程，像是一种缓慢的酷刑。我通常会一言不发，坐着或躺着，闭了眼睛、嘴巴，企图与沙尘对抗。尽管无效，但还是要这样。卢梭说：“人在某些时候的行为是本能的自私的反抗。”我知道自己在反抗无孔不入的沙尘，每次都会意识到“本能”，而不包括自私。

大地沦陷了，都是风暴的，飞行的沙子就像古代的羽箭，击打建筑和树木的声音让我想到残酷的杀戮。如果我可以睡着，一切都将不复存在，身外的不仅仅是风暴。可是，我总是睡不着，有时候站在窗前，看风暴运行的暴虐模样，多像一场残酷的战争啊！看不到的戕害让我感觉到了恐惧。青翠的树叶被击落了，草茎折断，花朵零落成泥。

还有更远处的天空和大地上的事物——蒙尘等同于蒙羞，由此诞生了太多的虚假失明者，不是肉体上的看不到，而是自觉被另一种事物蒙蔽了。有一年夏天，我到附近的酒泉市区送一位朋友到北京进修。本来风和日丽的天空，在酒泉和祁连山上空霎时间阴云密布。不一会儿，狂风大作，摧枯拉朽，矮小的城市像是一座远古的碉堡，到处都是风声。街上的小摊还没来得及收，廉价的商品就飘在了城市的头顶。

我们在街上奔跑，找酒店，进房间就洗澡——当我们湿漉漉拉开窗帘，风暴消失，黄豆大的雨点落下来了，噼噼啪啪，敲响大地的鼓面。有人说，沙漠的天气就像大姑娘的脾气，谁也摸不准。东边的天际升起了一道彩虹——在干旱的西北，彩虹是不多见的。街道上，很多人指着横卧天地的彩虹，发出赞美的声音——相机和摄像机也都启动了，记录下西北大地最美丽的一瞬。

晚上，8 月的天气忽然冷风彻骨，我单薄的衬衫形同虚设。商店都关闭了铁门，想买件衣服都不能够。那时候，我感觉自己就像一个被扫地出门的委屈的孩子一样，满心凄怆。仰望，看见祁连雪峰在楼宇之上，以神灵的方式看我和我们的人间。从这一次开始，每次出门，不管天气冷热，都要带一件衣服。还有一年的

6月，傍晚时候，风暴骤起，我在路上，路边的粗沙成批翻起，扑打过来，不到一分钟，五官内就灌满了沙子。

我看不到东西了，怒吼的风就像奔跑的狮群。都是黑暗，坚硬的黑和巨大的黑，好像另一个世界。狂风是最豪华的马车，飞奔的沙子发出金属的叮当之声，要将我送往一个不为人知的地方。我没有感到恐惧，满心的顺从。我不关心尽头，只能全身心地享受过程。再后来，耳边的声音小了，风暴就像一只蚊子。在这样的风暴之中，任何消失都是正常的，也会无声无息，引不起一点儿波澜。

所有的世俗事物都是虚幻的，没有意义的，灾难之中的人，不仅仅只有惊恐，还有内省——但不是"一日三省吾身"的省，自身之外，还有更多的东西，比如战争、伤害、争斗、邪恶、掠夺、蒙蔽、反抗和自救等等意义丰厚的词语——在强大的风暴中，我们一定看到了什么，也一定会丢失一些什么。对于沙尘暴，除了灾难之外，也有人说，沙尘天气是抵抗全球变暖的幕后英雄……沙漠化也是一种有利资源……事物的正反面，灾难的益处，其中的悖论，让我烦乱、惊异和不安。

多年前，还听到这样一个传说，在巴丹吉林沙漠的古日乃苏木，一个牧羊老人被风沙掩埋了，风停后又奇迹般地爬了出来。我不知道这是人对沙漠的自适应能力，还是一个特例呢？另有消息：2006年7月29日，甘肃武威突降暴雨，236间民房轰然倒塌——这在西北也是不多见的。雨越来越成为南方的专利，当中国的南方大水泱泱，西北还是烈日高悬，风吹尘土。令我惊异的是，2006年的阿拉善高原，尤其是巴丹吉林沙漠，降雨量多了起来。7 月 13 日到 18 日，天空一直阴着，雷阵雨在傍晚或者午夜落下，以致最干旱的梭梭林当中，也有了大小不一的水洼。

但沙尘暴也多了起来，我常常迁怒于沙漠的修路人，本来瓷实的戈壁被挖掘机铲开，浮尘腾起，只要稍微有些风，就会飞扬起来。每次路过戈壁的时候，总是看到一些不大的风，掠地带动白色的灰尘，稀疏的骆驼草像是一座座坟茔。在靠近牧区的戈壁上，总可以看到一些白森森的动物骨骼，倒毙的羊和骆驼。每一次风暴都是掩埋，一茬茬儿的肉体、灵魂和叹息，新生的太少，葬送的太多。“没有一个物是完整的，人在世上活着，像是一截飘木……最好的光是天光，最好的路在大地上。”在巴丹吉林沙漠，阿拉善高原，十多年的时光，我只是一个飘浮其上的人，我在这里，也必将一定会在这里——短暂和永恒，重要的是我经历、看到、抚摸，低语也怒吼，被打击也被抚摸。

凛冬的沙漠

隆冬时节，巴丹吉林沙漠西部边缘的科研院所之内，到处都是风和它扬撒的灰土，杨树头上盘踞的都是乌鸦。这种不吉祥的鸟儿成群结队，把整个沙漠都占据了。这又是一个凛冬，一出门，风就咬住手和脸，要揭皮一般。好不容易挨到太阳出来，我和我对象，一个修长而丰腴的女子从单身宿舍出来，下楼，一起往位于大门外的临时菜市场走。我们想买点儿菜，自己做饭吃。与异性在一起的幸福感都是平生第一次。

正是周末，天气又极冷，很多人都还在被窝里重温黄粱梦，几乎没什么行人。我想趁机拉拉她的小手，或者抱抱她的肩膀，可心里异常忐忑，嘣嘣如正在奋力爬坡的拖拉机。毕竟，这是人生第一次，要是遭到拒绝，或者让熟人看到，那有多不好意思！也难怪，长年累月在沙漠工作和生活，天上不飞鸟，地上不长草，连土拨鼠和沙鸡都是公的，女性少得堪比流水中的救命仙草、故纸堆里的颜如玉、将军的宝马良弓。

四顾无人，我刚脱掉左手手套，鼓足勇气，五根手指正在恬不知耻地伸向对象纤巧的手指，眼看就要接上火了，一串话音就从长满榆树灌木、灰尘飘荡的招待所内传来。我还没觉得那声音熟不熟悉，发声的那人就走到了面前。

竟然是岳其安,他萧条多年的瘦身板一边,也多了一个个头儿在一米五八左右、脸色白皙、眼睛扑扑忽闪的女子。我还在愣怔,岳其安的两条瘦腿向我跟前一叉,从兜里摸出一包香烟说:“这是我对象,新疆伊犁的,小杨!”手顺势指了一下离我们一米远的那位娇小的女子。点着烟,吸了一口,烟雾一眨眼就要被天空没收了的时候,岳其安也有意无意地瞟了一下我美丽的对象小赵,两只青蛙眼眨巴了一下问:“这是……”

“我对象,小赵。”我有点儿骄傲地说。

岳其安“啊”了一声,随即调大嗓门说:“中,行,这一眨眼,咱哥俩都对上了象,今儿个又在这儿碰上了,天意啊,真他妈的,啊,只能算天意。”我呵呵笑。这时候,他的新疆小杨和我的甘肃小赵也相互看了一眼,礼貌地笑了笑。我说:“可不就是咋的啊,咱俩这铁光棍这一次绝对是否极泰来,几乎一眨眼,就都有了对象!”

岳其安张嘴露牙呵呵笑,声音很大,还有点儿尖厉,一下子惊飞了好几只乌鸦,呱呱叫着往北边飞去。扔掉烟蒂,岳其安又大声说:“兄弟,今儿个不喝两杯,咱俩对不起红娘啊!”我回身看了眼我的小赵,笑了一声说:“不喝上两杯不仅对不起红娘,也对不起哺育我们成长的人民群众。”岳其安又笑说:“可不嘛,还对不起伟大的社会主义!”为此,我和我的对象小赵不得不临时改变行进方向,跟着原本就方向不明的岳其安和他的新疆小杨转身往生活服务中心方向走。那是餐馆最集中的地方。

岳其安毕业于东北科技大学,老家江苏,父母早年离异,父亲至今在南京,母亲改嫁到了武汉。调到我们单位后,岳其安先分到陕西的一个同类技术单位,后来也不知道这小子采取什么手段,呱唧一声,就空降到了巴丹吉林沙漠,也就是我所在的单位。他先是在通信技术服务站当了几年技师,今年春天的时候就任副站长。

通信技术服务站是这片沙漠中唯一的色香味俱全的单位,女技术人员虽然不多,但一直是我们全单位厂区内唯一的一道多姿多彩的靓丽风景。记得七八年前,我还是一个毛头小伙子,报到第一天,刚收拾好床铺,就传来一阵令人骨肉酥软、头脑发蒙的莺歌燕舞之声。七八个女通信技师的声音,在兔子不拉屎的沙漠戈壁当中,简直比宿舍里养十盆牡丹月季芍药花还叫人心底柔软、芬芳蓬勃。脑子几乎没转一下,我就蹿了起来,把眼睛贴在了玻璃上,目光探照灯一般逡巡,可还没看清那些女通信技师个个到底长得啥模样,眼睛就被窗框上几粒沙子巧妙地攻袭了。

和岳其安认识很简单。某年,根据某一个领导的指示,我们这个孤悬于大漠戈壁、自成一体的科研院所也成立了自己的电视台,就是每周编辑制作、播放两期电视新闻,主要内容是"传达党委决策意图,反映基层建设成绩"。我因为经常舞文弄墨,迫不得已也往有关行业报纸上扔几个豆腐块儿,居然还被刊登了,于是乎,我这点儿小能耐和小墨水很快被领导看上,很快从基层调到宣传部门,每天扛着一架沉甸甸的摄像机,骑自行车或坐车在基层、机关乱窜。

我正和几个同事窝在屋里甩扑克,输了在脸上画王八,赢了的贴红纸条。这是我们最经常的娱乐活动，几乎占用所有的节假日和闲暇时间。正如老同事所说，在这沙漠里，三天不打牌，脑袋就生锈；一月不画王八，手脚就不知道往哪里搁。打牌，在很多时候，成了我们消磨时光，甚至是锻炼脑力和智力的主要运动。

打牌正打得起劲，电话响了，我不耐烦地去接，对方一上来就找我，我习惯性地问他是谁，他说他是通信技术服务站的副站长，说他们单位今晚搞晚会，上级主要领导等等都来现场观看演出。

我知道，他之所以这样说话，意思是，领导都来了，你小子不来能行吗？我对这样的说法简直厌恶透顶，恨不得按住电话把对方骂个屁股朝天。可我心里还有点儿胆怯，要是有哪个坏东西给领导打了小报告，我就会吃不了兜着走。

听对方说是通信技术服务站，脑子里立马映现出一片花红柳绿、莺歌燕舞，兴致顿然高涨，立马问了开场时间，然后说："马上到！"

打电话的那人就是岳其安。我快马加鞭赶到，晚会就要开场，十几个女通信技师本来长得很好看，可一描眉画眼就有了些妖精的味道。我两只小眼睛的目光正在几个女通信技师身上乱动，肩膀被人拍了一下，随后传来低而急切的声音："朱台长，领导马上进来了啊！"意思是提醒我先打开机器，等领导开始鱼贯而入，掌声就要喧哗时，把那热烈的场面摄下来。

这套规定动作，对我来说，就像自己下巴上的胡子一样，熟悉得连自己都有些厌倦不堪了，哪里还需要别人插一杠子？

我的本意是，到通信技术站来，当然是为了看那些花枝招展的女技师，要是凑巧能认识其中一个的话，那更是求之不得，祖坟上冒青烟的大好事。可惜，女技师牛得超乎我二十四岁所有的人生想象，只允许我把她们的舞蹈和表情拍得精细到毛孔，但没有一个回应我犹如鱼跃水面的眼神。

晚会结束，我只好悻悻地，一步三回头地离开了通信技术服务站。第二天下午，电话响，一个男声，干脆、有节奏，说他是通信技术服务站的副站长岳其安，打电话的目的是想请我吃个饭。我正光棍得没地方蹭饭吃，一听有人请吃饭还喝酒，且不管虚情还是假意、有求还是没求，叫我出去吃饭就是一等一的硬道理。

那时候，我们所在的这座沙漠的技术单位几乎没有一家像样的餐馆，有几个人开店不到两个月，就被以妨碍正常的工作秩序为由勒令关闭了。后来，一些老职工家属贼亮的眼睛瞅准商机，没房子可租赁，便暗中寻了些军用帐篷，在一个阔大的院子里折腾起了许多帐篷餐馆，一顶挨着一顶，铺排开来，夜里看，一准会想起纳兰容若的那句诗："夜深千帐灯"。其中一个，据说专卖麻辣粉，干了不到半年时间，就在老家耸起了一栋小洋楼。众人一听，纷纷摩拳擦掌，寻了地界，置了家当，煤炭、煤气一接上，就开始肉香缭绕、酒气弥漫了。

在帐篷餐馆外面碰了头，见了面，也没怎么寒暄，岳其安当即寻了一家还算讲究的小餐馆，先后坐定。菜还没上来，岳其安就端起酒杯，说："咱哥们儿第一次吃饭，这是百年的缘分啊，来，先干一杯再说。"我没有推辞，也仰脖子灌了下去。

瘦得像是僵尸一般的岳其安抖着一身骨头，两只大眼睛镶在颧骨高突的眼眶里，看起来真像是一只巨型青蛙。

咂巴了一下嘴，岳其安说："感谢你能在周末，还能抽空去给我们单位作宣传。"吃人的嘴软，拿人的手短。听了他的话，我笑着说："这都是应当的，分内之事。"又喝了一杯酒，岳其安脸色涨红，一看就不是一个特别能喝的人。我正想劝他少喝一点儿，岳其安却重重地叹息了一声，一双鹰爪般的瘦手端起酒杯，兀自又干掉了一杯烈酒说："兄弟，我想求你个事儿？而且是私事，个人的事儿。"说完，脸上迅速飘起两团表情，一边是闪烁不定的狐疑，一边是颇为真诚的乞求。我说："有事就说，兄弟能做的，绝对奋蹄向前；要是不能的，你把脸黑成煤炭也不行！"

"有你这句话，哥哥我就放心了！"

我心里想，这小子也太不知道远近薄厚了，认识还不到二十四小时，就和我称兄道弟了。嘴上却说："兄弟就是为兄弟服务的嘛！"

几天后的一个傍晚，岳其安的宿舍张灯结彩，还挂了好几种颜色的气球，墙上的红心有七八十个，房顶还吊了彩纸，白炽灯上蒙了一层粉色灯罩，弄得有点儿唯美，还有点儿朦胧。"行不行？"岳其安眨着眼睛问我。我说："行！真行！太行了！"说完，我打开摄像机，各个角度推拉摇移了一个多小时，然后与一连换了好几套衣服、电影明星一样扭捏作态的岳其安坐下来喝茶、抽烟。

"我确实很喜欢她！"岳其安口气肃穆而真诚地说。我"啊"了一声，表示知道。"能不能把她的心扳回来，就看这一出了。"岳其安脸带犹豫地说。"兄弟，你别怀疑我的水平。要是扳不回来，那就是天意了。"我说。

“但愿她能知道我的苦心，回心转意，和我再续前缘，做一辈子夫妻。”岳其安掐掉烟蒂说。我拍了拍他的肩膀，说：“我一定尽力。”岳其安说：“你多费心了，这事儿要是成了，你就是我们一辈子的大恩人！”我笑了笑说：“帮人做点儿好事，也是应当的，其他的，都不要说。”说着话，岳其安从抽屉里拿出一条香烟给我。我推让。他说：“害得你加班熬夜，这一条‘干粮’你备上。”我笑了一下，接了过来。

回到单位，我利用课余时间，按照岳其安的请求，加班加点，做了五分钟的 MTV，因为当时单位的摄、编设备都比较简陋。音乐配上了周华健的《风雨无阻》，画面和节奏也极尽唯美，甚至有些朦胧、暧昧。做好之后，我先叫岳其安来看了一遍，然后再根据他的想法，把镜头做了一些调整。直到第三遍，岳其安一边看着，一边不住地点着他的那颗瘦头，流露出十分满意的神色，感激地对我说：“兄弟，你真用了心了！”

做啥的吆喝啥，做的哪怕是坨狗屎，做的人也希望有人在上面再插朵鲜花。岳其安这句话我特别受用。那是我第一次自己制作 MTV，自己也比较满意。复制了一份，交给岳其安，他说让明天去市区的同事帮他快递给还在陕西老单位的那位女同事。

男女之间的缘分，实在是奇妙。岳其安以为这样做能换回已经消散了的爱情，可现实却给他带来了巨大的打击。我至今不知道，究竟是我制作的 MTV 水平太低，还是他爱得很深的那个女的真的吃了秤砣铁了心，致使他的那一段爱情一丝不挂地泡了汤。

这一次和岳其安无意碰到，而且还都带着自己的对象，细想起来，确实有点儿天意的意味在内。我还清楚地记得，前一段时间，单位选了一些干部，去新疆、北京、兰州等地招收新员工，岳其安不知道找的啥关系，居然混入其中，去了新疆。

招收新员工，当然是好事，不仅可以借机出一趟公差，到外面看看，散散心，还被无形中赋予了一种权利。据他多次在言谈中透露的消息，我隐约得知，岳其安有个叔叔在我们的上级部门任职，而且是亲的。一个多月后，岳其安大摇大摆地回来了，穿着一件黑色的皮衣，大老远就能闻到一股羊骚味；脚上蹬着淹没膝盖的黑色皮靴，鹰爪般的手指夹着只有在新疆才能买到的香烟，站在我面前，神情之中，充盈着水缸一般的优越感。说实话，他这副崭新模样，我还是感觉到了一些压力。

俗话说，人靠衣装，马靠鞍具。这话说得一点不差。当时我还羡慕地摸了摸他的皮衣，软软的，滑滑的，很舒服的感觉。脸上不禁流露出羡慕的表情。岳其安看到了，得意地哈哈笑着，掏出一盒盒子的香烟，一边递给我一边说："哥们儿，这烟，你带一包尝尝！"我的手犹豫了一下，接了过来。然后两个人又去了帐篷餐馆里小抿了两口，吃喝之间，岳其安把自己的新疆之行说得美轮美奂、不可一世，整个过程中，寡瘦的脸上红云飞翔，森白的牙齿和血红的舌头把我搅得晕头转向。

回到宿舍，我就打电话给对象说了这件事。我对象说："那一件皮衣，没有一万块买不到！"我说："岳其安这小子还真行！"我对象说："确实，那姓岳的混得不错。"听她这么一说，我忽然觉得一阵尴尬，脸有点儿发烧。

此后的一段时间，我再也没有联系岳其安，两个人，各自忙各自的工作和生活。有一天上午，我照例拿着碟片，到机关办公楼，请科长审查刚刚制作完毕的新闻节目，却在他办公桌上，看到一份措辞严厉的通报。

偌大的一个单位，有人犯错误，进行通报批评，是一件再正常不过的事情，可这一份通报的主角，居然是我认识的岳其安。通报说："通信技术服务站副站长岳其安同志在新疆出差期间，收受人民币 26800 元，皮衣皮靴等折合人民币 12300 元，严重损害了我单位的声誉，影响恶劣。经党委会研究决定，给予岳其安降职、行政记大过处分……"

我看到这份通报的时候，科长正端坐在他宽大威严的办公桌前，佯作行家，对我编辑制作的电视新闻片子评头论足，胡说八道。我听得心里想笑，却又必须强忍着，眼睛在他桌子上那份通报上乱瞟。

我心里咯噔一下，先是震惊，脸皮绷了几秒钟，突然想放松一下，忍不住，扑哧一声就笑了出来。科长正在滔滔不绝，把我们的电视新闻与央视新闻联播做纵向比较，我却突然笑了。这时候，科长始终一派优裕的脸色突然飞起一团乌云，停住话题，两只眼睛冷冷地盯着我说："你小子笑什么！"我"啊"了一声，赶紧谄媚地说："科长您讲得太好了，对我来说，这简直醍醐灌顶，一语惊醒梦中人，聆听您这样的教诲，我能不高兴吗？"

这句话居然把自诩英明、坚决反对属下拍马屁的科长蒙混了过去。收住笑声，他还喜笑颜开地把我前期的工作拿出来狠狠地表扬了一番。出了他的办公室后，我下意识地向上蹦了一下，像孩童时代得了便宜，总要有个动作来表示自己的欢喜一样。

办公楼外，稀薄的阳光抛开万千把飞行的小刀一样的冷风，披荆斩棘、水泄不通地打在身上。我忽然觉得，这幸灾乐祸的品性实在糟糕。不管怎么说，岳其安都是我在这沙漠中稀稀拉拉的同事加兄弟之一。他被降职、行政记过，这是人生当中最残酷的打击，甚至是灭顶之灾。我怎么还这么高兴呢？这不是典型的小人之心吗？想到这里，我心情顿时沉重了起来。我想：岳其安此刻可能在做检查吧，还是窝在房间把头脸裹进了被子的黑暗？回到宿舍，我拨通了岳其安的电话，却又急忙挂断。我忽然想到，岳其安此刻心情肯定很糟糕，比五十只蚂蚁跑进动脉连奔带咬还难受，此时联系他，不合适。正这么想着，“小灵通”响了，是岳其安。

“他妈的，就是那两个小子告的我！”电话刚放在耳边，岳其安就劈头盖脸来了这么一句话。我知道他意思，但什么也不好说，就“啊”了一声。

“当时，我坚决不要，他们三番五次来找我，拿的东西一次比一次多，还有钱。”我又“嗯”了一声。“他妈的，要不是老子的话，那俩小子根本进不了咱们单位。过河拆桥，他妈的啥玩意儿！”

我继续“嗯”了一声。岳其安接着说，“还有他们站长和另一个副站长，要是不鼓励那俩毛头小子，怎么着也不敢告我。都他妈的不是人！”

我嘴巴张了几下，想说什么，可又觉得说啥也不合适。

停顿了一会儿，话筒里呼喘的粗气像是谁把 2.5P 的空调压缩机打开了。我下意识把小灵通拿远，等岳其安说话了，又贴在耳朵上。叹了一口气，岳其安语气沮丧地问我下午有事没。我说：“要是没单位搞活动的话，我就是闲人一个；要是有，就是忙人一个。”

“那好，我现在过去找你！”岳其安说。

不一会儿，岳其安带着一身寒气闯了进来。我给他倒了一杯水，我叹了口气，说：“别抱怨别人，打铁还要自身硬。所有的刀子，也都是自己递给别人的。”这句话刚出口，我忽然觉得不对劲儿，与岳其安刚才的话严重分裂，还可能刺痛了他正在滴血的心，就立马改口说，“你当时没把屁股擦干净，这事儿，再急也没用了，只能期望将来将功补过。”岳其安说：“你说得对，要是把钱退了，就不是这样子了。最好的结局，就是被开除。”

我说：“不会的吧？”

顿了顿，深吸了一口香烟，岳其安又说：“也差不多，领导说我认错态度好，及时主动地退回了钱物；又是单位的主要技术骨干，出于爱惜人才的考虑，组织上决定再给我一个机会。”

说到这里，岳其安暗淡的脸忽然有了光泽。晚上，我们还在服务社的小饭馆吃饭，我和岳其安聊了很多的心里话。他眼神迷离地看着我说：“说真的，你是老子真心实意的好哥们儿，他妈的这个时候，其他人都怕黏赖，见到我要么把头举得跟驴毬一样，要么老远就从别的道上走了。只有你，陪着我说话、喝酒，一点儿也不嫌弃我这个已经被打入冷宫的‘待罪之人’！”

我说：“你也不是犯了杀人强奸的事儿。咱这单位条件艰苦不说，工资还低；要换成我，看到比大半年工资还多的钱，保不准咋欢天喜地呢！”

春天到了，沙漠也开始有了星星点点的绿色，虽然不多，但各种鸟儿和动物也明显多了起来。岳其安说,他要和他的新疆小杨结婚了,我也很高兴。几天后,岳其安的新疆小杨和她的父母双亲裹着皮衣出现在巴丹吉林沙漠。我专程去他那里看了一下,请他们吃了一顿饭。

岳其安和小杨的洞房安排在他们通信技术服务站的临时家属房里,背后是菜地,前面是球场,中间是一条小马路。领导和同事围在一起,吃了一顿饭之后,岳其安就和他的小杨住在了一起,成了名正言顺的夫妻。

我继续和我的小赵在爱情中沉溺,虽然不乏甜蜜和温馨,也免不了因为意见不合而闹别扭。有一次,岳其安叫我们去他和小杨的家里吃饭,我很高兴。我和我的小赵马驹撒欢一样奔到他那里,谁料,岳其安的新疆小杨白脸上挂着一层厚霜,稍微一动,就簌簌往下掉。我看了看岳其安,又看了看我的小赵,然后毅然决然地起身告辞。

从此,无论岳其安说得天花乱坠,我的小赵把嘴一嘟,头摇得比笑还好看。我有心再去,可也不想再去看他新疆小杨的那种霜重的脸了。

这样一来,我和岳其安关系就到了崩溃的边缘,虽然心里没啥隔阂,但总觉得两家之间横了一条柔软而充满弹性的银河系。我结婚的时候,按常理通知了岳其安。我正在转换为妻子的小赵说岳其安一准儿不来。我说不来就不来吧。谁知道,婚礼那天,岳其安和他的小杨联袂而至。看到的刹那,在心里狠狠骂了自己一句小人心。

我的小赵说:“哼,岳其安和他老婆来,不过是来还礼钱了!”

时间之中，人在自我消耗，也在创造。差不多两年后，我们有了儿子，岳其安和他的小杨也有了一个女儿。我有时候和老婆聊起岳其安两口子，老婆却嗔怪我说："好像除了一个岳其安，这世上，你就没哥们儿了！"我说："是的，在这里，离家万里远，没一个贴心人，心里总是孤孤单单的！"

老婆说："你的心情我也理解，岳其安那人虽然不靠谱，在单位名声不好，可总体上还不算是特别坏的人。"这时候，我早摆脱了在电视台的工作，进驻宣传科当干事，每日在公文和事务之间虫子一样乱蠕乱动，多数时间焦头烂额还不讨好，不是无意中挨科长一顿臭骂，就是副主任的一番讥诮。原因很简单，我就是改不了喜欢在公文中用自己的话说话的毛病，将上级文件指示要求和领导说过的话放在九霄云外，且固执地坚持公文就应当用自己的话，深刻阐释领会上级指示要求，并转化为能听懂能理解的大众语言。可机关的规矩就是上级没说过的不能说，上级没讲过的坚决不能讲，必须按照上级的话来东拼西凑成公文。

这时候的岳其安，已经是通信技术服务站的工程师了，要不是降了一职，恐怕早就把站长放在屁股下面了。有一年单位储备冬菜，岳其安竟然破天荒地想起了我，并亲自指挥他的两个下属把土豆、白菜、萝卜、洋葱等帮我搬到楼上。

这件事使得我对岳其安的好感再次汹涌而起，我老婆的态度也随之大为改观。"十一"假期，我忽然很想喝两杯，打电话给岳其安，不过十分钟的时间，他们两口子就带着孩子进了我家。老婆做了几个菜，又做了新疆抓饭。我和岳其安喝酒，他们两个女人就衣服、鞋子、化妆品、孩子等女人最为关切的话题展开热烈的交谈。

从这一次开始，岳其安两口子和我们两口子再次有了一种蜜月的感觉，没事的时候，不是你来就是我往。我觉得这样的时光至少外表看起来很舒服，在异地，有一个可以交心并在日常生活中相互照顾的人，应当是一种切实的幸福。随后的时间，在风沙、冷风与烈日之间溜溜而过，不知不觉，孩子一节节蹿高，岳其安和我的眼角不自主地被皱纹呈螺旋状袭击。我们儿子三岁那年夏天，全单位的人都把岳其安当年因收受贿赂而遭受降职并行政记过处分的事情忘在了记忆的最底层。岳其安通信技术服务站工程师的身份出现在多种场合并赢得了下属的一致好评。

夏天是沙漠一年里最好的季节，没有风沙，植被也比较丰密，尽管蚊虫叮咬，满脸满胳膊满腿都是包，孩子和家属们还是在外边玩儿得热火朝天。有一天傍晚，带孩子出去玩儿的老婆回到家，隔壁邻居的老婆敲门进屋，先是和我老婆说了一番不咸不淡的家常话，忽然又语气惊奇地说："嘿，你知道不，杨金花和一个高工的老婆打架了！也没啥大不了的，就因为两个孩子的事儿。"

我老婆也讶异地说："孩子和孩子打闹，那是经常的事儿，只要没啥大碍，就让他们闹去。如果大人插手的话，那样就有点儿不对了。"邻居老婆说："咳，你可能不知道，不光是这个事儿。杨金花的那个老公岳其安带了他的几个同事，把人家高工的老婆也打了几个巴掌。"听到这里，我忍不住吃惊地"啊"了一声。

邻居老婆扭过头，看了我一眼，又面对我老婆，继续说："杨金花也没占到便宜，那高工一回来，就朝她脸上打了一耳光，可响了，俺老远就听见"啪"的一声。"

"啊！"

听到这里，我心里咯噔了一下。本想打电话给岳其安核实一下，但又一想，觉得这样做不妥：毕竟，是他们两家的事情。说多了，深了浅了，都不对。几天后，我打电话叫岳其安再来吃饭，他说行。进门，却不见他老婆和女儿豆豆。我说："小杨和孩子呢？"岳其安的瘦屁股坐在沙发上，抓起一把瓜子放在嘴里飞快地磕，一边吐着皮一边说："送回去了！"

"湖北还是新疆？"

"新疆！"

我"啊"了一声。

岳其安叹息说："他妈的，真倒霉，又被处分了一次！"

我说："没事吧！"

"干着没啥劲了，年底我也走。"

"你干吗走，站长的位置马上就是你的了！"

"他妈的，爱谁谁，老子不想干了。"

闲聊中，我得知，他老婆杨金花确实与人发生争执，俩孩子打闹，对方孩子把他们的宝贝推倒在一堆不知谁家的宠物狗拉的一堆狗屎上，沾得裤子上都是。杨金花生气，就骂对方的孩子。谁知，那高工的老婆也在旁边，护犊心切，还了几句嘴。

杨金花正在气头儿上，又接上了火。两个女人脸红脖子粗，把骂人的专长统统发挥了出来。此时，那高工正好骑着自行车回来了，见这阵势，二话没说，上去就朝杨金花脸上扇了一耳光。杨金花放声号啕，全身颤抖，又打电话给岳其安。岳其安当即带了几个平时关系较好的下属，奔回家，以牙还牙，上前和作训科高工争吵，继而动了手。

几天后，岳其安就把杨金花母女送上了去新疆的列车。

我叹息一声，对他的这种莽撞行为表示遗憾。

岳其安说："他妈的，竟然敢欺负我的老婆孩子，老子拼了这条命，也要整死他狗日的！"看着岳其安仍旧满腹怨愤的神情，我叹息了一声，说，"都是一个单位的，不管遇到什么事儿，过了就过了，何必呢？"

岳其安眼睛一瞪，说："这怎么能？"我又说："这都是私人恩怨，又是小孩儿引起，芝麻绿豆的小事，真的没必要。你这样做，只能让情况更坏。"岳其安哼了一声，又说："绝对不行！一个男人，连自己老婆孩子都保护不了，受人欺负，不如钻进沙漠里，让他们的沙子噎死算了！"

我叹息了一声。

年底，鉴于岳其安之前就有过收受贿赂的前科，现在又因为孩子妇女之间的小事，攻击殴打在职干部，影响恶劣，品行不正，决定勒令其离开单位。

这又是一年的凛冬，寒风在树梢和楼顶马蹄一样飞奔，激烈浩荡；尘土在空中毒雾一样弥散，无孔不入。我在办公楼碰到一身新疆特色衣装的岳其安，寡瘦的脸上飞动着挥不去的忧郁和苦楚。我上前，他把手伸过来，我也把手伸过去，握在一起，双方都加了一把劲。

与此同时，我也无意中听一个同事说，张高工在酒泉出差的时候，莫名其妙地被人逮住狠揍了一顿，还很重，鼻青脸肿的，也不知道是谁干的。我没有吭声，起身站到尘土飞扬的窗前，看着沉浸在狂浪风暴中的家属区，心里有一种说不清的滋味。

再一年年底，岳其安回到单位办理离职手续，我照例在家里请他吃饭。岳其安喝了两杯酒之后，就开始泪眼婆娑了。我知道他心里难受，更知道他不愿意离开他自己很热爱的这个单位。正想安慰他几句。岳其安却说："下决心了，回武汉！"我惊诧地说："你不是要去新疆吗？"

岳其安看了看我，甩了一下头，泪水都掉到菜里了。

用纸巾擦了一下脸，岳其安红着眼睛，带着哭腔说："完了，完了，这一回，老子他妈的真完了，老婆跟了别人，连孩子也带走了！"我大吃一惊，"腾"的一下站起来，眼睛瞪得老大。说，"这才多久啊，咋就出了这事儿?"岳其安苦笑了一下，说："一年零三个月多几天吧！他妈的，现在老子才知道，人心从来不可靠，老婆更是这样。女人啊，总是没个定性。没法儿，他妈的，以后啊，走到哪步算哪步，还能咋的?"我唏嘘，一时竟然不知再说些什么话可以安慰他。

岳其安咳了一声，低下头，使劲甩了甩，然后端起酒杯，说，"来，干了它，反正一身洞，以后，就是面对榴弹炮，老子也不怕了！"

再一天早上，岳其安打电话说，其实他心里也舍不得离开这里，毕竟十多年了，这片沙漠虽然荒凉，不见人烟，生活还艰苦，但毕竟，人生最好的时光都丢在这里了！可不想离开又咋样，还是要撅着屁股滚蛋！……以前他常听人说，人活一辈子不容易，他觉得都是扯淡，现在才体验到，没了老婆，只能再另起炉灶了。他说他以后会在武汉居住和生活，至少那里还有母亲和继父。他还对我说，去了武汉，一定要给他打电话。我急忙问他现在哪里。岳其安说在大门口的车站，我骑着自行车奔了过去。两个人站在一棵身躯歪扭严重的沙枣树下，说了很多很多的话，然后他抬起头来，伸出俩鹰爪一样的手，拍了拍我的肩膀，转身上了车。

我在原地看着班车走远，总觉得心里有个地方空空的，还异常黑暗。这个时候，巴丹吉林沙漠光秃的杨树枝上，仍旧堆满了乌鸦，这些全身黑黑的动物，总是会发出聒噪的叫喊。返回单位的时候，风沙再起，黄尘如同贴地翻滚的乌云，从沙漠腹心席卷而来。

有关鼎新镇的青春往事

它是距离我最近的镇子。因为紧靠沙漠，再繁华也显得落寞。沿着额济纳通往酒泉的公路,到鼎新绿洲,沿途的村庄聚集了太多的黄土:黄土做的房子,供人居住;黄土的围墙,是牲畜的家。偶尔冒起的楼房都刚修不久,在成片的黄泥房屋间显得特别孤独和另类。面朝马路的店铺门上,一年四季吊着一张灰色或白色的布匹,在干燥而充满灰尘的风中,舌头一样飘动。

十八年前,我从南太行来到这里,乍然进入到戈壁,让人心生绝望。长年累月整齐划一的集体生活,在风吹如雷的戈壁上,鞋里灌满沙子,身上粘着一层细微的尘土。一年的时光总是原地打转,从这里到那里,再从那里到这里,如此的往返让我内心感觉迟钝，浑然忘却了巴丹吉林沙漠以外的世界。皮肤一天天粗糙,胡须顷刻间布满双腮。整整两年,我没有走出过时常敞开的大门。

郁闷的时候,一个人沿围墙散步,踮着脚,冲外面张望。苍茫天际下,一小片绿洲就像一场丰盛的宴会,郁郁苍苍的白杨树从村庄开始,包围了人们的田地乃至牲畜的牧场。春夏交替时,到处都是花香,尤其是沙枣树,苍灰色的叶子间挂出数万粒小米一样的黄色花朵,含着丰饶的蜜香,把人的鼻子抚摸得酥软异常,将人的意志和心绪浸泡得单一而又纯粹。

为数不多的林木间,盛放着一面面镜子一般的海子,悠闲的马、驴子和牛投在水面上的影子,不时被跳跃的鱼儿打碎。附近的田地里长起枝叶高挑的棉花和玉米，五月的麦子在爆裂的日光下一片金黄。满地苜蓿,像是无边的青草,青翠得让人心疼,在四边焦白的盐碱地及寸草不生的戈壁滩之间,显得格外醒目。

那时候,我不知道这里是哪里,村庄分别叫什么名字,也从来没有产生过去看看的想法——大抵是不热爱的缘故，心里一直在有意无意地排斥和忽略。这样的境况一直持续到 1994 年暮春,一天傍晚,同乡许生打电话邀我一起去鼎新镇玩儿。那时候,我不知道鼎新镇在哪里,距离多远。许生说我太孤陋寡闻。还说,鼎新是附近的一个小镇,从单位买 3 块钱的车票就到了。

旭日像是个懵懂的胖小子,从远处沙漠上,嘻嘻笑着向天空爬。趁着清风,在大门口与许生会合,上了一台破旧的“驼铃”牌客车,引擎轰鸣,发出一阵聒人的铁响。驰过一段土石路,再穿过一片草滩,进入第一座村庄——比我想象得还要低矮,黄土的房子呈四合院状,一排排地挤在一起。新鲜的杨树叶子在风中不停旋转,发出哗哗的响声。成片的沙枣树树枝虬张,俯在黄土房顶和茅草覆盖的牲口圈篷上。

田里的春麦刚刚出苗,在焦白的土地上,像是孩子们使用的方格本。棉花和玉米已经成形,穿着绿衣,在田地间摇头晃脑。村庄与村庄之间的空闲地带,是长长的草滩,不大的和天空一样的蓝,丛生的红柳红得如同新婚女子的脸,一些黑色或者白色的马匹、驴子和牛,分别撩着春天的蓬松尾巴,咴咴嘶鸣,低头吃草。

接连穿过的十几座村庄和草滩大抵如此，转过一道弯，迎面就是鼎新镇。许生脸色涨红，不住地贴近车窗朝外张望。看到鼎新镇的时候，不禁满心失望，所谓的镇子，不过几十座房子、几家店铺而已。最高的建筑是移动和联通信号塔，再就是两层高的镇政府办公楼和三层高的中学教学楼。各类依次排开的广告牌被灼热的阳光烤得油漆剥落，被风撕扯得残缺不全。

这是一个典型的西部小镇，人口不是很多，商贸自然也不发达。跟着许生下车，站在一棵垂柳下面，举目张望，鼎新镇竟然只有一条主街道，从西到东，直冲冲的像是穿肠而过的一根木棍，两边参差不齐的店铺门门相对，遥相呼应，而又互不干涉。最好看的是中学院子里的一座雕塑，还有围在四周的野玫瑰和菖蒲花。

与许生穿过几家顾客寥落的店铺，到一家美容美发店前，许生一把掀开帘子，率先走进去。我紧随而入，抬头看见一个轮廓很美的女子，心忽然跳了一下。那女子对我瞥了一眼，目光又转到许生脸上。许生笑了，在不怎么明亮的店铺里，显得满足而灿烂。女子抿了一下嘴唇，轻声对许生说，里屋有饮料，快去拿着喝吧。许生说不渴。那女子笑了一下，说："你不渴你朋友不渴吗？"

许生"哦"了一声，才介绍了我。她冲我很自然地笑了笑，露出一口很白的牙齿，现出两个很深的酒窝。我一阵惊慌，心里像悬了一只鼓槌，左右摇摆不止。我想：许生什么时候在这里认识了一个这么美丽的女子呢？看到许生和那个女孩儿的亲热劲儿，我心里忽然不舒服起来，有些沮丧，也还有点儿不安。自从出了校门，我就再也没有这么近距离地接触过女性，也没有一个漂亮女子主动向我笑，说过一句话。

笑容还没合上，我觉得脸庞发烧，而且火势很大。我转过身子，走到门外，一阵风吹来，携带着细微的尘土和菜叶腐烂的味道，从鼻尖掠过。

站在树荫下，看着没多少行人的街道。我思绪纷乱，心里沉寂的水一下子被激荡开来。我有点儿羡慕许生：他怎么能找到这样美丽的女朋友呢？他在找对象，追女孩子的时候，我在做什么呢？想到这里，我不禁怀疑自己以前喜欢或者说尊崇的“安静”和“守纪”是不是有些荒唐和过分理想主义呢？

这个突如其来的念头，像是一场无来由的大风，把我内心最真实的欲望揭露了出来。在此之前，我确实没有认真想过爱情和婚姻。十七八岁的年龄，总以为还是小孩子，距离死去活来的爱情及深不见底的婚姻还有很远一段距离。可仅年长我一岁的许生居然展开了这奇妙而丰饶的情感旅程。

事实上，我也隐约觉得了某种无可逃避的本能和欲望——对于异性，我的渴念一点儿也不亚于许生。在巴丹吉林沙漠，有很多时候，我强烈地感到了生理、本能的强大，乃至内心情感的激越、浩荡。在无数梦境，星月临窗的黑夜，也曾一个人睁着眼睛，在内心幻想过许多美轮美奂的爱情奇遇。但当再一次醒来，这些泡沫式的思绪就被繁忙、逼仄的日常工作冲刷得了无踪影了。在错列成行的集体生活中，一个人，不过是一颗钉子，一个转动不停的齿轮。

可是，偶然的鼎新镇之行，闪电般地唤醒了我内心的风暴。我不得不承认，与许生恋爱的那位女子落落大方，大大的眼睛上方有着弯月一般的眉毛，高翘的鼻子下翕动着两瓣红艳艳的嘴唇；丰腴的身体到处都富于弹性，即便一个细微的动作，也都蕴含着说不清楚的妩媚。在外面站了一会儿，我觉得百无聊赖，咳嗽了一声，走进店里。此时，许生坐在理发椅子上，那女子伸出双手，把一些白色洗发精抹在他的头发上。

那女子努了努下巴，示意我坐下。我嗯了一声，坐在凳子上。那女子双手继续揉搓许生的头发。许生嘴巴也不闲着，与那女子说起自己的父母、家里的状况及以后的打算。那女子也有模有样地答着，每一句话都与许生不谋而合，格外投机。说到高兴处，两个人还不时发出愉快的笑声。

我再一次焦躁起来，心里腾起一团火焰。我知道那是恼怒，还有嫉妒。我起身，快步走出去，在树荫下站了一会儿，又觉得自己不应当这么暴躁。想进去解释，又觉得没有必要。转头到一家店铺买了一包香烟，狠狠地抽了几口，情绪才逐渐稳定下来。

这时的街道上突然热闹起来，不知从哪里来的小贩在路边依次摆开摊子，售卖衣服、蔬菜、小孩玩具、耗子药乃至各类蔬菜种子。路边成行的柳树不停摇着枝条。有摩托车不断呼啸来去，意气飞扬的小伙子后面大都载着浓妆艳抹的姑娘。

我低了一会儿头，心里像是被什么狠狠凿了一下，有一种不明所以的疼。沿街道向南，穿过低垂的树枝，举头可以看到终年洁白的祁连雪山，大片的阳光打在上面，反射出一种类似天堂的光。路过鼎新镇政府大门时，看到分立两旁的石狮子，忽然很气恼，抬起一只脚，狠狠踢了一下。

石狮子依旧威武，脚却疼得我龇牙咧嘴。又走了几步，看到一家照相馆，我几乎没怎么犹豫就跨了进去。迎面看到一个个子稍矮的男人，坐在桌子边鼓捣相机。不大的照相馆墙壁上挂满相片。矮个子男人说，这些都是他的手艺。我象征性地发出一声赞叹。浏览间，蓦然看到许生和那个女子的合影——许生的表情之间有一种说不出的自信和妥帖感。那女子的眼睛里似乎盛满了清水，叹一口气，似乎就能荡开无数涟漪。

我叹息一声，扭头走出来。扬起脑袋看天，那么高远又那么深邃，蓝得叫人心生嫉妒。快步穿过马路，走进了对面的新华书店。书店很小，各类教辅书籍占了大部分木架。我一眼掠过，在很偏僻的一个角落，蓦然看到斯文·赫定的《戈壁沙漠之谜》和《金塔史话》。

抓在手里，翻了几页，就决定买下来。走出新华书店，心情好了许多，跑到许生所在的理发店，掀帘进门，屋里空无一人。脑海里迅速闪过一个难以启齿却令人心神激荡的想法。我不知道该不该喊许生。在镜子前怔了一会儿，自己竟满头大汗，脸红得像个大灯笼，胸脯急剧起伏。正在这时，里屋的门吱呀而开，许生咧着满口的白牙探出脑袋，诡异地看了我一眼。

许生说，中午了，找个地方吃饭吧。我看了看他，又看看那个女子，大声说："那就吃饭呗！"那女子锁了店铺，胳膊套着许生，我走在他们身后。到一家饭店，苍蝇乱飞，食客倒是不少。许生说，这里的饭店没有大米炒菜，吃炒面吧。不一会儿，一个满身黑垢的中年妇女为我们一一端来了大碗炒面，还有一份黑色面汤。

吃饭时，许生和那女子挨得很近，让我想起"耳鬓厮磨"这个形容两情相悦的词语，我也感到了一种莫名的孤单。从饭馆出来，许生提议说去弱水河边走走，我开始不想去，许生和那个女子一再邀请，只好硬着头皮跟了去。

穿过人群，路面换成土石，成行的杨树一字排开。再后来是一片不宽的戈壁滩，长着稀疏的骆驼草、马兰和沙篷。头顶的太阳像是一支硕大的聚光灯管，把所用的光热都倾泻在我们头上。我满头大汗，许生和那个女子却兴致盎然，你帮我遮阳，我帮你擦汗。

我再一次感到了愤怒，大喊一声，提着两本书，向不远处的弱水河狂奔。气喘吁吁地钻进扭曲但茂密的沙枣树林里，只见一道宽阔的河床划开巨大的戈壁，不多的流水无声无息，在近岸小水道里缓缓流淌。对面隐约着几座低矮村庄，孤立成片的杨树将它们亲切地围在其中。

河堤上到处都是枝条泛红的红柳树丛，走近水流，可以听到细微，甚至有些悦耳的鸣声。许生和那个女子站在一起，与我相距上百米，小声说着什么。这使我再一次觉得了一种不可言状的孤单感觉，一个人沿着弱水河岸走进一片胡杨树林——枝叶大都干枯了，但仍旧高举。还有不少新生的叶子稀稀落落地附在活着的枝上，在风中不停抖动。

不远处的草滩上，落着几只黑颈鹤，见我来到，忽地一声，展开翅膀飞上了炙热的空中。一片水潭，不断有鱼儿冒起的水泡，珍珠一样闪亮。

我从没想到，沙漠里竟然还有这么美丽的地方。除去了因嫉妒而导致的愤怒、幽怨，自然的美景是对孤独者内心最真实和有效的抚慰。日落时分，坐在回单位的班车上，打开《戈壁沙漠之谜》,从第一页看起。到单位,夜色已经漫进眼眶。草草吃过晚饭,躺在床上继续读。

鼎新镇从前的名字叫毛目，民国时期还设立过县政府。斯文·赫定在书中写道:“毛目县的邮局局长来这里（指斯文·赫定等人当时在额济纳设立的气象站)旅行,少校希望跟他谈谈,想与他协商气象站和小镇之间的邮政关系。”此外,斯文·赫定还说:“从气象站出发,骑一匹快马,到毛目也得 4 天时间。到肃州(酒泉)8 天路程。”此外,我还得知,毛目(鼎新)出自匈奴语。曾是乌孙、大月氏和匈奴的领地。我看到的弱水河(当地人称作黑河)之名出自《山海经·海内西经》,唐代诗人杜牧有诗:“昭君墓前多青草,弱水河畔尽飞舟。”弱水河的尽头是居延海(今额济纳境内)。

我浑然忘了一天的不快，内心反而滋生出一种极其美妙的感觉,不由自主地产生了许多虚无缥缈却美丽绝伦的旖旎联想:古老、类似神话的弱水河、有邮局的县城毛目、斯文·赫定的探险队、额济纳土尔扈特王子、活佛乃至有毒的蜘蛛蝎子等,就像置身于一个充满神性的梦境一样，从里到外都觉得有一种活泼的灵性。

关掉台灯，看着窗外的夜幕——满天的星斗在风中纹丝不动。凌晨醒来,我还在想昨天的事情,忽然觉得,许生和那个女子的快乐和幸福,与我在书中的发现,其实都是幸福的瞬间,只不过,前者贴近心灵,后者是一种浪漫精神的抚慰。

几天后,许生又打电话来,问我这个周末还去不去鼎新。我开始说不想去了,忽又想起书中的那些记载,就又改口说去。当晚，和几个同事聊起去鼎新镇的情景，都觉得很美好。同事中一个同乡说，许生在这里谈对象的事儿大家基本上都知道。还告诉我说，许生谈的对象叫赵晓莉，家在酒泉市，父母都是做生意的。

再次去到鼎新镇，除了想在物是人非的街道上找出斯文·赫定记叙的某些蛛丝马迹外，心里又多了一件事——眼睛像狼一样在街道上巡视，内心十分强烈地渴望奇迹。许生似乎也看出了我的心事，用明显的优胜者口吻说："不要急，这事儿是讲缘分的。缘分到了，十匹马也拉不住，缘分没到，十万伏的电压也还是白搭。"

那个女子——赵晓莉，也附和许生的说法，令我再一次感到沮丧。赵晓莉咯咯笑了几声说："杨大哥，这事急不得，要是遇到漂亮的，我保准给你介绍，做红娘。"我说我根本没那个心思，只是看看现在的鼎新镇，究竟在哪儿和以前的毛目城不一样。许生和赵晓莉听了，相互看了看，又一起笑了起来。

三个人走在鼎新的街上，我真的想起了"毛目"这个名字及斯文·赫定书中的那些记载，蓦然觉得一种恍如隔世之感，也对这个偏僻简陋的小镇有了和从前不一样的感觉和看法。时间真是可以消弭一切。上百年过去了，那些人及其痕迹都已荡然无存，唯独文字和传说，还在世间流传。

下午，租车去弱水河右岸，一个小时后，到达鼎新镇对面的天仓乡政府所在地。去商店买水时，我忽然发现售货的女子很美，二十岁左右，个子不高，脸色白皙如玉，清秀的眉目间漾着一股玲珑剔透的青春气息。我一下子愣住了，目不转睛地看，浑然忘了自己身处何地，要做什么——她好像觉察到了，猛然把头转向黑白电视屏幕。

许生叫我名字，我“哦”了一声，收回目光，拿货，付钱。退出商店的时候，差点儿被门槛绊倒。许生和赵晓莉看到，站在对面树荫下咯咯笑。我走过去，把水递给他们，然后转过脸来，却发现，那个女子斜倚在门框上，看似无意地朝我们看。我的心一阵狂跳，像是傻了一样，站在原地，看着那位女子。

许生和赵晓莉似乎知道了什么，止住笑声。赵晓莉说，先去看烽火台，回来再想法儿接近不迟。许生应了一声，拉了一下我。我扭转头，跟在他们身后。走过一道秃岭，再上到另一道岭上，回身再看，那女子已不再斜倚门框了。我想，她可能在屋里。赵晓莉笑着对许生说：“看，杨大哥魂儿都没了。”

气喘吁吁地在依旧完好的汉代烽火台下站定，俯瞰之下，天仓乡政府及周边村庄蓦然小了许多，若不是成片的杨树，就像是一堆磐石。

身边这座烽火台夯土版筑，成堆的黄泥间夹杂着一层层芦苇秆，还嵌了数块长约五米的木板。沿一边的坑槽爬上烽火台顶部，本来不怎么猛烈的漠风陡然雄浑起来，呼呼地在耳边咆哮，吹得人站立不稳。放眼戈壁，阔大无际，寂寥而苍茫。远处，蠕动的骆驼像是奇怪的石头，巨大的河床泛着黑黝黝的光，白色的流水如同洁白的腰带，在焦躁的沙漠戈壁当中细蛇一样曲折缠绕。

再向北，蒙恬、张骞、霍去病、晋高僧、唐玄奘等人当年走过的路上，散落着更多的烽火台，西汉设立的肩水金关、地湾城、大湾城分别散落在弱水河两岸——斯文·赫定等人曾在此挖掘并带走了大量汉简、瓷器、陶罐和佛像。与初始印象不同，我觉得，沙漠并不贫瘠和荒芜，虽然到处充满干渴和死亡威胁，在人类文明史上，沙漠及其创造和诞生的文化也是其中不可或缺的重要组成部分。

在烽火台上向下张望、感喟一番，急匆匆地返回天仓村，我就又跑进了刚才的那家商店，在面前出现的却是一位六十多岁的老太太，心骤然冰凉，瞬间坠入雪谷。我站在空地上，脑袋一片空白。老太太问了几声，我似乎听到了，又似乎没有听到。胡乱买了几瓶饮料和矿泉水，低着脑袋走了出来。

许生从我表情中得知了什么。赵晓莉快步走过去，在商店里转了一圈儿，也脸色沮丧着回来了。许生没有说话，拧开矿泉水瓶盖，扬着脖子灌了半瓶。

坐在返程的车上，谁都没有说话。好久，赵晓莉问司机那个商店的女孩子是哪里人。司机说："那个商店嘛，是国光村李长文开的，咱们回鼎新正好路过。"赵晓莉扭头看了看我，我点了点头。

国光村和其他村庄没什么两样，房前屋后栽满苹果梨树，各家门前也都有一片绿油油的葡萄架。几个人端着饭碗蹲在阴凉处吃，几个孩子带着一身尘土在不宽的街道上狂追猛跑。车子还没停稳，孩子们就呼啸而来，有一些成年人也站起身来，看我们这几个不速之客。

许生和赵晓莉就抢在前面，询问一个胡子长长的老人。老人扬起手，朝北边一座四合院指了指。赵晓莉和许生拉着手跑过去，敲开了李长文家的门。我跟在他们身后进到院子里，心里又高兴又害怕。

接待我们的是一个年届七十的老人，许生旁敲侧击地询问了老人家里的状况,又问老人商店里的那个女孩子在家不。赵晓莉嫌许生问得直接,抢过话头儿说她在鼎新镇开了一个理发店,正缺人手……老人抖着满嘴唇的白胡须说:“兰兰刚走。”赵晓莉问:“去哪儿了?”老人说,兰州。许生问:“在兰州工作还是……”老人说:“俺兰兰在兰州上大学嗫——”我浑身软了一下,差点儿跌倒。许生和赵晓莉相互使了个眼色,我知道他们的意思,没说一句话,就出了老人家院门。上车的时候,我特意多站了一会儿,把这个村庄,尤其是兰兰的家又看了好一阵子:我想把它刻在心里,一辈子都不忘掉。

沉默了一会儿后,赵晓莉和许生说起有关鼎新镇的一些趣事。赵晓莉说,天仓这地方以前有很多红狐,就住在附近的合黎山。有一年,一个小伙子去山里挖沙葱(巴丹吉林沙漠附近戈壁盛产的野生植物,煮熟后凉拌吃,味道极鲜美)和锁阳(野生于沙漠戈壁,零下20摄氏度生长最宜,生长之处不积雪、地不冻,具有补肾,滑肠、强腰膝的功用,主治男子阳痿、女子不孕、血枯便秘、腰膝痿弱)突遇沙尘暴,流沙吹袭,沙丘移动。大风过后,村人都以为他不可能生还,正在办丧事的时候,那个小伙子突然返回,还带着一个美貌的女子。

那个美貌女子与那个小伙子一起生活了很多年。小伙子变老,死去的次日,女子也失踪了,就连他们的三个女儿也都不见了踪影。还有一个更离奇的故事说,弱水河边有一种奇怪的草,俗名经叶子,据说是唐玄奘到西天取经路过弱水河时,胯下白马打了一个趔趄,背匣里一页经卷掉在水中,衍生出这种草。中毒的人喝了经叶子草煎的水后,可以起死回生。

我不知道这两个故事是真是假，赵晓莉说这些，原意是安慰我。可我听了，却无端地悲伤起来。前一个故事像是一个梦境，后者像是一个传说，诸如此类的故事在大地上俯拾皆是，而它们所包含的美好情愫及愿望，却使我真切地感到了一种虚无的缥缈感甚至无可接近的疼痛。

或许是我太渴望一见钟情，或许只是想像许生那样，有一个相爱的异性，简单而又真实、温暖地在沙漠中相依相伴——我也不知道自己为什么刹那间喜欢上一个陌生的女孩子，也不知道喜欢她什么，更不知道她是否会喜欢我……再后来，我一个人，先后去了国光村十多次，可再也没有见到过那个叫兰兰的女孩子。

我觉得，兰兰像是一个传说，或者神话中那只美丽的红狐，她给我的美的感觉和渴望只是一瞬……我去的那些年，兰兰也回来过几次，可就是阴差阳错，我再也无缘见到她——对她而言，只有一面之缘的我，可能早已灰飞烟灭了。要不然，她一定会让我在国光村见到的。

这一年冬天，赵晓莉结束了在鼎新镇的理发生意，回到酒泉。第二年夏天，许生带我和几个老乡去过赵晓莉家。赵晓莉做了一顿丰盛的晚餐，和我们几个老乡一起吃喝玩笑。再两年后，我去上海上学。等再次回到巴丹吉林沙漠，许生早已离开，也没有留下联系方式。有一次，在酒泉街道上看到一个女子，特别像当年的赵晓莉，穿着一件黑色长裙，牵着一个五岁多的孩子，蝴蝶一样飞过，我怔了一会儿，张了张嘴，也还是没有叫出声音。

2003 年夏末，忽然收到一封发自署名尕兰的人的挂号信，把我的地址写得极其笼统，若不是当地邮局有个同乡，恐怕都难以收到。尕兰在信中说到一些令人哀婉的个人经历及颓废的人生感悟。阅读间，心神凄怆。“十一”长假，我专门去了一趟兰州，在黄河铁桥西岸的花圃边，一个人徘徊了两天，也没有见到那个署名尕兰的人。

又几年过去了，现在的鼎新镇越来越像镇子了，路边的村庄突然竖起了一排排整齐划一的楼房，铁门铁窗，院子里还种了葡萄、草莓和桑葚，不知名的花朵香味芬芳。鼎新镇内，不断崛起的楼房逐渐代替了黄土房屋，街道重新铺过，还搞了绿化。有一次去，看到一个老人也拿着手机接听电话；店铺增添了好多，广告牌也多了高了。站在新修的弱水大桥上，看着流水上飞驰的黄叶，想起旧年情境，忍不住感伤，也忍不住拍拍栏杆，扬起脑袋，看着天空中丝绸般的流云，再一次觉得了天地的苍茫、人生的匆促，不由重重叹息，想起一面之缘的兰兰，不知结局的许生和赵晓莉，还有消失的青春岁月……一时间恍然如梦。

黄沙深处额济纳

从河西走廊的酒泉向北，穿过金塔盆地，沿着在戈壁大漠时隐时现的弱水河，车子穿行在戈壁与村镇之间，尔后进入巴丹吉林沙漠。道路的尽头是额济纳，全程396公里。西汉元狩二年（前121年），骠骑将军霍去病从贺兰山进入河西走廊，接应归降于西汉的匈奴浑邪王和休屠王所部。自此，这个先为乌孙所占据，后被大月氏、匈奴接连攻占的地方，也和著名的河西四郡（武威、张掖、酒泉、敦煌）一起被纳入西汉版图。“居延”这个名字出自于匈奴语（居延，同今日蒙古语“乞颜”，为“隐幽”之意）。唐中期居延地区设立了安北都护府和宁寇军，后为西夏占据，设立黑水镇燕军司，地点即在今额济纳黑城遗址。

西夏败亡之后，元在此设立亦集乃路总管府。著名旅行家马可波罗曾经在《马可波罗游记》中对额济纳有如下记载：“从甘州城出发，骑行十六天，就到了亦集乃城。该城在荒漠戈壁的边界，隶属于唐古特州，居民都是偶像教徒，大多有骆驼和各种家畜，以农业和畜牧业为生，但他们并不从事商业活动。当地聚居着大量的鹰。旅行之人最好在该城预备好四十天的干粮，因为离开此城之后，向北走就进入了沙漠。前行四十天，冬季酷寒无比，沿途荒无人烟，也不见任何草木；只有夏季的时候才偶尔看见有人，也能看见野兽的足迹，因为有几处小松林。”

对于此地，我异常熟悉。2006年“十一”放假，外地几位朋友来，我陪同前往。车子驶到大树里营区之外，所有过客例行检查。我们把各自的身份证递给司机。没事儿的人站在车子外面，顶着阳光抽烟，或者举着塑料瓶子小口喝水。再向北，穿过弱水河畔的酒泉卫星发射中心，道路两边忽然开阔起来。路过狼心山，我想到匈奴的壶衍醍单于。公元前87年，他率领的军团行至这一带，突然遭遇暴风雪，一夜之后，冻死者成千上万，又遭到祁连将军田广明率军进击。那一次，匈奴彻底失去了再度称雄西域的实力和机遇，在西汉的强力打击和围堵之中，慢慢龟缩，慢慢地由统一走向分裂。

从远处来到的朋友们听我这样说，讶问我是不是对匈奴和这一片地域的历史了解得比较透彻。我笑了笑说，一个人必须要了解他所在地域的历史及其文化，这是一种素质的体现。他们说有道理。但是，很多人对自己所在地域的历史文化是熟视无睹的。这种近者无知，或者熟者无意地忽略，都是必然的。

若即若离地沿着弱水河向额济纳奔驰，路上随处可见车辆。从车牌看，几乎囊括了整个中国的城市。似乎全世界的人都知道，每年10月中旬，是孤悬巴丹吉林沙漠深处的阿拉善高原的额济纳最美、最迷人的时节。该地自从2000年举办首届胡杨节以来，每年10月，都有大批外地游客到来，当然也包括从南美洲、西欧、东欧以及亚洲文化圈来到这里的人。因为久居此地或者说尝惯了沙漠的孤寂与寥落，起初，见大批人涌入，觉得是一种吸引的快乐，也是诱惑的结果。

慢慢发现，这些人来到不足两万人的额济纳，只是一种浏览，一饱眼福与对美景的摄取。当他们疲倦了，或者看够了，转身离开，把原来的额济纳仍旧还给额济纳之后，还要把一些东西留下来。除了经济上的获得，其他没有一件值得珍藏的。这就是泛泛旅游尴尬之处。这一次，远方朋友们来，要我陪着一起去额济纳，其性质也是一样。其中些微不同的是，我已经去过很多次，他们第一次来。他们个个心情欣悦，满眼好奇，我则是轻车熟路地顺从。这样的旅行于我个人最大的快乐，就是我可以从经年累月的某种境地中解脱出来，到天似穹庐，胡杨灿烂的额济纳去解放一下身心，使得灵魂在无拘无束当中得到一种自由和安妥。

沿途都是无边无际的戈壁大漠，戈壁坚硬，无数的沙砾堆在一起，仿佛大地的盔甲。黄色沙丘连绵的沙漠则在远处，以惨白或金黄的色泽，使得天空和四周的一切愈发空旷寂寥。越来越近中午了，车里人多，再加上太阳当头，无遮无拦，热得全身出汗。大家谈兴不减。偶尔有人发出惊呼，有人感叹，看着窗外的天空，惊奇地说：“这天空真的像是一口井，越是接近额济纳，越是幽深。”有人说，这天空蓝得让人没有话说，甚至想到宁静的死亡，还有悟禅得道的大境界。有人说，这么干旱的地方，居然还有草，还浑身绿色。我说，每一块泥土都有自己的用处，植物们也是，气候和地质造就它们的形态和脾性，就像阿拉善高原的双峰驼。

到建国营附近，窄小坑洼的马路两边有了成堆的红柳树丛，一些不知今夕是何年的沙枣树枝干弯曲，浑身皲裂，即使浑身枯枝，仍旧有青苍的枝条在空中沐浴阳光。我说，这是沙漠中最坚韧的植物了，它们跨越的时间甚至比人类历史还要漫长。我又说，我们单位组织种树的时候，总是先种些红柳和沙枣树，它们一旦枝繁叶茂，再种植杨树或松树，成活率非常高。正在说话间，路过一座桥，桥下是弱水河。司马迁《史记·夏本纪》中记载：“弱水至于合黎，余波入于流沙。”其中的“弱水”便是此弱水，流沙便是巴丹吉林沙漠的古称。可在此时，弱水河基本上是干涸的，只有一道细波，青蛇一样在幽深的河道里蜿蜒。偶尔可以看到小片的芦苇地，贴附在河岸上，短刺一样的叶子相互摩挲。正在发白的苇花犹如将军头盔上骄傲的盔缨。偶尔有一些野鸭，从稀少的海子当中拔身而起，在蓝色天空中划出一道闪光的弧线。

到了额济纳旗政府所在地达来呼布镇外围，戈壁照旧浩大，四野空茫。这沙漠中的微小绿洲，有一些世外桃源的意味。我没想到的是，这些年来，身处巴丹吉林沙漠的额济纳也变了模样，从外观上看，它已经不再如三年前一般简陋了。新式楼房，拓宽的马路，更多的车辆和行人，乃至更多的服务点。我忍不住惊愕，想到，经济的力量是强大的，至少可以让一个城市在外表上改变。但是，相对于外地人，我知道，额济纳的生态环境远没有这座城市的外在表现那样让人乐观，沙漠已经吞噬了它外围更多的草场和村庄。记得是 1998 年，我第一次来到额济纳，正值冬天，在达来呼布镇南侧，额济纳旗中学背后，看到沙子已经堆在了居民家的门口，他们用红柳编制了一道防沙线，成堆的沙子一天天增高，人们再把它们用架子车或者拖拉机运出去。

还有一年，到额济纳所属的古日乃草场，除了不高的芦苇，几乎没有其他草了。窄小的领地里，羊群被大大地抬高，善奔的蒙古马还没有展开驰骋，迎面就被耸立的沙丘阻挡住了它们矫健、奔腾的铁蹄。据《元史·地理志》记载:“亦集乃路在甘州北一千五百里,城东北有大泽,西北俱接沙碛,乃汉之西海郡居延故城。”

到了镇子里,街边的饭店基本爆满,随处可见熟悉的出租车司机开着车,载着外地人,或者同单位的人。我们找地方吃饭,饭店不是太干净,苍蝇飞舞,各种垃圾上面盖着一层灰土或者油垢。但饥饿是锐不可当的。同行的朋友有的吃面,有的吃米饭。我虽是北方人,但从来不喜欢面食,与北方那种面食氛围格格不入。出来后,天色向晚,驱车到弱水河边,迎面看到黄色的胡杨树。车上有人惊呼,有人发出由衷的赞叹。

临河的胡杨树在大面积的水中映出倒影,金色夕阳与色彩斑斓的胡杨相互映照。在胡杨面前,所有的颜色都失去了光泽,所有的目光都被金子般层叠的叶片所吸引。站在桥边,我想到,这金色的林帐,不就是传说中的黄金宫殿吗?不就是历史黎明时期乌孙、月氏和匈奴王在额济纳的黄金甲帐吗?一个人在如此庞大的、纯粹的黄之间,比蚂蚁和沙粒还要微小,所有绚烂的梦想都是苍白的,一阵风都可以戳穿。

同行的朋友临水照相,背景是灿烂的胡杨。夜幕降临之时,我看到大面积的黑,正在与胡杨的金黄对抗,互不相让。坐在胡杨下温热的沙子上,我似乎能够体验到整个沙漠的体温,以至于心里恍然觉得,人和大漠已经连为一体了。朋友说,大地如此充满激情和包容,在旷古荒寂之地,伟大的地神让不朽的胡杨用它们灿烂的叶子将自己内在的激情梦想吐露出来,这显然是一种诗意的形式,而且也是美极了的。尽管,胡杨叶子的黄,只有短短的一个月，可再短的灿烂也是一种照耀，更是表达。正如泰戈尔所言，“生如夏花之灿烂，死如秋叶之静美”，在额济纳，这种意境直截了当。想到这里，我忽然眼泪横流，有一种说不清楚的感动情绪，从内到外，热血一样涌动。

趁着夜幕，在回住处的路上，我坐在车上，用手机写道：

这一切比我想象得更美，当夜色隆重
黄金从不败退。更多的沙子之上
簇拥起的是这世上最安静的良心
和梦想。可惜我只能在一角或者下面坐坐
举着脑袋看着星空，把此刻之外的一切人生
还有纠缠不休的奇怪欲望，像一只甲虫
把身体压进泥土，把纯粹的灵魂
放置在微水静波，乃至黄昏的额济纳风声之上。

因为去得仓促，没有提前预订宾馆和旅店，在人满为患的额济纳，晚上，我们只能住在当地农民家里。其中有土炕，还有木床。主人家早早收拾好了，我们坐下来喝酒。几瓶子下去开始唱歌。领头的是一位裕固族人。他从肃南来，歌声高亢，嘹亮出奇。那一个夜晚，朋友们都很癫狂。我也是，感觉就像是刚刚脱离牢狱的囚犯，一个受惯了父母溺爱与管束而首次独自远行的孩子。有点儿忘乎所以，还有些丑陋甚至不明所以的放浪。深夜，分男女各自睡下，我怎么也睡不着。嗅着木床上氤氲的浓郁的柴火味道，听着旁边同伴此起彼伏的呼噜声。我忽然觉得，这种状态似乎是我们每个人生命历程之中异常罕见的。更多的时候，我们一本正经，道貌岸然，比圣人还要君子，比君子还要矜持，而现在，因为异地和异地的酒，乃至额济纳的黄昏，一切都被剥蚀掉了，除了肉体，余下的，才是最为本真和实在的自己，抑或我们原本就是这样的人。

第二天早上醒来，阳光已经铺满院落，黄瓜和西葫芦等蔬菜正在开花，青色的蔓秧沿着架好的木质支架攀援而上，叶子在风中微微摇晃。我想，这一生当中，人要是没有那么多的欲望(还有义务和责任)，就可以直接住在额济纳，养花弄草，散淡生活，如每年十月份之外的胡杨，在僻静的沙漠深处，优哉游哉地过这种隐居的生活。

到街上吃饭。那么多人，拥挤着，甚至有些争抢的意味，连吃一碗牛肉面都要排好长时间的队，有几个男游客，竟然跑到厨房，自己下手捞面。我始终站着，昨夜的酒意还没散去，是那种浑身轻飘飘的晕眩。挨到了，吃了几口半生不熟的牛肉面，喝尽了汤，才觉得肠胃好受一点儿。几个人再次走进胡杨林深处，阳光消失，取而代之的是黄色的浓荫，将整个身心透明地包裹起来。走在松软的沙子上，感觉脚下就像是肥厚的地毯。遮天蔽日的胡杨叶子整齐灿烂，黄得让人觉得那就是传说中的黄金宝库。静下心来听听，叶子们在相互击打，发出清脆的黄金碰撞的声音。

走得累了，坐在枯树桩上，汗水当中充满灰土。再坐一会儿，觉得浑身发凉。而林帐之外，阳光爆裂，草木发蔫。我说，晚上在这里扎一顶帐篷，再来几瓶美酒，还有开水和茶叶，肯定比住在宾馆更舒服，也更诗意。我还说，要是有最爱的人，一定要在这里露宿几个晚上，在胡杨林间的拥抱是世上最纯粹的拥抱，在夜晚的胡杨林里肌肤相亲是世上最美好的天伦人欲。朋友们说到诗歌：大喧哗和大宁静，大悲哀与大幸福，其实都可能在同一种境界乃至同一颗灵魂完成，绝不用借贷其他形式及物质。

我还忽然想到：世间纯粹的爱情有几个？所谓的爱除了责任和义务，只剩欲望和本能。在这个时代，梦想已经丧失殆尽，美好多是用物质堆积和补充起来的。这是悲哀的。一个人独坐在灿烂的胡杨叶下，我感觉到一种自我放逐的美好。我们本来一无所有，那些所有，都是暂时的，流转的，包括生命和生活本身。一个人最终能够留住并且绝对属于自己的，唯有这具肉体及其在尘世的种种摩擦和遭际而已。我抓起一根枯枝，在地上画了一个圆圈，再画一个自己的肖像。我发现，在更多时候，一个人只有在可以随意自我放置的时候，他才会获得人性深处那种幽谧的快感。唯有这份快感，才是属于他自己的，也永不会被他者分享或取代。

去策克口岸，铁丝网内外，两个国度，同样的戈壁。在界碑前，我再一次真实地感到了祖国，还有领地的意义。而且，我还感到了作为一个中国人的安心与骄傲。遥望的蒙古国，天空中白云成堆，如各种猛兽与神仙驾乘。只觉得，天空真是神妙，云霓总是可以幻化出更多的景观与形象。沿着戈壁公路，再到居延海，我发现，这片深陷于大戈壁的水泊之地，当年王维、胡曾写诗的地方，居然是如此的安静与平淡。岸边芦苇一人多高，发白的苇花随风摇曳，捕鱼和喂食的木船惊飞在深处闲游的野鸭。临水站定，水意弥漫，笼罩周身。中心的岛上，长着许多青草，倒映在水中，犹如仙境，美轮美奂。

向北山顶上，有一座敖包，经幡不断翻飞。无数的流沙，像是长蛇一般，软软而又迅速地沿着山坡沟槽，向下蹦腾滑进。整体看，似乎俯冲的兵团、杀戮的战阵。再看看日益缩小的居延海，我感到了一种不安。或者说，这种周而复始的填埋运动就像某种人生，不断地涨溢，不断地失去。正如老子《道德经》所说："曲则全，枉则直；洼则盈，敝则新；少则多，多则惑。"坐在唯一的房屋阴凉中，朋友说，居延海竟然如此的美，要是周边有草木和沃土，风沙少一些，在这里建房而居，消耗一生，肯定是一种理想境界。

我说，当年的老子"骑青牛出函谷关，没入流沙"，性学鼻祖彭铿也在这里修道。当然还有约会西王母的周穆王，也与居延海有联系。即使"毋文书，以言语为约束"的匈奴及先前的乌孙、月氏等先民，也都在与额济纳渊源深厚。这额济纳本身就出自匈奴语，也是至今唯一保留的一个匈奴语地理名字。诗人海子也有一首诗的副题为《献给萍水相逢的额济纳姑娘》。说到这里，一位朋友说，我们每个人现场写一首诗吧，献给这次旅行，也献给额济纳和居延海，还有我们自己。我第一个响应，站起身来，面对湖水，背对流沙，在手机上再次写道：

不过是上苍的一滴眼泪，不过是一杯水
被沙漠及其尘沙围困。我能看到的只是水面
吃水很深的芦苇、野鸭，以及尘世当中最大的良心
我只是看到了，到此一游
像一个肤浅的登徒子，一个没良心的小情人
在居延海及额济纳放置的路途之间

将生命的一厘米，灵魂的一点谷粒
消耗殆尽。最终把这一具尚还鲜活的皮囊
原封不动地带到来的地方去
可我还是孤独的，在偌大的巴丹吉林沙漠当中
我总是一次次把自己丢掉，再从远处捡起
如同在额济纳，从胡杨林到居延海

中间横着的是无尽的时间，还有宽阔的孤独与身不由己的伤悲。

回程路上，苏泊淖尔附近的村子路边的红柳刚刚开花，连绵起伏，紫色的花朵和枝干像血一样红。到黑城外围看到怪树林，万千倒毙的胡杨树，只剩下一根根干枯的躯干，形成各种姿势，这种景象，在夕阳之中，犹如肃杀的古战场，杀戮之后的沃血之地。有好事文人总结说："胡杨生而千年不倒，倒而千年不朽。"这种夸张的说法是有误导性的。其实，倒毙的胡杨树桩是一点点风化的，干燥的地表根本容不得任何腐烂之物。这也是巴丹吉林沙漠最为干净的一点，若是动物，凭借自身水分和血液，腐烂后骨架仍旧是完整的。

到黑城，这一座古城，早已残垣断壁，黄沙堆涌，以寂寥的废墟的形式孤立在沙漠之中。这时候，我才发现，这里的胡杨林其实就是另一个额济纳，黑城的孤独与巴丹吉林沙漠心心相印。相对于居延海、胡杨林和策克口岸，黑城的游客很少，来的大都知道这是居延汉简的重要出土地，其与安阳殷墟、敦煌遗书并称为20世纪初东方文明三大发现。当年的伯希和、斯坦因、科兹洛夫

等人曾在此发掘并运走了大量居延汉简及西夏文物。除了成堆的黄沙，城中遗留了一些动物骸骨，房屋地基明显，只是不见了任何建筑，唯有西北角的三座清真寺塔基本完好，东南角还有两座僧侣的坟茔和一座依旧保证原貌的佛教寺庙。

站在城墙的垛口上，只觉得风声如雷，夕阳余晖横扫大漠。头顶天似深井，四周空阔浩茫。这才是真正的孤独。古建筑与风沙抗衡，日复一日地被时间清洗。历朝历代在此戍边的将士与好像真的到此一游的马可·波罗也都没有了踪影。浩浩天地之间，唯有大团大团的苍茫，在戈壁大漠兀自沉寂与升腾。在城内行走，有人渴望见到某件文物或者器皿，有人低声喟叹。我坐下来，夕阳在前面画出一个独坐的轮廓，像一尊雕塑。我想，要是有人在此雕像，肯定有一种非凡的意味。在古迹之中，所有的过往都深不可测，而今人的加入，从某种程度上说，似乎是时间的一个站点，再过很多年后，后世人看到，肯定也会以为这是古迹的一部分。

迎着夕阳，戈壁一片辉煌，原本铁青色的沙子，也好似金黄的胡杨叶子，匍匐无际而又灿烂异常。到狼心山，看到祁连积雪，以及它头顶的带黑边的云朵，忽然想起“青海长云暗雪山”这句诗。这种境界是阔大、高绝的，今人似乎再也不会写出了。坐在车厢里面，我感到一种深深的孤独，虽然有这么多同行的朋友，可我还是孤独，无法排解，更无法说出，就像是一根难以拔除的灵魂之刺，时时隐隐地疼。

我想到，两天时间的额济纳，其实一切都是孤独的。在四万平方公里的巴丹吉林沙漠的包围之中，它是深陷的人间绿洲，是中国仅存的极稀少的胡杨树的容身之地，也是弱水河的终流之地。最热闹的就是每年十月,剩下的时间,似乎没有什么人如此密集地访问,自发地来看望它。在黄沙和风暴当中,额济纳独自存在。就像我,在额济纳一侧的戈壁边缘,庞大的集体中,我也是一个孤独的存在。只有我自己了解自己的内心和灵魂,只有那么几个人从不忽视我的任何生命迹象。剩下的,便是如额济纳一般的孤独。

我们奔驰到一个名叫大树里的地方的时候,一个身材壮硕的男人要求搭乘我们的车。从面目看,是蒙古族人。他说他是古日乃牧民,叫巴图。我说我去过那里。他热情起来。我说那地方没有多少人,住久了很孤独。他"嗯"了一声,用甘肃酒泉当地方言说,其实嘛,哪儿都一样。就是别人看、想的时候不一样,其实好不好,无聊不无聊,自个儿知道就行了。

到我所在单位大门口,与朋友挥别,进了大门,我忽然发现,刚才的那个自己忽然间消失了,取而代之的是三天前的那个自己。我努力调整自己的心态,想着未完的工作,应当见的人、说的话,还有要做的各种公事私事。黑夜降临,路边的植物只剩下黑色的一团或者一些轮廓。街灯亮起来了,照常散步的同事迎面而过,有的打招呼,有的不打。我急匆匆地向自己住的地方走,直到进入门洞,才松了一口气。我知道,在自己家里,一切才都是可触可摸的。在额济纳的那些孤独,尽管有些灿若黄金,但总归是暗淡的;尽管有些深刻,但终究会是瞬间明灭的。这种感觉于我而言,犹如法国诗人博纳富瓦在《正义》一诗中所表达的状态与意境:"而你,而荒凉!把你的黑桌布/铺得更低些。渗到这心里让它无法停止/你的寂静像一桩雄伟的事业。"(树才译)

母亲的沙漠生活

看着列车越来越快，直到消失不见。返回市区，我就去吃饭了。点了一个菜，要了一碗鸡蛋汤，心里却沮丧莫名，头脑混乱，又要了一杯啤酒，打开，也喝不下去。虽然有朋友和母亲一道儿回故乡去，可我的心情依旧灰暗。把朋友的电话连续拨了好几次，说不在服务区，直到午夜的时候，电话打通了，母亲一上车就哭，鼻涕眼泪满脸都是。又晕了车，吐了好多。

我记得，母亲来的那天，也是黑夜，在车站，除了灯光和出行、回家的人们，只有全身癫狂的风，在站台、铁轨和停靠的列车之间，途经我脸庞的时候，掀起一片疼痛。

列车停稳，母亲还没有出现，我紧张地在站台上跑了一个来回，在 13 号车厢门口听见一声呵斥，乘务员正在掀起门前的盖子，母亲不知，也急着要下车。乘务员喝骂她，她也不敢吱声，满脸的慌乱。

我急忙跑过去，喊了一声“娘”。接了包裹，扶母亲下车。

走到我租的黑色桑塔纳轿车面前，母亲顿了一下，埋怨我不该租这么好的车，坐啥车都能到家。我说：“娘，你好不容易来一趟，花钱就花点儿吧。”母亲转了话题，叙说起家里和村里的情况。母亲说：“杨铁壮家养鸡发了大财；杨志岱偷锯了咱家的两棵大杨树；你大姨的高血压一天比一天重；二舅瘫痪在床整整六年了，要不是你妗子(舅母)是原配的话，早就……”我听着，偶尔插上一句。

到家的时候，已是深夜11时了。刚一进门，母亲就扔下包裹，跑到卧室里面，趴在酣睡的孙子旁边，伸出长满白茧、裂着几道口子的手，摸着孙子的脸蛋，堆着满脸的笑容连连说：“俺孩子好看得就像花儿一样。”

母亲没有睡意，一定要等孙子醒了说几句话，虽然听不懂，母亲还是要等。儿子没醒，母亲就又说起了家里和村里的事情：村子里的地一年比一年少，人口越来越多。我经年在外，总是在电话中聆听和得知这些事情。正在这时，儿子醒了，哼哼唧唧，就要哭出声来。母亲快步跑过去。在我的记忆里，母亲的脸从来没有如此舒展过，深深浅浅的皱纹被笑容拉平了。母亲不断摸着孙子的手脚，说这脚长得好看呀，这手就像嫩藕。还说，看了寄回去的相片，当时不敢相信咱们杨家能生出这样俊美的孩子。这下可是眼见为实了。母亲的欣喜感染了我，小屋里面漾着巴丹吉林沙漠冬天少有的温暖。

这是母亲平生第二次来到我从军的巴丹吉林沙漠军营，第一次，是我结婚，弟弟陪着她来的，住了七八天就回去了。

第二天早上，儿子还没有醒来，母亲就趴在了他的面前，一个劲儿地端详。儿子醒来之后，看到陌生的脸，似乎害怕，哇地哭了。小家伙儿一边吃奶，一边扭头看着我母亲，即他奶奶，眼睛里面闪着不确定的光。我说：“这是奶奶，大老远的专门来这里看你。”母亲抓住孙子的手，不住地摩挲着。小家伙喉头一动一动的，发出咕咚咕咚的响声。

我进去的时候，看见母亲眼里有泪。我说："娘你咋了？"母亲擦了擦眼角说："俺高兴呗。"

母亲和她的孙子很快熟了起来，小家伙儿吃够了奶，母亲接过来，儿子竟然把头埋在母亲胸前，大约 2 分钟左右。前妻说："叫奶奶。"儿子摇了摇小脑袋，含糊地吐出"奶奶"二字。母亲又笑了起来，儿子也跟着嬉笑出声。母亲在孙子额头上狠狠亲了一口，说："俺的好孙子呀，这么让人心疼。"

正值隆冬的巴丹吉林沙漠边缘冷风扑面，无处不在的北风在树枝、房顶和小镇的上空，连绵不断地发出响声。天气暖和一些，母亲用棉褥子抱着不到一岁的孙子杨锐，到附近菜市场、服务中心等处转。

几天时间，不大的小镇就被母亲转遍了。熟悉了情况，孙子睡着的时候，母亲就一个人从西门跑到东门，从养殖场跑到飞机场。我们所在的这座小镇虽然很小，但有着城市的种种特征和设施，母亲说镇子东边的厕所盖得太好了，当厕所太可惜了；到餐厅吃饭，吃了一碗素饺子，人家收四块钱，母亲不给，只给两块，我好一阵尴尬。还有一次，和几个战友一块儿到饭店吃饭，母亲嫌贵，吃了小碗米饭，就再也不吃了，最后朋友掏了钱，母亲又后悔说，早知道别人掏钱，那就要好好吃。

春节前的一天，母亲竟跑到戈壁滩外的砖厂去了，带回来一身的灰土。我说："娘你到那儿干啥去？"母亲说，想去找个活儿干。我说："你都这么大岁数了，还干什么活儿？"

母亲说："整天闲着心发慌，好歹能挣个回去的路费，也算是给你们减轻负担。”母亲的心事我懂，我没有想到的是，一个被贫穷压榨了多半生的人，对金钱的反应竟然仍旧如此强烈。在此之前，吃饭的时候，我随口对她说，附近一家砖厂可能在找人做饭，一个月五百来块钱。这本是一句无心的话，母亲竟然信以为真，专门去那里跑了一趟，回来后，还一个劲儿地让我去给砖厂的负责人说说，让她去做饭。我说我不想在让她劳心费神，去给别人打工，再说我也不缺那五百块钱。

母亲说："你的钱也是钱，花你们的钱，哪儿有自己的钱方便？再说，也舍不得！"

母亲有这样的想法，自然我对她产生了一些意见或者想法：奶奶来，唯一的要务就是看孙子，每天抱着孙子转转，看看电视就可以了。可母亲依然故我，挣钱的愿望空前强烈。据她自己观察，这地方的钱好挣，就是卖饼子、馒头和水果，一天也能挣个一二十块钱。我说就是一天挣一百，做儿子的也不能让娘吃那个苦。母亲说："那怕啥呀，你弟弟在外面打工，一天累得饭都不想吃，才挣人家二十多块钱。"

几乎每个晚上，母亲都把挣钱提到桌面上，征求我的意见。我总是找些借口，想打消她外出打工挣钱的想法。大年初五，弟媳妇打电话来，说家里的大羊下了三只羊羔，小侄女甜甜也十分淘气，父亲和弟弟都在外面，她顾不过来。母亲听了，就急着要走。我说："再待一段时间，你已经老了，这次走也不知道什么时候再来。"母亲说得赶紧回去。这时候，刚好一位朋友顺道回家，母亲说，这样就省了我专门到嘉峪关送她了，然后自己收拾好东西，和我的那位朋友一起，踏上了返乡的旅程。

回到家，母亲给我打了电话，说：“到家了，没事了，你们好好带孩子就行了。家里这边的事儿，你们也不用操心。”还让我们有空儿的时候，带着儿子回去住一段时间。听了母亲的话，对着话筒，我想说些什么，可是什么也没有说出来。

春天的疼痛

似乎一夜间,巴丹吉林沙漠的花朵们又一次次第开放,青草和树叶也不甘落后,果园诸多苹果花之下,苜蓿迎风安静。围墙外成排的葡萄藤长出绿叶,身体在空中悬挂。四边的马莲草一丛丛散开,与刚刚冒出地面的沙篷一起,遮住了干燥的泥土。这是巴丹吉林一年中最为蓬勃的时节。而对我来说,2009 年这个春天残酷得不可一世、肝肠寸断:3 月 9 日凌晨 1 时 30 分,父亲在南太行村庄自己建造的房屋中,毫无波澜地故去了。

卧病七个多月,瘦成一把骨头,最终华衣锦袍,奢侈而又悲怆地躺在了地下。记得临回西北时, 在路上看到父亲崭新的坟墓,心尖颤了一下,胸腔里似乎一下子堆满冰凌,冷得骨头都疼。快到市区的时候,从车窗看到,一间店铺上写着“售水晶棺材”……我们怎么没有给父亲买一口呢? 这不是我吝啬,而是我不知道。离开家这么多年,乡村的风习早已遗忘得一发不可收拾了。父亲故去后,很多细节和讲究都是年长的村人告知。我遇到不知道的事情,也主动询问几位长辈。记得摔瓦盆时,开始以为到坟地再摔, 起灵的时候, 一个堂哥把钻了几个窟窿的瓦盆递给跪着的我,要我摔。

到坟地,我在最前面,正要走向墓穴,负责拉我的人却让我跪在距离坟头三米的地方，眼睁睁看着装着父亲遗体的棺材被几个人抬起来，放在墓穴里。这时，我们还不能哭（乡俗说，这时候哭，会把自己也埋进去），弟弟哭喊着向前扑，怎么也止不住。我呢，果真没哭，心里一直有个声音在说，这以后，父亲真的再也见不到了。一个人就这样去了，从虚无到具体，从生命到骨肉，像是一股不停轮回的旋风，在世上来来去去，肉体是我们唯一的景象。肉体消失，一切都等于乌有。内心的疼和怀念都那么缥缈和不切实际。

料理完父亲的丧事，我回到巴丹吉林沙漠，春天已在萌发，空气发暖，把皮肤熏得发痒。看着风中摇摆的柳枝、墙根儿冒头的草，我想，在故乡，在那片坟茔下面，父亲是我们种下的一颗灵魂，春风吹动，万物生长——父亲会不会也在生长呢？他的身体是否会再一次突出地表，还做我们的父亲，他的灵魂可否真的像传说那样万世不灭呢？

我老是做梦，不管中午还是晚上，每次都梦见父亲——形姿各样，就像真的一样。总是在半夜惊醒、梦呓，一身的汗。看着挤在房间的夜色，想父亲，生前、故时，乃至插满花圈和柳树枝的坟茔，肚腹胀满，胃疼，一声接一声叹息，流泪，喃喃叫父亲。我想，父亲的死，已经成为我们一家人最大的心灵灾难。尽管，每一个人的生都有同一个方向，可还是无法抑制悲伤。爷爷奶奶之后，是父亲……这是一个有着强烈连锁反应的链条，是一种不约而同地奔赴。唯一可以能使人觉得高兴的是，每一个人前面，都还有更多的人。

上班没过一周，接到通知，再一次去北京，参加一个培训。在偏僻的城郊昌平，封闭的院子里，看到逐渐盛开的玉兰花，黄的白的都有，在干枯的草坪上，把京郊的天空和大地衬托得格外素洁和哀伤。有一个中午，躺在床上，我又做了一个梦，很恐怖，惊醒后却很快忘了内容。

站在朝南的窗前，目光沿着天空下滑，在一朵白云的上面停住，然后向下。我固执地认为，那朵云下，一定是我的故乡，父亲的坟茔在那里伫立，亡灵在熟悉的村间走走停停，看他生命之后的人和诸般事物。

我总是想起父亲故去时的模样，还有下葬之前的情境。

3月9日凌晨，我赶回家里，一进门，就看到父亲躺在原来的位置，身体早已冰凉。我掀开敷着的白色毛巾，看到自己的父亲。脱相厉害，长脸变短，下巴掉落，干净的唇上没有一丝胡须，但他的左眼仍旧睁着，似乎一直在看着什么。父亲戴着一顶黑色的瓜皮帽，穿着肥厚的大衣，盖着三床崭新的被褥，在梧桐木做的棺椁内安安静静地躺着。那姿势，像一个沉睡的婴儿，又像是涅槃的高僧。

父亲生前，在土里山上求生活，在田间地头抡攫头刨地，坐在树荫下抽烟，看远处近处的人，听远远近近的鸡鸣狗叫；在连绵的山坡上率领羊群，从别人手里接过钱财，手里的镰刀割下紫荆，背回来编篮子、花篓子。有些年，他和同龄人到外面打工，给人盖房子，放工后，自己挑着行李卷儿，近一点儿就步行回家里来，远点儿的时候，只有乘车。每次回到家的第一件事，就是坐在门槛上，点根香烟，有滋有味地抽，再从内衣兜掏出一沓黑乎乎的钱，“喏”的一声，递给母亲。

六十岁了，附近村里有人盖房子，母亲还让父亲去帮工。一干就是半个月以上，结算工钱时，母亲接下，通常会少要几百，算是送工。父亲照常在地里家里忙。母亲说，2007年春天，父亲的病已经“显苗”了，可母亲还逼着父亲把鸡粪往地里挑。父亲说：“俺挑不动了啊！”母亲说：“不挑咋办？”父亲就拄上一根木棍，一手掐着腰，嗨呀着，一步一挪地把鸡粪挑到田里。父亲的一生，大抵是被母亲催着干活儿的，一刻也没有消停。他的一生，在我的感觉当中，与一匹负重的骡马无异。

我跪在灵前，开始哭不出来，只是一次一次地为父亲点燃柏香和蜡烛，昼夜不停，并不间断地点燃烟卷儿，插在堆满香灰的碗里，那些烟卷儿烧得特别快，像有人在一口口地抽。父亲生前几乎没有什么嗜好，唯独爱抽烟和吃炒花生。我想，父亲一定在抽我给他的香烟，那么贪婪，直抽到把过滤嘴都烧着了还不放手。

我才真正地感到了悲伤。跪在地上，我哭，喊着对父亲说：“爹，献平心中有愧，献平没有照顾好你。献平回来迟了。”接着叫，“爹，俺的好爹！”父亲似乎听到了，脸上盖的马头纸轻轻掀动了一下。我抬头，看到父亲的脸，一直未闭的左眼睛似乎在看我，还像往常一样，不怒不喜，一脸黯然。

从家里到麦场停灵时，我是长子，走在最前面，手里打着招魂幡，拄着柳木哭丧棒，大声哭。过桥的时候，就大声哭喊说：“爹，过桥呢，过桥呢！”按照乡间讲究，是生怕父亲跌倒或者(灵魂)落在某处。

从家到对面的麦场，转了一个圆圈儿，路过两座村庄，很多户人家。我在最前面，低头哭，叫父亲。沿途的人都看，胆小的，在自己门前点了谷草(用来辟邪，据说可以阻止亡灵入户骚扰)。到麦场上，安顿好父亲的灵柩，我们跪下，继续痛哭。傍晚，花钱雇请的歌舞团和吹鼓手来了，很多人来看。我和弟弟坐在父亲灵前，或者跪在谷草上。外面的毫无休止的喧闹让我悲哀。我想，人活着的时候，吃苦受罪，风吹雨打，到死了，没了，却还要被这么多的人惊扰。生者何以忍心，亡者灵魂何以得安？

长辈和亲戚们说，这都是做给乡亲们看的。妗子、小姨安排我和弟弟说："在麦场要使劲哭、卖命哭，声音越大越长越好，要让别人听到，叫乡亲们看看你们孝不孝顺。"

我觉得更加悲伤和无奈。一个人活着的时候根本不受重视，在村庄和家里，总是可有可无的。如今人死了，没了，他又能惊动什么呢？谁会真正悲痛，对这一个生命从内心表示惋惜呢？一个人的生命到最后不是受到虔诚的尊重，且还要如此花样繁多地打搅。一个人在乡间数十年的生命存在及其价值，到最后却只能被子孙的哭声大小来计算衡量……我看着父亲的棺椁，外面的歌声和笑声淹没了夜晚的一切，像是一种蓄谋已久的覆盖和抹杀。

母亲说，十一年前，奶奶死的那天，灵柩也停放在麦场上。那时候还没铺水泥，满地的黄土。晚上，大雨滂沱，父亲和弟弟把奶奶的棺椁盖住，两人在泥坑里泡了一夜……除了雨，就只有奶奶的亡灵陪着他们。我想，现在父亲故去了，他那么善良和卑微，上天应当会有所表示的。果不其然，他们正在歌唱、蹦跳、欢笑的时候，雨越下越大，越下越猛。但歌舞照旧，很多的乡亲打了雨伞，津津有味地看。几个乡亲和表弟拿了雨布，帮我们盖住棺椁。夜里十点多，歌舞停止，人群散去。除了淋漓的雨声，大片的黑夜，万物无声，抬头不见一颗星星。我感到了安慰，对孝服同样濡湿的弟弟说："这就对了，本来就应当这样，这是父亲对我们的惩罚。唯有这样，心里才好受些。"说完，还特意走进细雨中，在空旷的麦场上站了一会儿。

夜雨把山川笼罩，把灵魂洗净。唯有自然才能表达对生命的重视、珍爱和怜悯。唯有被惩罚，才能减轻负罪和失去父亲的痛苦。我想，我们的父亲，虽然知道他名字的人不过数十个，但他也是一个人，一个高贵的生命。他的死同样可以说是"人类自身的损失"——所有人的夭亡都是我的夭亡，所有人的痛楚都是我的痛楚。这是一种境界，如果每一个人都会如此深刻和悲悯，那些所谓的"仪式"和"排场"将不会在亡者灵魂前发生。

第二天，歌舞和吹奏照常上演，观看的、忙碌的、吊唁的，像是不约而同参加某种集会。我在父亲灵前看着，忽然觉得愤怒，为父亲，为这些忙忙碌碌、龇牙咧嘴的人。任何人都逃不脱死亡，现在观看他人，尔后是他人观看自己。我感到了一种"合情合理"的残酷和冷漠，一种对生命和灵魂的轻视——这是一种固有并且传之久长的"习性"，生者在死者面前取乐，获得愉悦和享受，而逝者，在狭窄的棺椁当中，又该是怎样的心情？

在我们的村庄，人人都说父亲"老实"，是"好人"。一生难说一千句话，对任何人、任何事都不发表意见。他去世之前，我也这样以为，可到他真的"不说话"了，想起他以往的种种细节，我发现，我们都是错误的。其实，父亲心里始终有一个他自己的"账本”，他比我们家乃至周边的任何人都要“聪明”，甚至智慧，他不说，是他明白；他不表达，是他觉得没有必要。他是一个以超强忍耐力对繁杂乡村世界及“人群”利益纷争采取“不合作”态度的人，是一个用沉默的外衣表现自己在人世独立人格和姿态的人。

村里的长辈说，父亲年轻时很调皮，凡是农事都会做。还时常给关系不错的堂嫂子们开玩笑，拧怪话。患病七个月，远远近近的亲戚和乡亲都来看他。他去了，很多人都叹息着说他是个好人，甚至说“咱们村里最后一个好人”没有了。“死者为大”这句俗语，是南太行乃至中国乡村，所有生者对亡者最大的尊重。每一个灵魂都需要拜谒，每一个生命都应得到发自内心的尊重。

第二天早上，天气放晴，雾霭在对面的森林里，将高耸的山峰缠绕得像是仙境。起灵时，我们被带到灵棚外，向父亲跪下。我接住瓦盆，看了看，双手扔在地上，哐当一声，直击耳膜。帮忙的人拿了绳索，捆绑了父亲的棺椁，抬到拖拉机上。

我抱着父亲的遗像，打着招魂幡，拄着哭丧棒，走在队伍最前面，低头哭。我想父亲就要被送到野外了，就要在爷爷奶奶的骨殖前成为另一个崭新的亡灵了。我明显地觉得了一种疼，来自心，来自骨头。我哭我的好爹、苦命的爹、忍耐的爹、舍不得的爹。几次，我翻身跪下，扯着嗓子，要喊破一样，喊“爹”。后面的人一直在催，我只能被人架着，引领着父亲的亡灵，向坟地走。

我哭喊，我不想整个世界听到，只想父亲的亡灵听；不想更多的人看到和联想，只想父亲在天上看。从对面路上，我看到母亲在自家院子里哭，在地上打滚儿，一声声喊她的“老头子”。我的鼻涕眼泪连续落在白色孝服上，招魂幡在风中使劲拉扯着我的手。到坟地下面的马路边，我下车，跪在迟到的父亲的灵柩前。我再次喊爹，喊俺其实不傻的爹，好爹，心里有本儿明白账的爹。

后面的弟弟、弟媳等也都大声号啕。

父亲的灵柩到了，红色的棺椁，像一座山，在拖拉机上，我觉得震惊，猛然想，一个人最终竟然以这样的方式离开——围拢和送行的人群当中，唯有他毫无知觉，那么的安静和自由。

灵柩到马路边，再向上是小路。帮忙的乡亲，让我带头往坟地走。我继续哭着，引着父亲的棺椁和灵魂，向他早已知道的墓穴的所在地走。爬上一面坡，再路过几块麦地，赫然张开的墓穴像是一张兽口安静而又残忍地等待父亲的肉体和灵魂。

他们把父亲放进去，叫我去铲头三锨土。我止了哭声，跳在父亲的棺椁上，从左边铲了两铁锨土，又从右边铲了一铁锨，放在父亲的身上。然后，跳到空地上，向着填埋父亲棺椁的乡亲，重重跪下，请他们帮我把父亲埋好。

在炕上抽烟、呻吟、说笑和张望的父亲不见了，家里一片空荡，母亲眼睛红肿。我看到，墙上父亲的遗像比以往更生动，更睿智，更自在，更威严，不论从哪个角度看，他都能看到我。当晚，躺在床上，我看四边的墙壁上，都是父亲，微眯着眼睛，穿着我在兰州给他买的那件中山装，直立着，不眨眼睛地看我。

或许，父亲仍旧没有离去，他在我们家的每一个地方，用从前的沉默眼神看。他再也不用下地干活儿，不用外出打工，不用呻吟出声，也不再对母亲和我们大声说话了。他完成了在世间的“功业”，成为灵牌上端坐的神。

埋葬了父亲，我和弟弟一起去“后代”（母亲的娘家人）家“谢孝”（乡里风俗，带麻花去“后代”家致谢）。妗子和嫂子、表哥都说：“生前，恁们都对恁爹不赖，他去了，心里也没愧见了。”我心里想，对父亲，我可能是不孝的，尽管在他病重期间多次回来，陪在他身边，但是，这也不过是个形式。如果能延长父亲的生命，使他真正好起来，健健康康地再活几年，和母亲做伴，让我每次大老远回来进门就看到他，叫他爹，这样似乎才是真的孝顺。

回自己家路上，我对弟弟说：“这以后，咱俩就是没爹的孩子了。”弟弟“嗯”了一声。回到家里，我又对母亲说：“我以后就是没爹的人了。”见到其他的亲戚和乡亲，都安慰我说：“您对您爹不赖，伺候到了，花（钱）到了，丧事也办得挺好。”我说我心里有愧，对不起俺爹，以前总以为爹年纪不大，暂时不会有什么病灾，谁知道……他们说，这没办法，每个人的命都是有定数的，谁都要过那个时候。我听了，咧咧嘴角，站在院子里，看着冒出芽尖的椿树树枝和地面上返青的茅草，不知说什么好。

第三天，去给父亲上坟，我和弟弟带了铁锨，给父亲平整了坟茔。大概是夜里刮风的缘故，父亲坟上的花圈有些散开了。白花伏在崭新的土上。哭丧棒插得不够深，我逐一朝里面按了按。好让它们趁着春天，在父亲身上和灵魂中成活，长成参天大树。然后跪下来，点燃纸钱，呼呼的风，把黑色的纸灰吹成蝴蝶。我点了七根香烟，插在父亲的墓石之间，又给爷爷奶奶点了七根——它们呼呼而燃，烟灰直立，风吹也不倒。

我们哭，我趴在左侧，趴在土上，土下是父亲。弟弟、干姐姐和弟媳妇等都跪着趴着哭。哭声在山坳里激荡，在山顶的枯树枝上缭绕。我哭苦命的父亲，说自己想父亲，舍不得父亲，哭，下辈子还要恁作俺的好爹……几天后，去烧“头七”纸，看到父亲的新坟，肠子似乎被剪断了一样，拉扯着疼。再一次趴在土和父亲身上，我哭，哭，哭父亲的一生，哭父亲的苦和悲、疼痛和忍耐、沉默和委屈。

走出好远，回头再看父亲的坟茔，若不是白色的花圈，和周边的山坡和田地没有什么区别。沿途间，也有几处坟茔，有的竖了墓碑，有的只是堆了几块青色的石头。年代久的已然缩小，刚去世的似乎庞大一些。

晚上，梦见父亲说话，特别清晰。父亲说：“咱家人话儿多，事儿也就多。都缺乏忍耐力。啥事都是一样儿，忍一忍就都过去了。很多事儿你不说就没事，说了就是事儿。有些话不如不说，有些事儿做了反而变成坏事。看看、听听、想想就行了，不碍大事的事儿不做不说的好。”

这些话，再一次证实了我的判断，父亲并不是“老实”“不惹人”的“好人”，而是对任何事情都采取了忍耐的态度，对任何人和事都保持沉默。他让他们与他无关，让自己躲在人群中而不被发觉。重不重视是别人的事，他用自己的眼睛和心灵作出自己的判断，但从不告知任何人。

我去邻村偿付父亲生病的时候欠别人的医药费，在马路上，远远看到父亲的坟，心揪着一样的疼。我想：坟茔就是每一个人的最终归宿。而每一座坟茔也都会容纳一个人，他的身体决定了他在俗世的一切，而他不息的灵魂及后世子孙的“记得”“祭奠”和“怀念”，才是死亡真实及永恒的所在。

清明节，我仍在北京。想回去祭奠父亲，母亲在电话中说，弟弟和干姐姐等人提前一天去了，我刚走，就别再往回跑了。单位也不放假，我也就没有回去。但心里不安：距离这么近，三个小时可到，可我却没回去看父亲。第二天，我生日。和多年来的一位朋友坐在小饭馆里，喝了一瓶啤酒，忽然觉得晕。两个人步行到住宿的地方，沿途的柳树绿意垂拂，旁边的田里麦子整齐成长。有几只飞得很高的鹰隼或者别的什么鸟儿在蓝色的天空中保持飞翔的姿势。这使我想到生命的自由和灵魂的轻盈，也想到生命的短暂、不可逃脱乃至不断丧失的悲痛。那一夜，和许多朋友喝了一些酒，半夜渴醒，睁眼就想道：我就要四十岁了，如果活到七十岁，就只有三十多年的时间了……我知道这个念头是父亲引发的，我对自己生命的计算也是以父亲作参照，且多算了几年。

这令我沮丧，悲哀如病毒蔓延。我躺在那里，浑然忘记了口渴，只觉得自己像是在空中悬浮的叶片，与苍蝇、飞蛾没有什么区别。在大地上，人和蚂蚁昆虫形体各异，但命运雷同。我开始回忆，旧年——其实也就是几十年、几年前，那个自卑但却举止癫狂，有时也不可一世的人，他的想法和作为看起来是那么狂妄和无知？他崇尚的荣誉、追求的生活乃至比天还高的梦想，在死亡面前，都不过是一些半空掉落的羽毛。

返回巴丹吉林沙漠的路上，车到秦岭，满山的绿，浑浊的河水载着许多新旧参半的村庄，山上的紫荆、野杏花、茅草随风鼓荡。金黄的油菜花片片开放，在视野内外，把灰暗的原野照耀得就像天堂。到天水，一树梨花占据一座庭院，孩子们在泥地上奔跑。四面的黄土山上，零星的牛羊像是百年不遇的过客，随飞驰的列车，逐渐消失在原来的地方。

我知道我也在一点点地消失，就像过往的城市和村庄，山川河流，人类的痕迹，乃至亡故和存在的生命——每一个细节，每一个眼神，每一句话，都注定是过去的。到兰州，过黄河的时候，我用手机在诗歌中这样说："我觉得自己正在遗失/在黄河上游，滩涂柳丛之外/命运一样越走远远，也越走越深。"过乌鞘岭隧道，我想到躺在地下的父亲，在遥远的村庄外围，他是孤独的一个人、一颗灵魂，在黑夜，谁为他点灯？

进入巴丹吉林沙漠的时候，沿途的村庄之间，梨花开成诗歌，桃花比梦境还红。戈壁上稀疏的骆驼刺、马兰花、梭梭和红柳都萌芽了，在干燥的沙土上，像彻悟的神祇，望着永不可及的天空。很多的坟茔坐落在寥落村庄的外围，墓碑和石头，是最基本的构成。那些亡者也像我刚刚逝去的父亲，成为人世必不可少，简单而又隆重的一道风景。

我想我应当好好做些事情了，以前都是荒废、飘忽、无度，甚至恬不知耻，以为生命的线段还足够长，而现在，却变得越来越短，也越来越脆弱。人这一生，一切都是那么的无常与猝然，任何你设想的事情，都会背道而驰，甚至大相径庭。我想，从现在开始，我要学会忍耐和沉默、责任与担当。有父亲在，总以为自己还年轻，往后的日子还很长。就在此前一年，我还是那么年少轻狂，在俗世中总是那么容易受蛊惑、爱冲动，在物质世界中像是一只"热情"的蚊虫，追着丰腴的、光鲜的和显赫的叮。而父亲的死亡，让我的灵魂一下子沉静下来，而且沉静得前所未有，看得和想得多了。

我再不是以前的我了，就像一座四面漏风的房屋、一块孤立于荒野的石头、一棵连根拔起的树。这一生，我再也无法喊爹了，世上有那么多与父亲相似的人，可我的父亲只有这一个；谁都可以是父亲，可谁也都不是。母亲说，父亲生在三月，也逝在三月。唯一不同的是，他的生日在农历三月，故在公历三月。我的生日也在农历三月，以前，母亲老说，父子俩生日都在三月，要是孙子也生在三月的话，就会很好。可我的父亲却再也找不到了。

这时候的沙漠，到处都是春天的景象，远在华北的南太行故乡大致也是。在人间，绿意遮盖了一冬的枯败与哀伤，播下的种子已经悄然发芽，麦子向成熟和被刈除加速前进。河里越来越少的水继续敲着堆砌连绵的石头，向着低处流动。巴丹吉林沙漠也是的，一年中最好的时节徐徐展开。忽有一天，看到雇来的农人将小区成行的柳树头部枝杈一一锯掉。新鲜的叶子只好跟随树枝，在人的拖拉中，被装上三轮车，突突地转弯，消失不见。柳絮掉落一路。

沙尘暴再次来袭，但比往年要轻得多，窗外到处都是摩擦的响声，风把很多互不相干的物体拉在一起，在人迹稀少的黑夜，将沙漠的土尘带向更远。无人知道它们的踪迹，就像亡者的灵魂，或许无处不在，或许子虚乌有。

母亲总说："别惦记我，都好着呢。"可我一听，她的嗓音不对。才对我说，"这几天嗓子上火了，长了一些小疙瘩。"弟弟给她输了几天液。我叫她来西北吧，母亲却说，现在忙，过了秋天再商量吧。我说："你不来我10月就回去接你！"母亲说："再说吧，再说吧……"我似乎知道母亲为什么不愿意来，又似乎不知道。每次想到这个问题，我想：父亲亡故，最悲伤的人当是母亲。我的悲伤和不安是另一层的，而母亲，则是另一种层面的哀恸。

我不能真正理解母亲，我们的悲痛可以找人诉说，而母亲，没了丈夫，她只能闷在心里。在这个世界上，可以放开说话的……只有丈夫。丈夫去了，到处都是她一个人，即使儿孙围绕，身在街市，可有谁能够让她的内心也像这春天一样繁华热闹呢？

这个春天，风还朝着去年的方向，人还是那些人，更远处的，总是在消失和诞生。而我的疼痛似乎从出生的那个春天真正开始了，在渐行渐远的生命当中，像是一滴水，从滴落的刹那，似乎就没有了尽头。再一天的日落时分，飞鸟超低空掠过，鸣声清脆，零星的海子边沿，新生的芦苇愈发青葱；盛开的花朵们把空气摇曳得格外黏稠，到处温热。半夜再一次醒来，我叹息一声，窗外的月光透过粉红色的窗帘，把我的身体映照得空洞而又卑微。

此时，有风吹过不远处的新叶，发出轻轻的哗哗声，似乎是一种隐蔽的朗诵。

迁徙的内心或中年的乡愁

出门的时候，我忽然想就此离开，再不回这里来了。这种感觉异常突兀，好像一块冰冷的钢铁，不知为何，一下子就通红了。坐电梯下楼，拖着行李箱上车去成都东站，外面是嘈杂的城市，次第隆起的高楼、负荷各种轻浮之物的河流，以及无数楼顶上各式各样的招牌，无休止的喧嚣好像惊涛骇浪。“在这里，你有什么？”坐在轿车后座上，我脑子里又闪现出这句话。类似的情况，已经不止一次两次了。平素上班，从高新区府城大道到锦江区红星路，多数时候乘坐地铁。一般来说，早高峰都在 6 点到 9 点，满满当当的车厢里肉身的密度，虽然比不上京城的同类交通工具，但也是人挨人，也都可以闻到质量优劣不一的香水味或者男人特有的臭味。

这令人厌烦。也时常不由自主地想：这么多人挤在这一个地方，所为何来？所谓的城市，在这里的人，无非是要好一点儿的生活。然而，这个世界上，哪一种生活才是好甚于最好的呢？难道仅仅只是城市？对于年轻人来说，在当前，城市肯定是一个最好的去处，可是对于年过半百甚至垂垂老矣的人们，城市又意味着什么呢？大致三年前，我忽然对当年拼命进入的城市，有了一种无与伦比的厌倦感。起初也说不清楚为什么。慢慢细想，无非两个方面：第一，城市给予我们这类人的，即乡村入城者的，除了当初所谓的奋斗的终极理想之外，只剩下疲倦不堪、无可寄托的心；第二，城市这个庞然大物，其实是很少具备自己的灵魂，至少目前大多数中国城市如是。因此，当一个人的精神越来越饱满，而不可以用“温暖之光”“照耀”和抚慰它每个定居者的城市，就形同鸡肋了。

乘高铁出成都，看着窗外，心里想：这座城市，乃至更多的城市，对于现在的我，到底意味着什么？仅仅是谋生之地吗？如果只是谋生，这么大的中国，哪里又不可以呢？即使最偏远和贫穷的乡村，何尝不可以安置后半生的肉身？不自觉地想起当年，在太行山以南的村庄，一个一无所有的少年，家境的贫寒、父母的卑微，地域生态（当然包括各个方面）的逼仄和令人不快……我最大的梦想就是到城市里去，像那些穿着体面，脚面上都纤尘不染的人们一样，出入于政府大门、企事业单位，再不济，哪怕是待在一个稳定的工厂，一所机关或者研究所的食堂，也是极为荣耀的。

人生的逃离，一个是对梦想的追逐，另一个，就是对处境的不满。尤其是男人，他始终是外向型的，他需要“攻击”和“开拓”。尤其是年幼的时候，一个男孩儿若是表现出安分守己的状态，是会令父母发愁和周边人轻视的。那是20世纪80年代末期的中国乡村，而且在极北方。近代中国以来，所有的风起云涌，影响国家乃至世界的大事及“潮头”，都是由南方掀起和导致的。就一个国家和民族的命运来看，这种现象，很容易让人想起“风水轮流转”这个俗气而又有些玄秘的谚语。

太行山及其衔接的燕山，主导了自明清以来的中国政治与文化。及至20世纪80年代，南方的经济乃至思潮总是随着蔚蓝色的大海汹涌而来，以最快、最具冲击力和普及性的姿态，漫卷整个中国。我所在的村庄，深陷于太行山的沟壑和峻岭，尽管时不时有从城市而来的人，用嘴巴、穿着、言语带来新的风习，但沉浸于农耕的乡人，特别是正在壮年的我父母那一代，却往往对此无动于衷，甚至认为："那还是城市和城里人的事儿，和咱们没有屁大点儿的关系。"农民的这种岿然不动与慢条斯理，其根本原因在于，自古以来，在偏远之地自生自灭的人们，一方面坚韧地与自然和各种灾难抗衡，求得基本的生存；另一方面，又自以为微贱地屈从于一以贯之的农民的宿命。

"宿命"是中国的传统当中最为根深蒂固的一种思想意识，无论是对大字不识一个的乡野人还是高居于庙堂与圣贤书堆里的官宦和知识分子来讲。而长期处在社会底端的农民，这种意识更为强烈。而不同的时代，人类文明发展的影响力，不仅体现在具体的物质改造、少数人的觉醒和文化、制度的改良等显而易见的社会形态上，还无形地浸透于整个社会乃至天地之间。及至于我所在的年代，即中国20世纪的改革开放之初，这种风气已经蔓延到了每一个人心中，鲜有例外。但对于乡村人群，尤其是一代代的新生者来说，要摆脱"天定"的卑贱身份，从农民阶层跃入更高的社会阶层，以自身的某种才干来获得相应的地位与物质，除却乱世的起义与革命等暴力与非正常途径，平素，似乎只有读书参加科举与凭武艺入伍两条路。现在依然是。

隋朝国祚虽短，但科举制、三部六院制和南北大运河的开创，对于李唐及后来的王朝之作用，无疑是奠基性的。直到现在，很多无法决定出身的人，要想出人头地，在芸芸众生中获得一定的生存资源与社会位置，似乎还是以这两条路为主。我也是其中之一，少年时，我也是不安分的，读书不行，但又野心勃勃；家境不好，却总想出入庙堂。在农村一番探索（事实上是用脑袋一次次撞石墙）后，不但梦想更加灰暗与遥远，而且在本地声名狼藉。所幸遇到征兵，母亲步行了七十多公里，到山西左权县亲戚家，才把我送到了参军的队列。如果本真地去看，无论是读书上大学被分配，还是参军入伍，本质上还是走的“学成文武艺，货与帝王家”的传统之路。

农村人，总是对身边考上大学和参军入伍的人，抱有无限的期望。只不过，上大学被分配，无论如何，都是逃出农门，即将抱住“铁饭碗”的了。参军入伍，从根本上说，还是一个兵。按照现行的兵役制度，无非是义务兵。义务兵之上，才是拿工资，且服役年限比较长的军士和军士长（以前称之为志愿兵、士官），至于成为军官，这个门槛，显然有着登天的难度。但农民相信，一扇门只要打开了，万事皆有可能。这种来自于现实并且参照诸多人的命运的期望和梦想虽然缥缈，但总是有亮光的。还有一层意思是，通道已经错开缝隙，就看个人的造化了。

或许是基于以上说法，临行的时候，亲戚和村人都来送我。有的殷切，有的淡漠。但场面是令我感动的。我家简陋的院子里，落满灿烂的阳光，将前两天曼妙在山坡和墙根儿的积雪一扫而空。我的心情是复杂的，父母更是，亲戚和村人似乎也是。但有一点非常肯定，那就是我对这个村子，乃至父母、亲戚和其他乡邻，丝毫没有留恋，甚至迫不及待想远离他们。对此，长期以来，我有过认真的思考，最终认为，和他们在一起的时光，受到的爱与帮助远远少于伤害与嘲笑，得到的抚慰坠崖式的低于欺凌与误解。

我小的时候(现在依然)，由于父亲是独生子，母亲的娘家虽然人多，但出嫁的闺女已经失去了原家族的荫蔽，在这个村子，不管怨不怨，有什么根据和理由没有，发生矛盾冲突之后，受苦、吃亏的永远是我们家，尤其是我母亲。而且，这种状况的发生频率也非常的高，几乎月月不断。一个孩子在此环境下成长，他获取的基本人生教训除了屈辱、疼痛和自卑之外，就是对乡邻的惧怕、痛恨甚至诅咒。

这或许正是我渴望离开乡村，并且对那片地域及其人群并没有什么邻里感情、家族情谊的根本原因。以至于我走州过县，从四季分明的北中国，去往西北高原的瀚海大漠之后，在风暴和队列当中，不管是天似穹庐还是星光暗夜，想念的只有父母、兄弟，以及对自己好的亲戚。

对于其他人，我的那些乡邻们，我是憎恨的，看不起的。这种情绪的蔓延，甚至导致了我对整个村庄乃至那一地域的鄙视。

我所在的那片沙漠名叫巴丹吉林，它的面积像它所拥有的历史人文和故事传奇一样广阔和幽深，如西行的穆天子、晋高僧法显、苏武流放和李陵寻击匈奴主力的必经之地、路博德修筑边墙、诗人王维所写“大漠孤烟直，长河落日圆”，以及“安史之乱”后期的丝绸之路回鹘道故地、唐玄奘经行、清初土尔扈特蒙古部回归祖国安置地之一(额济纳)、居延汉简的主要出土地，乃至新中国“两弹一星”主要参与单位和发射场等等，构成了这片沙漠的灿烂的人文。而作为一个战士，我不过是庞大集体中的一员，甚至比不上一颗沙粒之于整个沙漠的重要性。在这里，我才发现，一个人从出生到成长，于人间，固然有其冥冥中的价值与某种必然性，可对于整个人类来说，不过是用来充数罢了。

所有自身价值的体现，一定是要建立在正当而伟大的事业上，并且努力成为其中有作用与光亮的一员，才有可能获得更高层次的认识，以及被当成其中的重要部分。几乎从文明社会建立开始，人类就为自己的各种行为，甚至欲望和想象，赋予了各种各样近乎神圣的使命。我也明白，只有真正地融入与其他人共同的某种使命的序列中，方才具备方向感和某些可塑性。可事实并非这么简单，对于我这样一个农村出身的青年来说，首先要解决掉的是“前路”问题，即如何利用部队这个集体，从此以后脱离农民这个巨大的“洞窟”，转而成为一个区别于农民的人。再简单一些说，就是如何不在几年后转回农村，成为一个真正的吃公粮拿工资的“公务人员”。

卢梭在《忏悔录》中说：“人性的首要原则，是对自己的关怀。”长期以来，在我们的话语空间里，“对自己的关怀”一直被另外的一种“为自己”掩盖了，以至于在很多时候，听到和传播的，基本上都是凌驾于这一原则之上的“美其名曰”的各种冠冕堂皇的说法。一个青年在沙漠的孤独、忧虑和郁闷，充满了悲剧感，同时也极为惊心动魄。每次写信回家，我都说一些自己的想法，比如考军校、转士官，或者梦想被某所军队院校特招……身份的转换是最根本的转换，一个人作为农村青年在军队当中所能寻求的,也只能是这些。

记得第四年(彼时空军义务兵服役期为四年),一次偶然的机会,得知可以送院校学习后转为军官。可当我得知这个消息的时候,事情已经过去了很久。某个下午,单位召开全体军人大会,坐在主席台的副职领导宣读了更上一级的通报。通报中说,本单位一个人受到了记过处分, 原因是在被推荐入学的材料上弄虚作假。再后来,另一个知道内情的人对我说:"这次机会本来是给你的,结果'近水楼台先得月',原想他会如愿以偿,不料想,'偷鸡不成反蚀把米'。"

听了后,我先是惊诧,继而又觉得无所谓,心态出奇的平静。这时候,我才发现自己平素里遇事慌张、焦虑,可一旦问题真正落在头上,反而镇定自若。名和利,尤其是涉及身份的转换、一生的前途,当然是我最关切的事,也最在意,可是,我不仅对此次机会的丧失没有感到丝毫遗憾,也对那个利用在机关"脸熟"抢得先机的同事,从心里没有任何的埋怨和鄙视。我只是觉得,好好的一个机会让他给浪费了。若是他如愿,我也会觉得这件事是圆满的。因此,至今我依然相信,自己的内心和精神当中,确实有一种处变不惊,善于站在他人立场上思考,并且具备同理心和同情心的因素,并不像其他人那样的狭隘、仇恨,不能释怀。

高铁奔行,到西安北,下车溜达的时候,忽然想起,陇海线我已走了多年。从西北返回河北,又从河北返回西北,如此的路途,是我多年来不断回家和远行的必经之地。感觉它就像一根丝线,已经深入到了我的人生和肌体当中, 甚至成为我青春和生命的一块弯曲的胎记。斯时,火车只有特快和直快,从郑州或者石家庄到甘肃酒泉要三十多个小时。有一年春运期间，我从郑州站到酒泉。还有一次，和未婚妻一起坐硬座，钻到车座底下睡了十几个小时，到兰州才出来吃东西。

那时候，我已经是一个士官了，也就是以前的志愿兵。在部队序列中，士官是介于义务兵和干部之间的一个专业技术性较强的阶层。正式命令下达之后，我高兴了好一阵子。大致几天后，我才发现，士官这个身份，其实也很尴尬。按照我的理想，这绝对不是终极。但令我欣慰的是，在巴丹吉林沙漠，我收获了爱情。说起来，这份爱情来得突然，但不具备任何的诗情画意，说到底，只是两个人偶然相遇后的"对上了眼"。此时，与我同年入伍的战友基本上都成了家，带着老婆在营区老乡堆里招摇，最不济的，也有了对象，时不时带到部队里来，以请吃饭的名义，在老乡面前显摆一番。

其中的徐晓生，还是义务兵的时候，认识了酒泉市区的一个女孩子。退伍后，女孩子跟着他去了河北正定。和我同乡的安平先是喜欢上了营区附近村子里的一个女孩子，我还陪着他去过那女孩子家一次。转为士官的命令下达后，安平突然对我说，他父亲和哥哥不许他在这里找对象，原因是离家太远。我当场发火，说安平忘恩负义，爱情太不纯粹，骗人家农村姑娘！简直不是个好玩意儿！我的未婚妻也是农民。有战友也劝我说："以你的条件，找个教师之类的，完全没有问题。"我斜着眼睛看劝我的战友，然后怒斥他们是势利眼，把爱情当作一种表面看起来平等，实际上包藏私心与物权主义的肮脏交易。

我的性格纯粹也复杂，灵性也混沌，固执也坦荡。这使得我在很多时候明显区别于来自同一地域的战友和老乡。在爱情上，我有义无反顾的一面，也有委曲求全的耐心。在实际工作当中，能严肃苛刻，也会偷奸耍滑。唯独在读书上，一次也不饶恕自己的无知和懒惰。那些年之中，我买的书大致是我们那支部队士官阶层当中最多的。也因为读书和写东西，我结识了诸多的首长和好友，蒙受了他们的帮助。如作家刘立波、何来、刘立云、林染、郭碧良，还有陈洪根、刘兆启、李国旺、聂忠海、侯治荣、刘长滨等等领导。这些人，在很大程度上促成了我从义务兵到士官再到军官的跃进和转变。

巴丹吉林沙漠的天空真的犹如深井，越是仰望，越觉得自身的轻盈。许多战友说，天看久了，会眩晕。而我却觉得，越是仰望天空，自己的心越是澄澈，整个人都变得透明且充满光芒。有几次，我深入沙漠，看到沙丘起伏犹如母腹与乳房，那么多，高低不一地错列在莽苍大地与无际天空下，日光浮动，风吹如涛。尤其是有月亮的晚上，坐在蜥蜴和黑蚂蚁的沙滩上，我会觉得四周一片空明，一个人的肉身沉浸其中，灵魂却在半空中翱翔。看着对面黝黑的沙丘，堆满沙砾的沟壑，会感到一种大寂静。那种寂静当中，有无数的生灵在奔行，甚至在耳边和眼睫毛上。

我也曾多次去过灿若黄金的胡杨林，在额济纳河边的密林里，踩着白沙行走。头顶的蓝天，摩挲肩膀和脸部的胡杨叶子，这种感觉极容易让我想起曾经在此休养生息的乌孙、大月氏、匈奴和回鹘，当然，还有戍边的军卒、出塞的兵车，以及在这里写下不朽诗句的王维、胡曾等人……也想自己成为这里的王者，哪怕是一家人住在这里，养儿育女，与骆驼、黄羊、蒙古马为伍，终老一生。在牧民家里，我听到了许多红狐、白狐，毒蜘蛛、毒蝎子和四脚蛇以及狼的故事。狐狸这种极具灵性的动物，总是会与人，与人的生理欲望和心灵精神，发生诡异而又凄美的联系。

正如牧民巴图说的，他年轻的时候，在河东里以北的梭梭林中遭遇狼群，是自家的骆驼把他圈在中间，他用干木头点着火焰，才躲过一难。还有一次，在苇杭泉附近，突然来袭的沙尘暴摧枯拉朽，羊群四散，他借助那块冰川纪的巨石藏身。虽然损失了几十只羊，但人还是保住了性命。鼎新绿洲的农民呼见赠说，以前的芨芨乡，有个叫国光的村子，一个光棍儿汉家里突然有了一个女人，而且和他生活了好多年，还生了几个孩子。可有一天，光棍儿的老婆突然失踪了，也不知道啥原因、去了哪里。后来人说，那女人是狐狸精变的，是来报恩的。现在，光棍儿和那个女人的孩子还在国光村生活，已经是一个大家族了。

诸如此类的传说，在巴丹吉林的弱水河流域层出不穷，只是近些年少了。我第一次从部队机场乘坐飞机去北京的时候，在空中突然发现，整个巴丹吉林沙漠了无边际，鼎新和额济纳绿洲，不过是其中一个很小的墨点而已。我适才觉得，人在阔大之地久了，便也会沾染一些很奇妙的东西，比如性情、对具体生灵和自然乃至世界的看法，以及对一些事物的认知和判断，都会无形变化。也适才觉得，人确实是地域的产物，自然对人的塑造和影响的力量强大无比。

十多年后，那个莽撞的外乡人不见了，取而代之的是胡子拉碴的青年。期间，儿子出生。天长日久，与岳父岳母的关系也血浓于水了。尽管生活中有些不如意和摩擦，但基本上是无忧无虑的。2008年,父亲突然罹患重病。这一次,我才深刻地意识到,无论我在外地多久和多远,我的根还在南太行的乡村。而所谓的根,不是某一块土地和人群,而是生养你的那两个人,特别是父亲。至此我才明白,所谓的男人,无论年少时外出多远,都不会怎么想家。一旦过了三十五岁或者家里亲人遭受了苦难,才会真正醒悟。原来,无论走到哪里,始终有一根血线,若有若无地牵着,从不会断裂,也不会消失。

安葬了父亲,我觉得整个人都空了。一个刚进入中年的人,看世界的心是发虚的。而从前,我有恃无恐,不在意任何东西。父亲没了,我发现自己在这个世界上如此孤单、脆弱和不安。以至于回到巴丹吉林沙漠,肠胃里像是塞了无数干枯的茅草,一根根,扎得我生疼,还特别的拥挤和饱胀。次年,我有幸调到成都军区。这一次人生的转变,再一次的迁徙,我以为是好的,也得益于裘山山等名家前辈的努力。

从浩瀚大漠到密集都市,我还是郁郁不乐,憋闷异常。有几次,在公寓房内突然放声大哭。走在街道上,看到一位与父亲长相差不多的清洁工,瞬间眼前一亮,赶紧走过去,想喊一声"爹",然后搀着他一起回家。可是,每次我都失望。至此我才明白,父亲对儿子的精神支撑力是无与伦比的,世间再多的物质和权势,都不足以与之相提并论。也似乎从这个时候开始,我对南太行故乡,包括所有的人事,都采取了原谅和宽容的态度。每次回家,母亲不断唠叨,说过去在村子里遭受的屈辱,如谁谁谁无故欺负了她,还有我和弟弟;谁谁谁侵占了我们的田地、房基地,以及故意在某些事情上让我们家吃亏。这是母亲常念的“经”。父亲还在世的时候，我听得津津有味；父亲去世了，我突然觉得，母亲念叨这些陈年旧事毫无意义。有几次，母亲还说：“恁爹不管用，村里分荒坡的时候，少给咱分了。”一听，我就对母亲说：“俺爹人都没了，你还在说他不管用？不管用哪儿有我和弟弟，不管用我和弟弟怎么长大的？”母亲惊诧。我觉得自己话说得重了，转过来安慰母亲说，“人都不在了，不管生前再不好，可他毕竟是俺爹。他没了，你再说他，这不好……”母亲沉默。

母亲这种表现，让我心里不舒服，又不忍心。父母健在，和子女们一起混迹于这尘世，是最大的幸福。

自从父亲去世，我回家的次数多了。只要有机会，去北京或者其他地方，都要回家去看看。母亲虽然嫌我花钱，可我每次回来，她还是高兴的。以前对我横眉立目的乡邻，看我的脸上也多了笑容。我知道，农民骨子里有着欺软怕硬的丛林生存法则的基因。不仅是农民，每个种族和社会里的人都是如此。只不过，农民表现得更为直接一些罢了。在漫长的社会底层生存当中，农民都谙熟登高爬低、见人说人话，见鬼说鬼话的基本生存要诀，并且发挥得淋漓尽致。这不能怪他们，因为，数千年以来，农民是最可怜，也最容易被蹂躏、利用和忽略的人。

尽管如此，家里的事情还非常多。一般集中在以下几个方面。一是宅基地、荒坡所属权的纠纷。尽管我家握有当年统一由村支部订立的合约，但村里几户强势人家，却通过暴力或者凭借“市、乡有人”强行抢夺；二是因为闲话而引起乡邻之间的误会和冲突；三是涉及具体利益，村干部屈从于其他人的意见，而使得我们家蒙受不必要的损失；四是因为我写了一些关于故乡人和事的小文章，发表或者结集出版后，被村里少数有文化，但又与我家不睦的人收集或者买到后，四处宣扬，说我写了谁谁谁的丑事、说了谁谁谁的坏话，更有甚者，想要联名上访。

可当我一回家，一切风平浪静。好像什么事情也没有。我一离开。事情就又来了。这令我啼笑皆非。感到既无可救药又滑稽可笑。这时候，我也才知道，人的习性里，不仅盛产暴力，还善于放冷枪。对比自己更弱者当面欺凌，在比自己更强者面前，则会避其锋锐、迂回包抄。法律制度的建立，就是要设置一个杠杆、一根红线，用来约束人的本性中的恶。这不是说农民不好，而是，在任何历史条件下，安抚和约束农民，建立面向全社会的法律并将其落实为唯一的评判依据，如此，才能有效地稳定社会情绪，使每个人都有所敬畏和顾忌，从而形成有秩序的良性的社会。

但我仍旧是宽容和宽恕的，无论对谁。我觉得，人和人之间，根本的东西还是互助。互助是人类之所以聚居的根本要义，否则，人也可以像狮子、老虎那样，单独地生活。每次遇到事情，特别是看到老家人的某种短见、凶狠的表现时候，我就觉得非常沮丧，觉得普天之下没有任何一个地方可以安妥自己的身心。

有一次，与一位医生兼作家的朋友深聊。很长一段时间，他说我是一个极其罕见的“标本”，即我这个人具备的多面性令他匪夷所思。他想象不到，激烈与缓慢、笨拙与狡黠、正义与邪恶、纯情与混沌、执拗与随性、矛盾和统一、民主与专制、传统与前卫、忠义与善变……这些特质都可以在一个人身上，多层次和多角度，出其不意和处变不惊地交相出现。而这些，我自己是不知道的，他一一给我分析后，我也才明白，自己确实是一个看起来单调，实际上冲突非常激烈的复合体。

这也是我自己没有认识到的。自己想想，也确乎其实，但自己又时常浑然不觉。特别是2012年春节前夕，为了治疗胃病，我一次吃了八种西药，忽然天旋地转，眼前发黑，差点儿没命，继而莫名头晕心悸、四肢发软、情境障碍、肠胃不适、莫名疼痛，而且濒死感强烈。如此持续了一年多之后，我的性情确实大变，敏感地一阵吹过脸上的风、一朵擦肩飘落的叶子，甚至陌生人的一个眼神，一个动作，都令我莫名恼怒，或者潜意识中以为别有用心。斯时，我不知道这是抑郁症，或者说不明症状。几次走在街上，忽然全身发紧，紧张无措，手脚不知道怎么用，紧接着感到心悸、慌乱和强烈的濒死感，急忙跑去医院检查一番，发现并没有什么器质性改变。

有几次和儿子发生冲突。一次，一家人开车去都江堰。车上，儿子把一块白纸伸到天窗外。我下意识地很凶地制止了他。另一次，一家人从地下车库坐电梯上楼，儿子和我开了一个玩笑，我忽然异常恼怒，自己扇了自己一个耳光。还有一次，下班回家，老婆突然对我大声喝骂。我生气，提起包出门去了，站在小区外面的河边，想自尽。还有些时候，忽然觉得后脑如钢丝绳一般急速收紧，意识就要丧失的感觉。尤其是2016年5月在老家邢台，第一晚朋友请吃饭，喝了很多酒，次日胃疼，午饭前吃了两粒胃药，忽然觉得后脑的神经一根根崩断，心慌得坐不住。急忙去医院，心跳达到每分钟110次。躺了一会儿，方才好转。从此之后，我整个人都是恍惚的，有时候看对面的人，好像电视或者银幕上的一样，眼前的一切事物都是虚的，近在耳边的声音也好像很遥远。我住院检查，核磁共振、心电二合一、CT 和彩超、各种生化检验等等，也没有发现什么具体问题。但这样的症状一直持续。后来肠饥饿、暴饮暴食、四肢疲软无力、头脑不清，不能看屏幕和任何书，一坐到电脑屏幕面前就头发晕，全身发软。

从那时候开始，我成了医院的常客。成都几乎所有的医院我都去过。无论吃什么药，都无法起作用。只有一次，吃了两粒成都军区总医院开的左洛复(盐酸舍曲林片)，不到五分钟，我感觉自己和正常人无异了，脑子清楚，身体的不适感全部消除。可到了早上，八月初的成都天气，没开空调，而且还开着窗子，我忽然觉得自己全身冰凉，犹如覆盖着薄冰。于是不敢再服。又去华西医院、四川省中医院检查后，确定服用盐酸氟西汀(即百忧解)。一段时间后，有点儿效果，但医生从没告知我得的是哪一类抑郁症，我自己查资料，给自己的病暂定为“抑郁性神经症(神经症性抑郁)”，大致是准确的。

朋友所说，大致是我抑郁症之后的情况。也可能有天性的成分。似乎从 2016 年夏天开始，我对成都乃至一切城市有了一种说不清楚的厌倦感，同时也真切地意识到，城市的便利其实只能够容纳我们的肉身，却无法使得灵魂与之相依。抑郁症躯体反应最严重的时候，每次强行在街上溜达、快步走的时候，我就觉得眼前的繁华和熙来攘往都像是一种幻觉，这个人和哪个人从对面而过，甚至撞了一下肩膀、碰了一下手背，几百米之后，就忘却了，好像什么都没有发生过，连对方一目了然的面目也瞬间没了印象。唯有那些古老的寺庙及其他建筑，总是给人一种偎贴之感，而各种材料装饰的高楼，更像是幻景。我总是想，上面的玻璃若是全部碎掉，那么，楼宇的丑陋可能是无以复加的。如果整个城市没有一个人，可能比战场更加可怖和凄惨。

再进一步假说，人都没有了，城市还会存在，哪怕是脚下的水泥板、路边的杂草。人是无法与外物相抗衡的，尽管人总是利用外物来装点自己。由此，人也是自然的产物，这不仅是一个正确的道理，也符合天地万物之定律。2017 年，我分别去了很多地方，但凡去北方，总是要回家看看。母亲在，家就在。每次回去之前，我都迫不及待，想在家里多待一段时间，想重温一下少年时乡村的感觉，或者安静地想一些事情。可是，每次都有一堆家事，且都是非常棘手的，如邻里纠纷、亲戚间的摩擦、婆媳问题等等，各种各样。处理和调解得差不多了，也该离开了，这时候我才发现，一旦成人，人就没有了自由，更没了自己。一个人不仅仅是自己，而且每一个人都是几个人的人。

可是对一个平民来说，你只是你自己，以及和你紧密相关的那几个人的人。此外，参与不了更多，也做不了什么。至于对供职的单位，一个人再能干也只是名过客，单位少了谁都可以。如此来说，人也不比所谓的单位更长久。这是人的天然性的悲剧，也是社会性的悲剧。更多的时候，我莫名地想，对于成都，我在和不在，在这里或者在另外的城市、乡村等地，其实都一样。既然都一样，那又何必限定自己的确切住处呢？在迁徙这个问题上，人是生而自由的，而且一定是无限自由的。

入城不过是为了更新一种生活方式，置换一种人生的场景和道具罢了;回到乡村,也如是。2017 年到 2018 年年初,我越发厌倦城市,特别是目前的一种人生状态,想再度回到乡村去。正如这一次,回家过年的路上,我想了很多。从太行山乡村到西北的沙漠,再从西北转移到了成都,这种简单的线路,已经消耗了我半生时间。可能,我这样的一个人,在村人看起来是荣耀的、成功的,可对于成都,对于整个中国,乃至世界,我何其微不足道。更严重一点儿说,我无非是一个时代的试验品,人群中一个普凡的个例而已。

事实也证明,不仅成都已经成为一个越来越大的都市,周边的县市也先后被囊括和纳入,又新增了高新区和天府新区。即使我老家邢台，城乡的差别也在缩小，甚至已经在形式上融为一体。并且,在可预见的情况下,城乡融合的速度会更快,此前存在的“缝隙”和“差别”也会很快弥合,甚至紧缩于无。我看到的是,不论是毗邻市区的龙泉寺村，还是距离分别为 58 公里和 64 公里的白岸村,都在形式上接近了城市,尽管小区和楼房简陋、不规则一些,但也有了城市的模样。几乎家家户户都有小汽车,居民的吃穿用度上,甚至风习和规矩上,也有了城市的气息。

回到家里,闲谈起来,母亲和小姨说:“老了还回来吧!”前来聊天的邻居也说:“退休了回来吧。”他们表达的意思,都是叶落归根的传统思维,同时也暗示了从哪里来还到哪里去的宿命。

母亲、小姨和村人的话,使我的心在摇晃。去和留,城市和乡村,其实都不应存在界限和分野。尤其对于个人来说,这一切,居住地乃至各种转换,都应当是一条通途,而不是壁垒和限制。看到当年父母修建分给自己的房子已经陈旧不堪了，想再花点儿钱翻修一下，然后搬回来住。我也想到，无论到何时，人总有退休的一天。这是时间的律令，也是生命的“程序”。可又想，孩子、老婆都在城市……乡村……娘还在，当然可以回来尽孝，可再往后呢？一个人在暮年，他的所有情感寄托只能是自己亲生自养的子女，除此之外，这个世界上，真的没人可以让我们全身心倾注情感与寄托灵魂了。这非常残酷。也或许，这个想法有些狭隘，但我相信，事实如此。

在家里过了春节，再度返回的时候，也觉得有点儿轻松。在城市久了，想回农村；在农村久了，又想回到城市。这种往复不定，其实是我这样的出身农村，现在跻身城市者，最大的现实和精神困境。我们这些人，不像城市原生和加入比较早的人那么枝蔓庞杂、血缘众多，在城市，除了妻儿，我们似乎再没有什么可以从亲情上可以联结的人了。相比之下，乡村还是母亲和弟弟一家，弟弟的孩子们也长大之后，肯定又是一种分布和聚拢。

乘坐高铁返回途中，看着窗外急速消失的田野和城乡，仅从表象看，这个年代，乡村和城市已经在高速聚拢了，不论是哪个省份和地域。这种复制性极强的“造城运动”，已经锐不可当。

我又想到自己这些年的不断迁徙。从职业角度说，对于军人，不断地迁徙是不可更改的命运，只不过，有些人去向单一，有些人略微复杂一些罢了。但对于个人来说，从一地到另外一地，每一次都是伤筋动骨的。特别是对于我这样数代人都在农村，外面的城市再无其他宗族和近亲的人，无论到何地，都注定是孤独的。

对于我来说，这或许真的是所谓的命。

“我来自农村,我是谁?在城市,又是谁?我来路明确,可当我老了,应当在哪里度过暮年?怎么度过?会不会影响到孩子(如他们看望我们方便不方便,居住在距离他们远的地方,会不会帮不上他们,还令他们长途跑动,等等)?”这些问题,在我满四十岁的时候,就一再不自觉地涌上心头了。此时也才发现,男人是有根的。这个“根”的意识,也是中国文化当中隐形但却又强大的东西。而男人所谓的根,大致只能是父母所在地。父母为人人之根,而父母的根,又系在他们的父母身上。

傍晚到成都东站,下车,天还是有些阴冷。回家路上,灯光已经将这个城市装饰得繁华异常又不明就里。路过一片小区的时候,看着那些开着灯的窗户,我忽然想:他们又是哪一类人呢?是不是也和我一样?他们有没有想过如我一样的问题?如果境况类似,他们又怎么打算和预想的呢?

到家,给母亲和弟弟分别报了平安,挂掉电话的瞬间,忽然心中悲伤,颓然坐在沙发上,叹息一声,想起里尔克的几句诗:“孤寂好似一场雨。它迎着黄昏,从海上升起;它从遥远偏僻的旷野飘来,飘向它长久栖息的天空,从天空才降临到城里。孤寂的雨下个不停,在深巷里昏暗的黎明,当一无所获的身躯分离开来,失望悲哀,各奔东西;当彼此仇恨的人们不得不睡在一起:这时孤寂如同江河,铺盖大地……(杨武能译)。”这几句诗无比贴合我的心境,甚至现实。这首诗从另一个国度和方向,让我在城乡、外省和故乡之间的情感纠葛和困境当中,看到了某种必然的前景,或者说某种命定的意味。以此引申,在这个轰轰然的时代里,也肯定有着许多与我有“同感”的兄弟姐妹。里尔克的另一首诗《村里立着最后一幢屋》中又说:“村子里立着最后一幢屋,那么孤单,像世界的最后一幢屋(杨武能译)。”……如此的诗句,我知其意,但不知道应当再说些什么。

念想巴丹吉林(代后记)

杨献平

它名叫巴丹吉林,是一片阔大的沙漠,蒙古语的意思是"绿色深渊"。在它的西部边缘地区,有一座军营。向南的祁连山隐隐约约,冠盖的白雪好像一面向天境折射人间物事的镜子,向北则是巴丹吉林沙漠的主体部分,以及阿拉善高原及其连接的贺兰山。我的军营所在地就是一个新型的人为的绿洲,沉浸在赤黄焦枯的大漠之中。

就像是凭空而出的城市,其中的一切都是自给自足的,这也是彼时年代里所有类似单位的一个共同特征。西北方是办公区,东南方为各个服务单位和家属区,中间是礼堂。但我刚入伍的时候,位于内场区中心部位的礼堂,当然是各种集会的唯一场所,其中还有广播室和文体活动室。我记忆最深的,一是其中有一个新战士,好像比我晚到巴丹吉林沙漠空军某基地一年。有一次,上级一个干事打电话问他姓甚名谁,做个登记,他说自己叫柴新忠。干事再问他哪个柴,他说柴新忠的柴。问他哪个新,他说是柴新忠的新。这个段子,在我们的军营里流传了很久,及至我从基层到宣传科工作,和柴新忠熟悉之后,也常和他开玩笑,说起他新兵蛋子时的这件趣事。

二是每年5月初,路过礼堂的时候,总是不期然地被一阵蜜香灌醉。礼堂拐角，长着几棵枝干扭曲的沙枣树，已经很老了，好像行将就木的老人，细密的枝条相互贯穿，仿佛在相互搀扶。但每年5月初，它们依旧枝叶茂密，叶面不大，犹如普通的枣树叶子，但表面发灰。所开的花犹如米粒，黄色的，一簇簇地聚在一起，喷薄着浓稠的香味，每一次无意中闻到，就有一种强烈的被封喉的感觉，极其甜蜜，又甚为猛烈。

沙枣花盛开的时候，没事我就往礼堂那边跑，围着那三棵花团锦簇、蜜香蓬勃的沙枣树转来转去，不一会儿，整个身心就像是灌满了蜂蜜，沉甸甸的美好。下连队之后，我长期在一个技术室工作，身边都是搞技术的军官。很多时候，我随着他们去十里外的指挥控制中心工作，主要负责中央空调日常维护，也会站在指控中心的大厅里，看各种战斗机从空阔的戈壁机场上腾空而起，带着剧烈的轰鸣声呼啸在澄明的天空中。有些时候，我也去参与某些演练任务。厉兵秣马，居安思危，向来是一个国家的根本。

我时常觉得一个军人的热血，犹如暗夜的箭矢，时常发出尖锐的啸声。同时，也在瀚海泽卤之间读到了关于巴丹吉林沙漠的诸多历史往事。如沿着弱水河带军出塞，寻击匈奴主力的李陵及其“五千荆楚弟子，奇材剑客”，以及经由此地被押往贝加尔湖的苏武；前往劳军的王维在此写下了“大漠孤烟直，长河落日圆”的不朽诗句。闲暇时候，我去拜谒了散落在弱水河畔的汉代烽燧、黑城（哈拉浩特）、肩水金关等遗迹，怀念那些在此从军的人们，以及发生在他们身上的那些悲壮往事。

在著名的居延海边，看着那些簇拥的芦苇、突然飞起的天鹅和野鸭，觉得有一种诗意的美。额济纳的那些胡杨——残存的柳科树种，据说在中世纪之前，从地中海沿岸一直绵延到河西走廊局部地区。每年10月，胡杨叶子变黄，大地一片灿烂，人在其中，犹如走在黄金大帐，也令人想起曾经的月氏和匈奴汗王，早些年在额济纳的游牧生活。

早些年，我从机关到位于巴丹吉林沙漠西部的一个基层单位任职。就像因为一个人的青春，使得一个人面对的自然风沙更直接和猛烈了。每一天早上，被子上会落着一层细沙，总觉得牙齿不断地与生硬的沙子发生摩擦。但夏季尤其好，无风的夜里，面对旷古的圆月，坐在热浪逐渐消散的戈壁上，天空幽深如井，星群在高阔的天幕上排兵布阵，月亮的清辉照得戈壁和远处的沙漠呈现出一种原始的，静若处子的美感。那些静默的沙丘，似乎天下最美好的乳房，一座座，纵横相连，让我想到大地的仁慈与人类之所以绵延不休的根本。母性的大地总是在为我们提供不竭的生存所需，而刚健的天空则无时无刻不在用它那种雄浑与强韧，为大地所有的生物带来精神与梦想的滋养。

很多时候，我在床上看书，忽然看到地上一个白色的东西在不停跳跃，我惊奇而又兴奋。哦，原来是一只白色的小跳鼠，它们和其他的鼠类不同，前肢较短，浑身白毛，面目看起来不是贼兮兮的，反倒有些可爱。我不吭声，任由它在我房间的地面上蹦来蹦去。有好多次，我还故意把饼干放在某个墙角，然后等待它来到，然后蹲在那里咯吱吱地吃。它显然很警觉，吃一口就会抬头四处看看，确认没有危险，再低头吃。它的可爱神态感染了我，也使我开始觉得，在这苍凉之地，植被虽然稀疏，沙尘暴经常光顾，但也有一些可爱的动物，它们隐匿于人类生活空间，用自己的谨慎与机警，进行着别样的生活。

面对这样的动物伙伴，再强大的内心，也会忽然变得柔软。在沙漠中，动物当然是稀少的，只有狼、野驴、黄羊、沙鸡、蜥蜴、四脚蛇、蚂蚁、红狐、白狐等少数几种，它们大都躲在适合自己的角落，用本性和本能在干旱之地生存。在我看来，这些动物在沙漠戈壁的生存姿态，本身就是一首诗。比如在月夜嚎叫的苍狼，它们追逐的，永远都是弱于自己的猎物，而动物和动物之间的杀戮，体现的是物竞天择的丛林法则，无所谓善良，也无所谓残暴。狐狸大致是最具有灵性的沙漠野生动物，它们诡秘的行踪，美丽的皮毛，甚至能够修炼成仙的传说，魅惑于人的故事，在很多民间传说中大量留存。我一直想在沙漠中和这些精灵邂逅，但几乎没有如愿以偿。倒是看到几次海市蜃楼，那缥缈的，如真似幻的美妙所在，大抵也是沙漠给予某一些人的安慰，尽管是假象，但假象在很多时候也可以使得路经此地的饥渴者获得一点生的安慰。

骆驼当然是沙漠当中最强者，它们看起来古怪，也有个性，可在这浩瀚之地，双峰驼与人的亲近，对人的苦厄中的引渡，肯定是一种功德。而至于我个人在沙漠的生活，大抵是紧张的，但其中也有家庭生活和战友聚会，同时也一次次地出入沙漠，去往老家或者别人的地方，在山河之间行色匆匆，也在这人世上过着与众生大致一般的普凡生活。在巴丹吉林，我所能做的，只是按部就班地工作，脑海里总是有各种奇思妙想。越是与世隔绝之地，人的精神越是丰富；越是枯寂之处，人在其中，总是能够不断地简化自己以及在俗世中的一切。

我特别渴望有朝一日能够徒步穿越整个巴丹吉林沙漠，当然是要在夏天除了积沙的陷阱与可能遭遇的龙卷风、沙尘暴之外，似乎没有其他风险。在其中，可能还能看到野驴、野生双峰驼等稀有而又坚韧的动物，更有可能与狐狸遭遇。我也想，在人间绝境，人和动物都可能是惺惺相惜的。但这个愿望一直没有实现。也有很多次，我去到了附近的古日乃和额济纳旗，包括附近的酒泉卫星发射中心。在这些地方，我看到的多数是如我一般在沙漠当兵的人，还有一些做生意的外地人、当地的土著，如土尔扈特蒙古族人、裕固族人以及汉族人等等。相互之间即使不熟悉，从口音和衣饰上，也觉得很亲切。这大致是在沙漠待久了的缘故。强大的地理及其气候是有创造性的，只要长时间地容身其中，都会被潜移默化地转变和塑造。事实上，沙漠也是一个丰饶之地，尽管它的表面很沉寂，但人的心灵会越来越丰富饱满，而且风姿绰约，有着鲜明的色彩和异乎寻常的新鲜感。人少的地方，往往能够集中精力，也能够使得人自觉地向内寻找，向着更高的地方仰望与开掘。

沙漠也是另一种形式上的宗教，而且是纯自然的、原生的，没有其他的异议与分支。

可以说，十八年，巴丹吉林沙漠耗尽了我的所有青春。调到成都的最初几年，我却对自己曾经待过的巴丹吉林沙漠没有了太多的印象，哪怕是记忆深刻的往事，也不自觉地虚幻了起来。但这是短暂的。果不其然，近几年来，我总是想起巴丹吉林沙漠：好似穹庐的天空，丝绸般的云朵，平展无际的戈壁，散漫的双峰驼和羊群，尤其是那奇幻的落日，恢弘的色彩宛如宏伟的战阵，远望的雪山接近天境;甚至水渠边的杂草和野花、林间的鸟鸣,都是那么真切……诸如此类的情景和细节,又一次纷至沓来。我知道,对沙漠的念想,将会持续我的一生,如同黄钟大吕般的诗歌,必将在我的内心和灵魂中久久回响。

这本书的出版,要感谢王燕老师,她既是长期的散文的观察者,也是编选者。她和她主持的《散文海外版》长期使我受益。尤其是她对于当代散文的理解和判断,每每都使得我警醒和自省。在此,向她致以崇高的敬意,并表示衷心的感谢。